確信犯

大門剛明

角川文庫
18765

目次

序　章　法廷の魔物

もう十五年近く前のことだが、わたしはあの日のことを忘れることはない。

広島市内には春とは名ばかりのきつい日差しが照りつけていた。普段はさみしい広島地方裁判所入口付近にたむろする記者たちはハンカチで汗を拭《ぬぐ》っている。太ったカメラマンは玉のような汗を滴らせながら機材のチェックをしていた。かなわんのう、という声があちこちから聞こえてくる。ただその面持ちは退屈そうなそれではない。皆どこか興奮し、誤魔かすような笑顔も漏れていた。

そんな中、わたしは傍聴人入口から傍聴席へと足を運んだ。

広島地方裁判所三〇四号法廷は満席。そうなったのは殺人事件だからであろう。とはいっても傍聴券の倍率はしれたものだ。問題なく当選した。中小企業の社長が刺殺される事件が発生し、容疑者が逮捕されてから公判は二十回を数えた。初公判からすでに一年近い。証拠調べや論告求刑が終わり、ようやくこの日、判決が出る。

傍聴席にわたしが座ってから少し経って、刑務官に挟まれながら被告人が入ってきた。右足が不自由で引き摺《ず》っている。被告人中川幹夫《なかがわみきお》は六十五歳。白い髪は丸刈りより少し長い程度。痩《や》せていて、無精ひげを生やし、老人特有の染みが多く出来ている。凶悪な感じはしない。年齢より老けて見えるが温厚そうな老人だ。好々爺《こうこうや》という表現もできるだろう。うつむきながら指を組んでいる。

一方、傍聴席には被害者遺族が座っている。被害者となった吉岡政志《よしおかまさし》は四十一歳。吉岡部品という会社の社長だった。過去形で語らなければならないのがつらい。その妻に付き添われて小学校高学年くらいの少年がいる。吉岡の息子だ。短い茶髪で、襟足だけが長い。鋭い形相で被告人を睨《にら》みつけている。

傍聴席から向かって右側、左陪席には三十前後の若い男が座っている。

未特例判事補、穂積直行《ほづみなおゆき》という初々しさの残る青年だ。慶應《けいおう》大学法学部卒。卒二で司法試験合格。横に長く伸びた眉《まゆ》、彫りの深い顔立ちだ。右陪席の正木響子《まさききょうこ》特例判事補は穂積と同い年で三十歳。色白で細身。美人と呼べる部類だろう。細いフレームの眼鏡がいかにも頭のよさそうな印象を与える。実際想像以上に頭がよく、黒羽二重の法服がよく似合う。

おそらくほとんどの傍聴人には、二人は女か男かくらいの差しかないのだろう。だが現実は違う。二人の間には埋めようのない溝が横たわっている。肩書きも、穂積が未特例判事補であるのに対し、彼女は特例判事補だ。この特例判事補とは実質的には判事と変わらない。正木の方が格上。だが深い溝とはそんな形式的な理由だけではない。

穂積はここ広島地裁が最初の赴任先。一方正木響子は司法修習を終えると東京地裁に判事補として着任し、後に最高裁判所事務総局局付になった。その後札幌地裁に赴き、また最高裁に戻っている。これだけでまるで違う。裁判官の世界でエリートコースを歩む一部の者はまず東京地裁からスタートし、三年ほどで最高裁判所事務総局局付になることが多い。事務総局で司法行政を経験することが重要なのだ。地方の裁判所と最高裁を往復することもエリートのパターン。正木響子は任官からわずか二年で事務総局局付になっている。将来は高裁長官、ひいては最高裁判事として国民審査を受ける身分になるのかもしれない。穂積直行と正木響子――同い年の若手裁判官であっても格付けはすでに済んでいる。警察組織などでいうキャリア組とノンキャリア組。それが実質的には裁判官の世界にもあるのだ。

公判中、わたしは穂積の異変に気づく。彼は必死で法廷の魔物と格闘していた。魔物は穂積を眠りにいざなう。耐えがたいほど眠い。だが目をこするわけにもいかず、あくびをすることも出来ない。何とか眠らないように努力する。そんな穂積の涙ぐましい努力がわたしにはわかった。たしかにこの時間、眠いだろう。そしてついに穂積の眠気は限界を超える。睡魔は防御網を突き破り、穂積は一度だけ船をこいだ。はっとして顔を上げる。

まずい、眠っていたか――そんな顔だ。瞬間的に眠気は吹き飛んでいることだろう。疲れているのはわかるがこれはまずい。法廷で判事補が居眠り。こんなことが知られればかなり厄介な問題になる。判決文は通常左陪席が起案する。つまりこの穂積が書いている。人の一生を左右する重要な仕事をしながらこれはない。だがわたし以外にこの居眠りに気づいた者はいないようだった。

「被告人は前に出なさい」

裁判長に言われて被告人中川幹夫は立ち上がり、証言台の前まで来た。

中川は上目づかいに雛壇《ひなだん》を見つめている。足が不自由で、内臓にも病気がありそうな顔色だ。その表情は怒りをこらえているようにも、裁判長を馬鹿にしているようにも見えた。よぼよぼという表現が浮かぶ。本当にただの老人だ。

起訴状によると彼は多重債務を抱えていた。借金返済に困って勤務先の吉岡社長宅に侵入。金庫にあった一千万円を盗んだ。留守だと思い侵入したが社長が帰ってきたため、玄関にあった傘で彼を刺殺したという。正直これは無理な起訴だ。凶器の傘に家の者以外の指紋はない。玄関の鍵《かぎ》や金庫はこじ開けられていたが、盗んだとされる一千万円は見つかっていない。中川が使用した形跡もない。それどころか公判中、中川が事件後に自己破産していたという事実が明らかになった。中川の借金は利子を含めて五百万弱。充分返せた額で動機が死んだ。間接証拠として厳しい。さらに吉岡家の門扉は内側から鍵が開けられていた。犯人が高い塀を乗り越えて侵入し、内側から開けたとしか思えず、足の不自由な被告人には犯行は難しい。残された証拠は少なく、検察が頼りにしているのは吉岡社長の息子の証言くらいしかない。

吉岡政志の息子は澄んだ目で裁判長を見ている。僕は見たんだとでも言いたげだ。少年の証言ではこうなる。発熱したために学校を休んで二階にいたところ、下で物音がしたために下りてみた。すると父親が目だし帽をかぶった男に家にあった先の尖《とが》った傘で刺され苦しんでいた。叫ぶと男は逃走した。薄暗かったが、足をひきずっていた。あれは間違いなく工員の中川幹夫だった……苦しい。こんな子供のあいまいな証言だけで有罪にできるはずがない。わたしが判事でも無罪判決を書く。

少し沈黙が流れた。飾り気のない三〇四号法廷を張りつめた空気が包んでいる。

裁判長の末永六郎《すえながろくろう》はそんな中で口を開いた。

「主文、被告人は無罪……」

法廷にどよめきが起こった。誰もが予想していたこととはいえ、その一言で歓声と悲鳴が入り混じる。被告人中川幹夫は天井を見上げると、大きな息を吐きだした。そして大きく一礼をした。無罪と思っていただろうが、さぞほっとしたことだろう。ざわめきで裁判長の言葉はかき消えている。傍聴席に残っていた記者たちも次々と席を立ち、廊下へと消えていく。

「続いて判決理由を述べます……」

裁判長が主文の後に書いてある一般人にはどうでもいいことを言おうとした時、法廷に大声が響いた。

甲高い咆哮《ほうこう》にわたしも驚く。その声の方向を見た。

声がしたのは証言台だ。吉岡社長の息子が柵《さく》を乗り越え、中川幹夫に飛びかかろうとした。この少年がすさまじい声を発したのだ。少年は刑務官に取り押さえられている。

「こいつだ！　このおっさんが父さんを殺したんだ！」

中川幹夫は無言で少年を見つめていた。少年は泣きながら金切り声でこのおっさんが犯人なんだと繰り返している。裁判長に静かにしなさいとたしなめられると、吉岡少年は抵抗するように大声を発し、続けざまに穂積をすさまじい形相でにらんだ。

その眼光に、穂積は思わず目を大きく開けた。わたしは少年が穂積の居眠りに気づいたからだと思った。穂積もきっと同じだろう。だがすぐに少年は視線をそらした。

「何が裁判官だ！　お前も、お前も絶対赦《ゆる》さん！」

少年は裁判長や正木響子を次々と指さしながら叫んでいた。その形相は人が見せる悪意の中で最も強烈なものだったのだろう。法廷の魔物は今、この少年に憑依《ひょうい》した。

「このおっさんだ！　このおっさんが父さんを殺したんだ！」

その言葉を最後に吉岡少年は法廷から消えた。法廷はいまだに騒然としている。穂積はなすすべもなく呆然《ぼうぜん》としていた。眠気は完全に飛んだことだろう。やがて裁判は終わり、わたしは席を立った。遠目に雛壇を見ると穂積は後ろから正木響子に肩を叩《たた》かれていた。

「終わったわね。行きましょう、穂積くん」

「あ、はい、すいません」

口の動きからしてそんなことを言っていたのだろう。すぐ近くの扉が開き、裁判官用の通路から穂積は法廷を後にしていく。うなだれている。どんな心境なのだろうか。居眠りがばれなかったことの安堵《あんど》感？　それとも吉岡少年への同情？　あるいは中川幹夫は真犯人で、自分は殺人犯を野に放ったのではないかという不安だろうか。

今思えばそれらはすべて当たっていたのかもしれない。居眠りはわたしが見ていた。だがわたしはそんなことを言いたてる気持ちはなかった。吉岡少年への同情は穂積自身の問題だ。ただ三つ目。真犯人を野に放ったことへの不安。これは確実に当たっている。吉岡を殺したのは被告人中川幹夫だ。あの老人が吉岡を手にかけたのだ。そしてそう仕向けたのはわたしなのかもしれない。この事件の元凶はわたし。そう言えるかもしれない。

それでも今、わたしの中に罪悪感はない。わたしは殺人など犯していないのだから。そしてなすべきことのためにはこんな犠牲、仕方のないことなのだから。きっと事実を知れば人はわたしをこう呼ぶだろう。お前は確信犯だと。

第一章　裁判官の良心

1

まだ明るさの残る午後七時過ぎ。ドラッグストアのネオンの前で足を止めた。百七十センチほどの長身に、紺のスーツ。正木響子は地図に書かれたマンションをようやく発見した。

目的地の「レジデンス鶯谷《うぐいすだに》」は鶯谷駅から近いと書かれていたが、かなり歩かされた。鶯谷駅より日暮里《にっぽり》駅からの方が近いくらいだ。築何年か知らないが、かなり老朽化の進んだ建物だ。立派な呼び名が皮肉のように感じる。以前住んでいた官舎を思い出す。

響子はエレベーターを探したが見つからなかった。歩いて上がらなければならないようだ。目的地の住所欄には五〇六号と書かれていたのでエレベーターくらいあると思ったのだがない。長い息を吐きだし、コツコツとヒールの音をさせながら軽快に階段を上がる。息を整えてからインターフォンを鳴らした。はい、という消え入りそうな声が聞こえ、扉が開かれた。

「あの、どちら様ですか？」

出てきたのは、二十代後半くらいの女性だ。キャミソールに茶髪。ネイルアートを施した今風の恰好《かっこう》だが、どこかおびえた表情に見える。

響子は夜分すみませんと言うと、微笑みながら名乗った。

「水道橋《すいどうばし》の法テラスで弁護士をやっている正木響子という者です。この前法テラスに来ていただいた時、書類をお忘れでしたので届けに来ました」

「ああ、あなたが正木さんですか。え、わざわざ来てくださったんですか」

「それと関係資料も入っています。よろしければお読みください」

響子が封筒を手渡すと、女性は中に案内してくれた。わざわざ来ていただいて申しわけないということらしい。響子はスリッパをはいて後に続く。

裁判官の定年は六十五歳。もちろん定年までは遠いが三年前、響子は判事を辞めた。母の介護のため、東京にいてやりたいと思ったのだ。裁判官の仕事は転勤が多い。特に最高裁ルートに乗ると極端になる。札幌や那覇、外務省に出向しフランスにも行った。母を看取《みと》ったのは去年のことだ。覚悟はしていたが涙が止まらなかった。響子は現在、弁護士登録をして新しく出来た法テラスで働いている。法テラスは司法制度改革の一環として設置された、正式には日本司法支援センターという名称の国の機関だ。利用しやすい司法を目指し設置された。

一番相談数が多いのはやはり多重債務の問題だ。あとは男女間のトラブルや相続問題。法テラスにはコールセンターがあって電話相談にも対応している。望めば弁護士を紹介することも出来るのだ。

「正木さんって、有名な判事さんだったんですよね」

彼女はお茶を運んで来た。響子は小首を傾げる。

そうだろうか。最高裁判所事務総局で調査官になったが、有名というほどのものではない。だいたい裁判官など国民審査を受ける最高裁判事でもほとんど知られていないだろう。関心は低い。国民審査においてバツが一番ついた人は名前が偉そうという下らない理由らしい。今なら多分、同じ部にいた一人の判事が日本で一番有名だ。知名度と有能さは比例しない。思い出してみても、とても優秀だとは思えなかった。

「コールセンターで紹介されたんでしたよね？」

「悪徳弁護士問題に理解のある方をって頼んだら真っ先に正木さんの名前が挙がったんです。ラッキーですよ、正木さんは本当にすごい人ですからって言っていました」

法テラスでは望めば詐欺被害者は専門の弁護士を依頼することが出来る。この女性は債務過払いの件で弁護士に相談したところ、どうも様子がおかしいということだった。調べると、その弁護士は敗訴を承知で着手金狙いで稼ぐ、その筋では有名な悪徳弁護士だった。響子は現状の法制度について説明し、出来ることと出来ないことを話した。彼女はすべてに満足したわけではなかったが、何とか納得してくれたようだ。

「広告を出していたから大丈夫だと思ったんです」

女性はそう言った。だがその認識は甘いと言わざるを得ない。昨今、司法制度改革で弁護士が増員されている。比例するように質の悪い弁護士も増えている。広告を出しているからといって安心はできない。見極めないと食い物にされかねない。

「少し気分が楽になりました。警察に行っても相手にしてくれなかったし、ホント困っていたんです。法テラスに相談してよかったです」

「そう言っていただくとうれしいです。やる気が出ます」

司法改革と一言でいうが、裁判員制度ばかりが有名になっている。裁判員の判断を最高裁がくつがえしたなどと騒がれる。一方で法テラスについてはまだ認知度が低い。利用者数は予想より少ないのが現状だ。徐々に認知度は高まっているとはいえ、まだ存在すら知らない人もいる。そのことを響子は説明した。

「そうなんですか、じゃあわたしやっぱりラッキーなんだ」

「本当は裁判員よりこちらをもっと宣伝しないといけないんですが」

響子の言葉に、女性はふうんという表情を浮かべた。

「それはそうと、正木さんってすっごく恰好いいです。キャリアウーマンの典型って感じであこがれちゃいます。わたしも正木さんみたいに頭がよかったらなあ。法律家になって悪徳弁護士を退治してやるんだけど」

響子はそう言われて苦笑する。立ち上がると、去り際に何かあったら法テラスに気軽に声をかけてくださいと言った。

外はすっかり暗くなっていた。

元来た道へは戻らず、響子は足を日暮里駅へと向ける。駅の近くの飲み屋には多くのサラリーマンがたむろしていた。彼らもそうだろうが、今日の仕事はこれで終わりだ。司法官僚として働いていた時より毎日が充実している。あの頃は判事と言っても結局は事務仕事だった。裁判しない裁判官。わたしは事務屋を目指していたわけではない。困っている人を助けたいと思って法曹の世界に飛び込んだのだ。司法官僚時代に比べて給料は半分以下になったが、これでよかったのだと思う。

ただそれは無理やり自分でそう思おうとしているだけかもしれない。恰好のいいキャリアウーマンの典型。多分先程の女性は本心でそう言ってくれたのだろう。だが自分にはまるでそんな気はない。負け犬。そんな言葉が少し前に流行《はや》ったが、自分はその典型例だ。少しだけ早く生まれていれば、今とはまるで違った人生もあったかもしれないが……。

響子は四十三年前、八王子《はちおうじ》市で生まれた。父は金融会社に勤め、母は専業主婦という家庭に育った。父の趣味は野球観戦。休みになるとよく後楽園《こうらくえん》球場に連れていかれた。普段は寡黙な父だったが、野球観戦の時だけは饒舌《じょうぜつ》だった。響子は関心がなかったので試合途中に寝てしまうことがあった。そんな時はおんぶされながら帰った。時にはおんぶしてもらうために寝たふりをしたこともある。父の背中は大きく、とても温かかった。

そんなつつましやかな生活に変化が訪れたのは、中二の時だ。

父が背任罪で逮捕されたのだ。会社に不利になるとわかりつつ、無理な融資をしたということらしい。真面目すぎるほど真面目な父がそんなことをするなど、信じられなかった。父についた弁護士は早く罪を認め、反省の色を示すように助言した。だが父は聞き入れない。それどころか自分はやっていない、絶対にやっていないという遺書を残して自殺した。

結果的に父の言うことは正しかった。後になって証言が出てきて当時の経営陣が自分たちの責任を父に転嫁しただけだということが判明した。だが父は帰らない。杜撰《ずさん》すぎる弁護。初めからいい人に弁護を頼めたら……そう思うがどうしようもない。残された母はパート労働に出てなんとか響子を大学にやろうと努力してくれた。せめていい法律家になって困っている人たちを救いたいと思った。必死で努力して東大に合格。在学中に司法試験にも受かったのだ。

だが現実は甘くない。日本の司法の中心部、最高裁事務総局にわずか二年で抜擢《ばってき》されたものの司法官僚としての日々はどこか現実感のないものだった。花形の最高裁調査官も経験した。法制局や外国にも行った。仕事を遅滞なくクリアしていても心は満たされない。自分にはこんな仕事はあわない。現場に戻って生身の人間と対峙《たいじ》したいという思いが強くあった。

ただそれでも事務総局には情熱に燃える人もいた。その人は決してその思いを表には出さなかったが、青い炎が燃えているのを感じていた。被疑者、被害者のために具体的に何が出来るのかという理想を持っている人だった。司法官僚には一般人の常識が通じないとよく言われる。しかしあの人にはそんな批判など的外れだ。多分自分の人生は変わっていただろう、あの人がもし……。

内ポケットに振動を感じた。スマホにしようと思いつつ、いまだに古いガラケーを使っている。響子はポケットから携帯を取り出す。

知らない番号が表示されていた。番号は082から始まっている。広島市内のようだ。響子は日暮里駅近くで立ち止まると、通話ボタンを押した。

「はい、もしもし」

「正木くんか？　久しぶりじゃな、覚えているかね、末永だ」

言われて響子はすぐに思い出した。末永六郎——もう十数年前、広島地裁にいた時に部総括だった判事だ。最後は広島高裁に行ったらしいがもう退官したはず。言われるとそんな声だった記憶がある。独特の口調だった。声を聞くとやや遅れて懐かしさがこみあげてくる。ただどうして携帯の番号を知っているのだろう。響子はそのことを訊ねてみた。

「すまんのう、番号は法テラスの連中に聞いたんじゃ」

「そうなんですか。でもどうしてわざわざわたしのところに」

　末永の噂は風の便りに聞いている。末永は裁判員制度に大反対だった。裁判員制度を推進している時、一番強く反対の声を上げた法曹関係者は末永だったかもしれない。正直なところ、響子も裁判員制度には反対だ。司法改革の必要性は痛感しているが、法テラスの整備や優秀な弁護士を育てるなどもっと重要なことがいくらでもある。

　裁判員制度で重要なのは国民の司法参加ということだ。その時、引き合いに出されるのが裁判官の常識感覚。温室育ちで一般常識を知らないと批判される。たしかにそういう裁判官もいるかもしれない。ただ基本的に裁判官はそんな人間の集まりではない。

「裁判員制度について、正木くんは反対じゃったろ？」

「え……あ、はい。でも改革の必要性につきましては……」

　言いかけた響子を末永はさえぎった。

「今度、広島でシンポジウムが開かれる。裁判員制度をつぶすためのな。出来てしまったものは仕方ないって諦《あきら》めとる連中もおるようだが、わしは諦めん。正木くんに今回連絡したのはその件なんじゃ。このシンポジウムに出て欲しいと思うて」

　響子は言い淀《よど》んだ。裁判員制度にはたしかに自分も反対だ。国民の司法参加は大切なことではあるが、それなら冤罪《えんざい》を起こさない制度を確立するのが先だ。裁判の迅速化には大賛成だが、それはこんな制度で行うべきではない。だがどうしても反対とまでは言いきれない。

「人を裁くには矜持《きょうじ》がいるんじゃ、矜持！　今風に言うとプライドかのう。ただどうもわしにはプライドいう言葉が安っぽう感じてならん。要は自分の判断に一生十字架を背負うほどの覚悟があるのかってことだわ。そんな覚悟もなく人が人を裁くなど赦《ゆる》されんとわしは思う。例の事件みたいなことも起きる」

例の事件とはこういう事件だった。

覚せい剤依存の男性によるOL刺殺事件の第一審、裁判員は被告人に心神喪失として無罪評決を下した。その評決を下した裁判員の一人が守秘義務を破って自分のブログに評決の様子を掲載した。それを見て被害者の父親は激怒。ブログの記述からその裁判員を特定し、今度は彼がその裁判員を福山《ふくやま》の自宅において包丁で襲ったのだ。幸い裁判員は軽傷で済んだが、裁判員制度の問題点を浮き彫りにする事件としてマスコミを賑《にぎ》わせている。

「末永先生、確かにわたしも裁判員制度には反対です。でも重要なことは公正さを保つこと。わたしは先生のように国民が司法に参加すべきでないとは思いません。陪審員制度でもいいとさえ思っているんです。陪審制の方が裁判官がいない分、国民の司法への意識も高まるでしょうし」

一見裁判官が参加しない陪審員制度の方が危険に思えるが、そういうわけではない。証拠開示が徹底されるので、陪審員は公平な判断が可能になると言われている。実際諸外国では証拠開示が徹底されている。現状の裁判員制度の問題点は証拠の開示が不十分な点にあるのだ。そう言いかけると、わかっとると言って末永は再び響子の言葉をさえぎった。

「かまわんよ、そういう消極的な反対の立場でも」

「いえ、やはりわたしは辞退させていただきたいのですが」

「そう言わんと考え直してくれんか。むしろわしは裁判員制度廃止の大合唱をするよりも、賛成派や、君のように消極的な反対の人間の意見こそ重要だと思うとる。正木くんはエリート官僚だったわけだし、事務総局の様子を語ってくれればいい。まあわしの仲間の連中はゆるキャラいうのか、おかしなマスコット作って『いらんけえ裁判員！』いうタイトルも考えとるわ」

響子ははあ、と気のない相槌《あいづち》を打った。昔はこうではなかったのだが、老齢に差し掛かって末永も押しが強くなったものだ。ただその程度のことならしゃべれそうだ。

「さきほど言われましたけど、裁判員制度推進派の人も来るんですか」

あまり気のない問いだった。そんな奇特な人は誰だろうという興味本位から発したものだ。

「それがのう、大物じゃよ。最高裁判所事務総長。推進派の中心人物がやってくる。まさか来るまいと思って念のために打診したんだが、行くと答えよった。たいした度胸じゃ。単身、敵地のど真ん中に大将が乗り込んでくるわけだからな。正木くんは事務総局時代が長かったから知っとるか？　高遠聖人《たかとおまさと》っていう大男じゃ」

響子は思わず目を大きく開けた。

高遠聖人——その名前を忘れることはない。響子は一度唇を噛《か》みしめると、日暮里駅に続く老朽化した橋を見上げた。そこには「もみじばし」と書かれている。広島からの電話にもみじか、おかしな偶然だ。誰かが広島に行けと言っているのだろうか。

「わかりました。お引き受けいたします」

「おおそうか、すまん。恩に着る」

あまり期待はしないでくださいと響子は付け加えておいた。だが末永は興奮気味で聞く耳を持たないという調子だった。響子が行くと言ったことがよほどうれしかったのか、ありがとう、恩に着ると何度も同じことを言っている。やれやれと思いつつ、響子はもみじ橋の階段をゆっくりと上がっていく。もう話はついたし、切るタイミングを探っていた。

「それと正木くん、もう一つだけ相談があるんだが……」

「はい？　なんですか」

「横川《よこがわ》事件って覚えとるか？　そのことなんじゃ」

問われて響子はすぐにはわからなかった。足を止めて記憶をたどる。少なくとも有名な事件ではない。横川といっても人名地名色々あるが、末永と言えば広島だ。その線から考えて、ある一つの事件を思い出した。

「自動車部品メーカー社長が傘で刺し殺された事件ですか。たしか被告人は中川幹夫という足の不自由な老人。証拠不十分で結局、無罪判決を下したんですよね」

「ああ、君は中川老人が有罪と言っておった」

「その横川事件がどうしたんですか」

問いに末永はすぐには答えなかった。響子もせかすことなく末永が答えるのを待っている。少し間が空いてから、末永は静かな調子で言った。

「実はな、わしは退官してからあの事件を調べとるんじゃ。結局真犯人は見つからんかった。じゃから今も中川さんを疑う人もおる。わしゃあ被告人の中川さんに悪いと思うてのう。絶対に真犯人を見つけてやると思って活動しとったんだわ」

「自分で自分の裁いた事件を……ですか」

呆気《あっけ》にとられつつ、響子は問いかける。

「裁判官はただ裁くというだけではいかん。被告人や被害者の後の人生のことまで考えるべし。わしはそう思うとる。裁判官の良心……などと恰好《かっこう》つける気はないが」

じゃけん、と言うと末永は再び口ごもった。

さっきよりも長い間をあけて、噛みしめるようにその言葉を吐きだした。

「わしはあの時、判断をまちごうたと思うとる。判事失格じゃ」

「え？　どういう意味ですか」

「中川幹夫はやっぱり犯人じゃ、わしらは殺人犯を野に放った」

響子は小さくえっ、と漏らした。どういうことだろう。末永には何か確信があるのか。

しかしその疑問に答えはなく、通話は切れた。響子は携帯をしまうと、老朽化したもみじ橋をじっと見上げていた。

2

シャレオ地下街を出て広島駅方向に少し歩くと、八丁堀《はっちょうぼり》交差点にたどりつく。

ここは目抜き通りである相生《あいおい》通りと中央通り、路面電車の走る大きな通りが交差する繁華街だ。広島市の中心で有名百貨店やビジネスホテルが林立している。そんなビル群の中、中央通り沿いにグレーのビルが見える。十階建ての比較的古いビルで、ロビーには元ホテルの名残がある。現在、このビルの五階から七階までは法律の専門学校が入っている。

エレベーターで七階まで上がると、そこは司法試験予備校になっていた。廊下には若者たちが行き来するのが見える。ただ皆小声で話し、図書館のようだ。一番奥が事務室になっており、事務員がいて受験用の書籍が並んでいる。それ以外の教室は大きさもほとんど同じくらい。そこでは答案練習会や、ビデオブースによる講義などが行われている。どの教室も満員には程遠く、参加人数二人というさみしい練習会もあった。

ただ北側のエレベーター近くの教室だけは違う。満席。立っている受講生もいた。もうすぐ講義は終了の時間だが、受講生の視線は教鞭《きょうべん》をふるう講師に向けられている。ダンヒルのオーダースーツを着た穂積直行は、張りのあるバリトンを教室内に響かせた。

「悪いことだと思っていなくても罪に問える——最高裁はそう言っている。当たり前と言えば当たり前なんだけど、これじゃあ面白くもなんともない。最高裁の意見は批判した方が論証の流れを作りやすいんだ。でもまあ長いものに巻かれたい人もいるだろう。最高裁の犬になりたいって禁断症状が出る人はこの説を採ってくれ。無理に引きとめはしないよ」

ボディランゲージを交えながら穂積は説明していく。言っている内容は平凡だが、講師のスパイスの効いた語り口に軽く笑いが起こった。

「次に厳格故意説というのがある。これは判例の逆。悪いと思っていなければ罪に問えない説。はっきり言って無茶苦茶だ。理屈上、人を殺しても悪いことだと思わなければ罪に問えなくなるわけだからね。確信犯って言葉があるだろ？　あれがまかり通ってしまうんだ。確信犯と言えば厳格故意説ってパブロフの犬みたいに覚えておいていい」

穂積は教壇に両手をつく。

「じゃあ質問を受け付けようか」

十数名が一斉に手を挙げた。普通こういう講義では手は挙がりにくいものだ。穂積が受講生を講義に引き込み、手を挙げやすい環境を作り出せている証拠だろう。

「では眼鏡の君、どうぞ」

指名された窓際の青年が立ち上がる。

「厳格故意説についてお訊《き》きします。先生は無茶苦茶だとおっしゃいました。でもこの前起こった裁判員襲撃事件ってありますよね。あれは裁判員の青年は守秘義務を破っていますし、ブログに載せたことも軽率です。事件を起こした父親に同情の余地はあると思うのですが」

一度うなずいてから穂積は答えた。

「そうだね、同情の余地はある。被害者遺族からすれば腹が立って当然だ。だがそれは量刑において考慮すべきで犯罪成立とは別個に考えなくてはいけない」

今までと少し変わった、包容力のある穏やかな口調だった。

だがすぐに穂積の口調は鋭さを取り戻す。

「そんな言い分をいちいち認めていたのでは社会秩序は維持できない。ルールに則《のっと》って裁けなければ法治国家ではなくなってしまう」

ありがとうございますと言って青年は席に着いた。

「実は今日、テレビ局へ行って司法改革について対談する予定になっているんだ。今質問を受けた裁判員襲撃事件についても話題になるだろう。相手は最高裁判所事務総長。お偉いさんだ、気が重いよ。他に質問はあるかい？　時間的に最後の質問だな」

腕時計を見ながら穂積がそう言うと、笑い声とすげえ、という声が混じりながら起こった。

「襲撃事件で例の父親は被告人を死刑にしろと訴えていましたが、死刑についてどう思われますか」

次に指名された青年はそう言った。穂積は苦笑しながら答える。

「おいおい、そりゃあ刑法じゃなく憲法の論点だぞ」

青年はすみません、と言って笑いながら何度か頭を下げている。

「まあいい、答えよう。死刑制度は三国志みたいなもんだ」

「え、三国志って諸葛孔明《しょかつこうめい》とかでてくるヤツですか」

穂積の意外な回答に質問した青年は驚いている。教室内にいた他の受講生も何だそれはという顔を講師に向けていた。注目の中、穂積は口を開く。

「そうだ、三国志で魏《ぎ》の建国者と言えば？」

「魏の建国者？　曹操《そうそう》ですか」

「曹操は実質的な建国者だが、正確には息子の曹丕《そうひ》が建国者だ」

「そうでしたっけ、すみません」

「いや、君は実にいい間違いをしてくれた」

「はあ？　いい間違い……ですか」

「うん、そうだ。どういうことか説明しよう。司法試験において死刑制度などほとんど勉強しなくていい。あえて言うと憲法第三十六条残虐な刑罰禁止の規定、第三十一条適正手続き規定の反対解釈くらい。三時間どころか三分あれば充分だ。しなくてもいいくらい。それなのに関心が非常に高い。これと同じで大学受験において三国志の勉強などいらない。でも大人気だ。要するに三国志や死刑みたいに無駄な勉強に労力を割くなってことさ。それがわたしの言いたかったこと。下手に深入りしてしまうと死刑制度論だけ学者並みになって択一に落ちてしまう」

即妙の話術に笑い声が起こっていた。青年は苦笑しながら恐縮した表情を見せた。

その時ちょうど講義終了のチャイムが鳴った。

「じゃあ今日の講義はこれで終了だ」

引き上げる穂積に拍手が送られた。軽く片手を挙げてそれに応《こた》える。

教室を出ると廊下で待ち構えていた女性が黄色い声を上げた。テレビでいつも拝見しています。そう言って興奮していた。愛想笑いを返してエレベーターに乗り込む。扉が閉まると大きく息を吐きだした。エレベーターの外、中央通りを見下ろしながら、穂積はネクタイを少しだけ緩めた。

スケジュールは分刻みだ。穂積は予約していたタクシーに乗り込むと、テレビ局に向かう。ここから局へはたいした距離ではないし、歩いていく方が健康にも良かった。後悔するが仕方ない。穂積はタクシーの窓から外を眺めつつ、今日の対策を考える。最高裁判所事務総長。大物が相手だ。一介の政治家が相手なら、元判事ならではの専門知識で何とでも出来るが相手がこの男ではそうはいかない。だが逃げることなど出来ない。この対談は大事だ。事務総長に媚《こ》びるな。ここで視聴者に充分アピールしておかなければ今までの布石は無駄になる。

「お客さん、テレビで見かける方ですなあ。元裁判官の穂積先生でしょう？」

運転手が話しかけてきて思考が途切れた。余計なことを——そう思うがこんなところで怒って悪評を広めてはいけない。穂積は穏やかな口調でええ、と言った。

「今度の選挙、頑張ってくださいな。応援しとります」

「いやあ、まだ出馬するとさえ言っていないんですが」

「ぜひ出てくださいな、先生は郷土の誇りですし」

考えておきます、と穂積は微笑みながら答えた。ただ決心はとうについている。出馬する。すでに将来のポストまで含めた話がきている。政府も必死だ。知名度のある論客が欲しくて仕方ないようだ。ここまで来て出馬しなければ何のためにやってきたのかわからない。判事を辞めた決断も、本の出版やテレビ出演も、すべては政治家になるための布石だったのだから。

思えば上京してからもう二十年以上が経つ。あれから色々なことがあった。生まれ育ったのは島根県との県境だ。親父は農協に勤めていた。小さい頃から勉強がよく出来て、神童、末は博士か大臣かと持てはやされたものだ。地元では進学校と呼ばれる高校に通い、そこでも敵はいなかった。東大に進んで大蔵省の役人、そして政治家になるというのがその頃に描いた未来図だった。

しかしその未来図はもろくも崩れる。模擬試験では受かるはずだった東大に二年連続で落ちてしまった。私大に進んだものの敗北感からかやる気をなくし、女遊びやギャンブルに溺《おぼ》れた。とても大蔵官僚にはなれない。そう思い自暴自棄になって留年も経験している。

ただ二十代半ばで司法試験に合格することができた。年齢的にこの年での合格は遅くない。どうだ見たかと思った。司法修習で同い年の東大出の奴と仲良くなり、互いの司法試験合格順位を見せあったことがある。自分の方が上だった。その時思った。そうだ。自分は優秀なんだ。一度外れてしまったエリートコースに戻れた。自分が本来いるべき場所に帰ってきた。役人ではないが、三権の一つ司法権。そのレールに乗って進むことができると。

しかし裁判官の世界で待っていたのは理想には程遠いものだった。

まず休みがない。何百という事件を常に担当させられ、それが滞ると勤務評定にマイナス評価が加えられる。事件解決数が先月を上回れば黒字、下回れば赤字と言われる。常に追い立てられている感覚だ。休もうと思っても、判決文の一つでも書いた方がいいという思考になる。

次に自由がない。裁判官は憲法で唯一給料の減額ができないという保障のある職業だ。信頼が強度に求められ安易に飲みに行くこともできない。転勤が多く、官舎での生活がほとんどを占める。裁判官同士の話題も野球など自然と罪のないものばかりになる。部総括、つまり裁判長だった末永のせいで広島カープファンにさせられてしまった。さらには家庭の事情も出世に響くため、離婚することも安易にはできない。

だがそういった規制も、出世できるなら受容できた。社会的地位は極めて高く、エリートという居心地のいい空間にいることが可能。当然食うには困らない。実際、最初の頃は満足していた。裁判長に小言を言われもしたが耐えられた。それが変化してきたのは正木響子という女が広島地裁の同じ部にやってきてからだ。正木響子は自分と同い年で特例判事補だった。東京地裁に任官後、わずか二年で最高裁判所事務総局局付になった本当のエリート。最初の内は負けまいと努力したが、すでに格付けが済んでいることを実感してからは対抗意識もなくなった。

それに彼女は有能だった。常に的確に判断し、恐ろしい速さで判決文を書いていった。こいつは本当に人間なのかとも思った。それによく司法官僚と批判されるが、冷たい人間というわけでもなく、情を解するいい女だった。勝てない——それは裁判官としてだけでなく人間としての器も含めてだ。埋めようのない溝が正木響子と自分の間には横たわっている。

その後、穂積は地方の家裁を転々とした。いわゆる「支部まわり」というエリートコースから外れた裁判官の典型ルートだ。このまま老いていくだけか。そう感じた穂積は論文を書いた。それは一言でいうと最高裁事務総局の悪口だ。事務総局は人事権を独占している。だからこの事務総局の権限に各裁判官は拘束され、憲法で保障された裁判官の独立は骨抜きになっているという批判をした。本心はそこまで思っていない。日本の司法は国民性からこれで仕方ないと思っている。ただのやつ当たりだ。その論文は穂積の立場をさらに悪くし、僻地《へきち》を転々とする生活はさらに惨めなものになっていった。判事失格。酒におぼれ、官舎で妻に当たり散らした。妻は耐えかねて出て行った。親権でもめたが、娘はこちらが引き取った。娘の麻耶《まや》は穂積について行くと言ってくれた。優しい子だ。しっかりした母より、どうしようもない自分を選んでくれたようだ。

「お父さんって恰好《かっこう》いいよね。服装だけ何とかすれば俳優さんみたいだよ」

人生の転機になったのは娘が何気なく言ったその一言だった。言われた当時は何とも思わなかったのだが、後で一筋の光が差し込んできた。それはある計画が穂積の中に湧き起こってきた瞬間だった。司法試験に受からないとなれない職業は三つ、いや四つある。裁判官、検察官、弁護士、そして最後が司法試験予備校講師だ。この予備校講師という選択肢が光明に感じられた。

司法試験予備校の状況を見ると、はっきり言ってたいした講師はいない。実務経験があっても教え方が下手だったり、逆に実務経験不足だったり……中には司法修習すら受けていない講師、エスカレーター方式の高校時代から司法試験勉強をやっていて、初めから講師になるつもりでしたとほざく不届き者もいる。チャンスだと穂積は思った。日蔭者《ひかげ》とはいえ自分は元判事。話術にも多少の自信はある。そして麻耶が言うように外見も悪くないはず。穂積は早速現在の司法試験の状況を調べ、取り寄せた数名の人気講師のテープを分析した。

「そうか、なるほどな……人気講師といってもこんなものか」

これなら勝てる。つい口元が緩んだ。正木響子のようなモンスターなどこの世界にはいない。この程度の連中なら蹴散《けち》らすことは容易だ。実務経験、話術、見た目も含めてすべての面で自分はこいつらを凌駕《りょうが》している。負けるわけがない。転職を決意した穂積はすぐには行動を起こさなかった。予備校の状況や、司法改革の動向などを細かく分析し、満を持して教壇に立つ。上々の評判を得た。そしてその評判は遠い昔に忘れていた未来図を再び呼び起こした。

政治家になってやる。穂積はそう決意した。マスコミに露出し、知名度を上げる。ただのカリスマ講師ならいくらでもいようが自分は元判事だ。それを最大限利用してやる。ただあくまで誠実、低姿勢が基本だ。地元との連携、被害者団体への支援も忘れてはいけない。そして元判事として司法改革への提言というしっかりした専門分野を持つことも重要だ。これらを連動させながら来るべき日に備えていく。そしてそれから数年。その日は目前に迫っていた。

「着きましたよ、穂積さん」

運転手の声にはっとする。昔を懐かしんでいる間に目的地に着いていた。

「先生は県境の出身ですやろ？　わしも芸備《げいび》線で二時間以上かかる田舎の出身ですわ。先生が大臣にでもなってくれたらみんなに自慢できますよって」

「あまりせかさないで下さいよ、今は仕事が充実していますし」

「選挙、出て下さったら、任せといてくださ い。絶対投票しますよ」

穂積はありがとうと言った。精算をすませてから外に出る。どこかからつくつくぼうしの鳴き声が聞こえてくる。穂積はテレビ局内に入ると、顔馴染《なじ》みになった女性職員に流し目をくれてスタジオに向かう。生放送ではないので少し気は楽だが、油断することなど出来ない。ここです、と言われ通された部屋にはすでにスーツを着た男が待っていた。よろしくと言ってにこやかに手を差し伸べてくる。穂積も笑顔でその手を握った。

その手は大きく、ごつごつしていた。

最高裁判所事務総長である高遠聖人は五十代半ば。東大在学中に司法試験合格。東京地裁に判事補として着任後、二年で最高裁判所局付。その経歴の大部分を司法行政に費やしてきた。最高裁判所事務総長と言えば司法官僚のトップ。ひょろひょろのエリートの姿が思い浮かぶが彼の印象はまるで違う。穂積も百八十近くあって体格はいい方だが、高遠は二回りほど大きい。

身長は百八十台後半。体重は百キロ以上あるだろう。東大で柔道をやっていたそうだ。そんな体に人懐っこい素朴な顔が乗っている。だが見た目に騙《だま》されてはいけない。最高裁判所事務総長は各府省でいえば事務次官クラス。次は高裁長官、そして最高裁判事へというルートが約束されている。しかも高遠は歴代事務総長の中で最年少。こいつはあの正木響子を超えるほどの司法モンスターなのだ。

「穂積です。今日は東京からわざわざお越しいただいて」

「あ、いえいえ。どうも、こちらこそよろしくお願いしますね。どうかお手柔らかに」

高遠は過剰なほどに腰が低い。気のいい商工会議所の親父にしか見えない。穂積は恐縮しながら名刺を渡す。高遠はどこだったかなあ、と言いながら慌てて内ポケットをまさぐる。

ようやく見つけたようで名刺入れから名刺を差し出した。

「高遠といいます。ちなみに図体《ずうたい》がでかいもので、上司には熊ちゃんと呼ばれておりまして」

にこやかに何度も頭を下げる高遠を見て、穂積は警戒心が解けていくのを感じた。

「上司」と何気なく言っているが、こいつの上司と言えば最高裁長官あたりになる。

名刺交換を終えると、二人は腰かけた。ピンマイクをセットし、あまり時間もないので早速対談が始まった。対談は進行役のアナウンサーが入るという形式はとらず、専門家の穂積が高遠に質問していく形。高圧的な態度が見られればついてやろうとシミュレーションしてきたが、調子が狂った。高遠は先ほどと同じように腰が低く、にこやかに受け答えをする。

なるほど、こういう男だから最高裁もテレビ出演を許したのか。地方の番組とはいえ、最高裁判所事務総長がテレビ出演するなどごくまれだ。この男なら親しみもわくし、司法改革への批判をかわしやすい。以前裁判員制度の件で法曹三者、裁判所代表として高遠は出ていた。スポークスマンとしては有能なわけだ。だがこのまま逃げさせてはいけない。高遠、お前は政界への踏み台にさせてもらう。絶対に逃がさない――穂積は攻めの質問に入ろうとした。

「ではこの話題についてやはり訊《き》いておかざるをえないでしょう。先日、福山で起きた裁判員襲撃事件です。こんな事件が起きてしまい、裁判員制度に批判が多く寄せられています。高遠さんは裁判員制度推進会議の裁判所代表でもありました。どうお考えでしょうか」

「ううん、そうですねえ」

少しだけ高遠は考え込む。ここまでは予想内。騒いでいるが、はっきり言ってこれはたいした事件ではない。被害者は全治二週間程度の軽傷、犯人も逮捕されている。遺族の暴走に過ぎない。だがそう思っても顔に出してはいけない。犯人に理解を示しつつも、あくまで批判する。その態度が正解だ。だが出てきた言葉は意外なものだった。

「裁判員制度は、司法制度改革においてそれほど重要ではないんですよねえ」

その回答に、穂積ははっとした。予想も出来ない言葉に混乱する。穂積が問いを続ける前に、高遠はもう一度口を開いた。

「言いすぎですか。でも公正な裁判を望む割にやりたくない、責任は負いたくないって人は多い。常識を知らない裁判官には任せておけないという意見がある一方で、自分たちがやるのも嫌だでは困ってしまいます。それに他にも重要なことがあるのに、裁判員ばかりが注目されているのでわたしは不満なんですよ」

驚きのあまり、穂積は言葉を失った。それは正論かもしれない。だがまさか事務総長という地位にある者がこんな思い切ったことを言うとは思わなかった。法曹三者による会見で裁判所代表を務めていた頃の高遠はもっと鈍い印象だった。こんな牙《きば》を隠し持っていたのか。

「司法改革について少しだけ難しいお話をさせてください」

高遠は制度という言葉を省略した。にこやかにほほ笑みながら続けて言った。

「司法改革には三つの柱があります。裁判制度の改革、人的基盤の整備、国民的基盤の確立……この三つです。裁判員制度は三つ目の国民的基盤の確立——これを現実化したものです。難しい言葉ですね、言いかえます。国民が司法に参加するということです。三本柱の中でこれだけが有名になっている。逆に裁判制度の改革はあまり知られていません。例えば法テラスというものがありますが、これについてどれだけ国民の皆さんは知っているでしょうか？　名前だけは知っていても内容はよくわからないという人が多いのではないでしょうか」

高遠のしゃべり方は朴訥《ぼくとつ》としていた。予備校やテレビで穂積が見せる流暢《りゅうちょう》な調子ではない。だがその内容はズバリと核心を突くものだ。朴訥さは誠実さとも言いかえられる。

「法テラスでは貧しい人から無料で法律相談を受けたり、犯罪被害者支援を行ったりしています。この法テラスの開設にわたしも尽力しました。ですがまだ認知度は低いのが現状です。問題も多い。また下級裁判所裁判官指名諮問委員会というのも出来ました。

これなど問題のある裁判官の再任を不適当に出来る画期的な制度です。さらに国選弁護人制度改革が二段階に分けて実施されていることを皆さんご存じでしょうか。改革によって重大な刑事事件では被疑者段階で国選弁護人がつくことになり、さらに後年、範囲が拡大されたのです。裁判員制度だけが有名になってこれらについては周知徹底が遅れている。おかしな話です」

その内容は決して上滑りすることのない地に足がついたものだ。官僚答弁に終始すると予想していたのに高遠は核心だけを鋭くえぐり出して来る。

「人的基盤の整備についても知られていない。人的基盤の整備とは法曹人口を増やして迅速で公正な裁判を実現し、国民のニーズに応《こた》えようというものです。確かに司法試験合格者は増えています。でも弁護士を増やしたのはいいがうまく機能しているでしょうか。これでは弁護士どうしが食いあいになるかもしれない。質も低下しかねない。司法改革には他にも多くの知られていない重要ポイントがあるんです。まず……」

問題点を的確にえぐり出す高遠に穂積は焦った。

「司法改革と言えば、裁判官の人事権を高裁レベルに落とすというのはどうでしょうか」

やや専門的な穂積の問いに、高遠は微笑みながらピント外れだと言いたげに答えた。

「そんな小さな改革はどうでもいいじゃないですか」

小さな改革……穂積は言葉に詰まった。

「人事権を高裁レベルに落とせば全国で司法サービスの差が出来てしまう。これではいけない。色々ご批判はあるでしょうが、現行の人事制度で仕方ないでしょう。小難しいことはいいです。弱者に優しい司法を作りたいんです。よく外国とかで金持ちが大金払って保釈されるとかあるでしょう？　でもわたしが目指したいのは貧しい人も裕福な人も対等にしっかりした弁護を受けられるようにするということです」

穂積は黙り込んだ。こいつは何のためにこんなことを言うんだ？　高遠は司法官僚のトップ。攻める必要はなく、守ればいいだけ。無難なことを言っておけばいい。それなのにこいつはこんな思い切った発言をしてくる。反発が怖くないのか？　サッカーのアディショナルタイム、リードしているのに全員攻撃をしかけるようなものだ。

「もっと法テラスをパワーアップさせたい。質の高い弁護士を供給したい。増員するにしても、国民にもっと利用しやすい弁護士のあり方にしないと意味がない。必要なのは予算と、皆さんの理解。裁判員制度で重要なのは国民一人一人が我が身になって真剣に刑事裁判に接することです。それで公正な裁判を実現していく。その考え自体は正しい。国民の皆さんがどれだけ被疑者、被害者の立場に立ってくれるかにかかっています。もっと関心を持って欲しい。痛みを分かち合って欲しい。自分とは違う人の立場に立って考えて欲しいんです」

高遠の目は澄んでいた。何だこいつは――ふと正木響子の顔が浮かぶ。あの女もそうだった。正義を求め可能性の限りを尽くして挑んだ。99・9パーセント有罪でも、絶対に気を抜くことはなかった。究極のエリート連中はこんなものなのか？　何のためにこんなことをする？　いや、こいつらが異常なだけだ。皆がこうならとっくに日本の司法は変わっている。

「それとね、穂積さん……」

ややトーンを落として高遠は言った。指を組み、一度うつむいてから顔を上げた。

「わたしは法曹の門を叩《たた》く若者が司法改革で重要だと思うんです。法科大学院になって余計に何百万とお金がかかるようになった。これではいけない。弁護士も裁判官も検事も質を高めないと数が増えるだけでは無意味です。優秀なのにお金がないために挫折《ざせつ》した若者。人生が狂い死んでしまった若者をわたしは知っています」

それは淋《さび》しげな目だった。嘘をついているようには見えない。高遠は実際にそんな若者を見てきたのかもしれない。こいつは自分とは見据えているものが違う。そう思わざるを得ない。穂積は敗北感の中、何とか言葉をむしりとった。

「まあ、でも法曹の門を叩くのは若者だけではありませんよね。様々な人生経験を経て、それから法曹の門を叩く人もいるわけで」

「そうでしたね、申しわけない」

高遠は笑みをたたえながら言った。スタッフが時計を見ている。そこでタイムアップになった。穂積はゆっくりと息を吐きだす。椅子に座ったまま、番組用に一度礼をした。

「では高遠さん、本日はどうもありがとうございました」

「こちらこそありがとうございます。失礼しました」

　ピンマイクを外され、高遠は再び柔和な顔になった。立ち上がると、熊ちゃんと呼びたくなるような笑顔をこちらに向けてくる。穂積は笑顔を返しながらも、敗北感に包まれていた。最後で一矢報いたとはいえ、それは揚げ足とりの域を出ない。自分の印象が少しましになったという程度だ。議論的には完敗。高遠の独壇場だった。自分は司法改革で最高裁の人事権がどうとかちっぽけなことを考えていたのにこいつは違う。こんなはずではなかったのに――高遠の広い背を上目づかいに見ながら通路を歩く。その背中が絶対に越えられない壁のように思えた。こんな奴に勝てるはずがない。高遠は人のいないところで不意に立ち止まると、振り返る。話しかけてきた。

「穂積さん、次の選挙に出るんですよね」

　どうですかね、と穂積は言葉を濁した。負けることはないだろうが、ダメージを受けてしまった。得票数によって党内の発言力も左右されるだろうに今のは少し痛い。高遠の言ったことは穂積が言わなければいけないことだった。

「応援しますよ、本当ならわたしが出馬したいくらいですが無理だ。見た目も悪いですしね。でもあなたにならせられる。ぜひお近づきになりたいと思っていました」

「わたしは落ちこぼれの元判事ですよ。口だけ達者な」

　ご謙遜《けんそん》を、と高遠は笑った。謙遜ではなくこれは本音だ。

「わたしは行政畑が長くて穂積さんのように現場経験はあまりないんですが、現場の判事とは言っても知りえないことは多いでしょう。遠くから吠《ほ》えているだけでは駄目です。改革のためには事務総局と連動した方がいい」

お前は事務総局の内情を知らないだろう——暗に馬鹿にされているように思えた。そうだ。そのとおりだ高遠、認めてやる。たしかに自分は支部まわり時代、司法改革を主張した。だがどこまで本気だったかと問われると困る。気楽な立場だから言えた。お前のような司法官僚だったら絶対に言っていない。今だったら自分はお前の作った下級裁判所裁判官指名諮問委員会で判事を首になっていただろうな。そんなどうしようもない駄目判事だよ。

「わたしは大学の頃から司法制度の改革案を持っていましてね。それにのめり込んだために司法試験も一度、択一で落ちました。まあそれはどうでもいいですね。とにかく制度を変えたいんですよ。あなたが出馬されるならブレーンというやつになってもいい」

その言葉に穂積は顔を上げる。不審に思ったが、もし本気で応援してくれるならこれほど心強い味方もない。罠《わな》とも考えられるが、考え過ぎだろう。こいつはおそらく理想主義者だ。穂積を自分の理想、改革のために利用する気だ。高遠は人が通り過ぎるのを待ってから言葉を続けた。

「今度また、広島に来る予定なんですよ。次はテレビ局以外でお会いしたい。この名刺のメアドに連絡すればいいですかね」

「え？　ええ、はい」

「新球場がいいなあ。わたしはカープファンでね。一度マツダスタジアムに行ってみたかったんですよ。寝ソベリアとか砂かぶり席とか楽しい席が色々あるんでしょ？」

高遠は再び人懐っこい笑顔を向けてきた。

「いいですね、あそこはビール売りの女の子も可愛いですし」

穂積はビールを飲む仕草をした。高遠聖人……こいつが何を考えているのかはわからない。だがいいだろう、面白い。お前がこちらを利用するつもりなら、こちらもお前を利用してのし上がってやる。判事としての能力では負けても処世術では負けない。見ていろ、骨の髄までしゃぶりつくしてやる。

3

乾いた打球音に少し遅れて歓声が上がる。

糸を引くような白球がバックスクリーンに向けて伸びていた。だがすぐにセンターの動きは止まった。数歩の微調整で楽々キャッチする。これでチェンジだ。センターはボールを外野席に投げ入れると悠々とベンチに帰っていく。パフォーマンスシートからいいぞと声がかかった。

MAZDA Zoom-Zoom スタジアムで行われている広島対巨人戦。この日は巨人がリードする展開になっていた。内外野ともにコンコースに向かう何人もの人影が見える。照明に灯は早くから入っているが、空はようやく暗くなってきた程度。まだ回は序盤、試合はこれからだ。小休止を取ってトイレや売店に向かうのだろう。内野自由席ではすでにアルコールの回った中年男性が野次を飛ばしている。パフォーマンスシートでは広島応援団がトランペットを吹きならし、それに合わせてメガホンを叩く音があちこちから聴こえてきた。

「ビールいかがですかあ」

乃愛《のあ》はビールサーバータンクを小さな体で背負いつつ、来日した外国の要人のようにゆっくり手を振りながら歩いていた。腹部のネームプレートには「ノア」というカタカナ文字が刻まれている。

「お嬢ちゃん！　ビール一杯もらえるかのう」

呼び止められた乃愛は、はあい、と返事する。前方の席、グラウンド方向に鳥打帽の老人が座っていて手をあげている。乃愛はすみませんと言いながら観客をかき分け老人の元へ急ぐ。老人の横には娘さんだろうか、一人の女性が座っていた。彼女に見覚えはないが、この老人はたまに見かける。以前にもビールを買ってもらった。頑固そうだが、意外と知的なしゃべり方だった記憶がある。乃愛は笑顔を作りつつ、少し慌ててビールを紙コップに注いだ。

「今年になってからの新人じゃったたな？　お嬢ちゃん」

「はあい、そうです。あの……ビール、温《ぬる》いですか」

不安げに訊《き》く乃愛に、鳥打帽の老人はにこりと微笑みながら答えた。

「いいや、よう冷えとるよ。それにお嬢ちゃん、いい笑顔じゃ。こっちまで元気になる」

老人はおいしそうにビールを少し飲んだ。口の周りに泡をつけている。

「ただあれじゃな、ビール注ぐ時はあんまり泡立てたら駄目じゃ」

「あ、いっけない。すみません」

今度から気いつけえな、と老人は笑った。

「お嬢ちゃん、広島のもんとちゃうかったのう」

「いえ、実家はここです。でも少し前までは東京にいました。福井にもいたことがあります」

「そうか福井か、福井出身のカープ選手は活躍する。覚えとき、これ鉄板じゃ」

そうなんですか、と乃愛は微笑みながら答えた。だがよく考えてみるとこの老人はたしか前も同じことを言っていた。自分で言ったことを忘れてしまっているようだ。替わった選手の所に打球が飛ぶのが不思議だとも言っていた。だがそれは飛んだ時にだけ指摘するからだろう。

「ビール、作戦会議じゃあ、ノアちゃん！」

大声に振り返る。野次を飛ばしていた頭部の淋しい男だった。老人から受けとった代金を乃愛はコインホルダーに入れる。老人の隣に座る女性を見た。綺麗《きれい》な人だ。ただどうしたのだろうか。うつむいていて束ねられた髪が地面についている。

「早《はよ》うしてくれんか。ノアちゃあん！」

すぐに行きます、と応じるが、どこからか視線を感じた。

気になってふと振り返ると、綺麗な女性が立ち上がってこちらを睨《にら》んでいた。どうしたのだろう？　何を怒っているのかわからない。乃愛は気にせずに禿《は》げあがった男の方へ向かった。男のところに来ると、あまり泡をたてないように紙コップに注いだ。この男は新球場の常連だ。本名は知らない。売り子仲間からはハゲオヤジとコードネームで呼ばれている。飲んだくれ仲間とよくつるんでいる。

男性は太っていて五十前後だろう。いやらしい。マツダスタジアムには男性の売り子もいるが、彼が彼らからビールを買っているのを見たことがない。注文するのは女性の売り子にだけだ。特に乃愛は目を付けられているようで、いつも注文される。

「この外国人駄目じゃあ、扇風機、扇風機」

広島の攻撃が始まっていて外国人選手が打席に立っていた。だが初球、二球目と空振り。当たる気配がなく、内野席からはため息が漏れている。

「何がＯＰＳ重視じゃ、三振ばっかで使えんじゃろうが」

男性は外国人選手をけなしている。野球について勉強しろと言われているので少しはしたつもりだがよくわからない。わかるのは男性の視線が自分の顔や胸元に注がれていることくらいだ。売り子の給料は歩合制。売った分だけ収入が増えるからお得意様に文句は言えない。

歓声が起こった。

振り返るとカクテル光線に照らされながら打球がスタンドに向けて伸びている。マツダスタジアムは左右非対称型の珍しい球場だが、そのへこんだ方向、背後を山陽新幹線が走るレフトスタンドへ打球は吸い込まれていった。ホームランだ。さっきまでけなしていた男性は立ち上がり、万歳をしながら「宮島《みやじま》さん」を唄《うた》っていた。よかったですねと乃愛は声をかけた。

「じゃあこれ、ありがとうございます」

コインホルダーから乃愛はお釣りの三百円を渡す。立ち去ろうとするが、男性は離してくれない。作戦会議と言ってしゃべり続けている。だが会議の内容は野球の話ではなかった。

「ノアちゃんって女子大生か。どこの大学じゃ？」

「あ、広島大学の法科大学院に行っています」

「マジで？　高校生かと思った。弁護士になるんか」

首を振って裁判官を目指していますと答えると、男性はすごいのうと赤ら顔で笑いながら何度も同じことを言っていた。やけに機嫌がいい。客とコミュニケーションをとるのは売り子の仕事の内。必要条件だが、あまり過度に相手をしては図に乗る。誰か助けてと思っていると、別の客から声がかかった。はい、と乃愛は笑顔で返事する。これは愛想笑いではない。

「若いってのはええのう、肌の張りが違うけえ。まあでも若い、若いって言っても年とるのはすぐじゃ。気をつけんとその内、おばさんになってしまうかもしれん」

乃愛は苦笑いを返すと、引き止めを振り切る形でコンコースに向かっていた。

乃愛は矢継ぎ早に出される注文に追われていた。

今日はよく売れる。暑いのと接戦だというのが大きいのだろう。注入装置を合わせると二十キロ近いタンクは空になってしまった。ビール補充のために乃愛は階段を上がっていく。ロープの張られた内野指定席入場口からコンコースに出る。コンコースにはカープのユニフォームを着た客がたむろしている。皆楽しげだ。

広島駅側から巨大スロープを上がると、コンコースが土星の輪のようにぐるっと球場を一周している。このコンコースがマツダスタジアムの名物だ。コンコースには売店が立ち並び、ここから内外野、テラスシート、寝ソベリア、パフォーマンスシートなどに行くことができる。乃愛が向かったのは外野席の方だ。キャラメルポップコーンの甘ったるい香りを抜け、先輩売り子の後ろに並んだ。ここでチェッカーと呼ばれる人にビールを補充してもらう。空にならなくても新鮮さを保つために三十分おきに補充する必要がある。

補充の順番待ちをしながらふとテラスシートの客が目に入った。

彫りの深い顔立ちの中年男性が見える。思い出せないがどこかで見た顔だ。あのテラスシートは五人用で二万円かかる。それを一人で使っているのだろうか。乃愛は補充を終え、再び内野指定席に戻っていく。内野指定席の入場口には係員がいて、半券をチェックしている。もう六十後半らしいが元気なおじさんだ。その係員に乃愛は声をかけた。

「中川《なかがわ》さん、通りますよ」

おお、と係員は元気に言った。名前は中川勲《いさお》。旧市民球場時代からの熱狂的なカープファンで、ここで趣味をかねて働いている。行ったことはないが、家には選手のサイン色紙やフィギュアがところ狭しと飾ってあるという。第二の人生を好きな所で働けることは幸せなのだろう。

「ノアちゃん最近大人気じゃないか」

「そうですか、ううん……やっとコツがつかめてきた気はしますけど」

「地元のテレビ局に取り上げられていたなあ。わしも見たわ」

人気者は大変だねえ——そう言いながら中川はニコニコしていた。だがその瞳《ひとみ》は不思議と悲しげに映った。彼はここで働いている。ただ前の試合は来なかった。そのことを振ってみた。

「とうとう逝《い》っちまったんだよ、わしのアニキ。この前は通夜だったわけ……前からもう長くないって言われていた。けどよう頑張ったと思う」

やっと解放されたと笑いながらもその笑顔には淋《さび》しさが見てとれる。いつものように彼は明るく振る舞っているが、心の中はわからないものだ。乃愛はこういう時、どういう言葉をかけていいのかわからない。本当に色々な人がいる。鳥打帽の老人も、あの禿《とく》頭《とう》の男性だって色々と悩みを抱えているのかもしれない。

乃愛も半年くらい前まではこうではなかった。小さい頃から引きこもりではないが重度の引っ込み思案。当然ボーイフレンドなどいなかった。大学に入れば変われると思っていたのに当てが外れた。卒業単位を取るためだけに通っている感じだった。

乃愛を変えたのはこのマツダスタジアムだ。本当は東京の法科大学院に行くつもりだったのだが、祖母の介護がしたくて地元広島の法科大学院に進んだ。祖母の介護は主に母がしているので、乃愛は社会勉強のつもりでアルバイトを始めた。それを契機に自分を変えることができたのだ。メガホンで応援歌をうたう人々を見ながら乃愛は思う。このマツダスタジアムは広島市民の人生の縮図だ。人間交差点。それがビール売りを始めてよくわかった。

回が進む。ビールの売れ行きはいまだに好調だ。乃愛は何度も補充に戻り、中川や売り子仲間と会話を交わす。今日はよう売れるけえ。みな口々にそう言っていた。何度目かの補充を終えてすぐ広島の打者が三振し、五回が終わった。乃愛は内野指定席の階段をグラウンド方向へ下りていく。一番下まで下りるとビールサーバータンクを脇に置き、バックスクリーンの方を向く。音楽が流れ始めた。アストロビジョンにはマスコットのスラィリーと有名な振り付け師が映っている。マツダスタジアムでは五回裏が終了すると売り子たちが内野指定席最下部に集結し、踊るのが恒例になっている。カープチアダンスと呼ばれ、乃愛も研修で指導を受けた。

ややぎこちない笑顔を作った時、さっきの禿頭の男性が大声で叫んだ。

「先生、始まった。CCダンスじゃ、CCダンス」

先生と呼ばれた男性が慌ててやって来た。それほど年がいってはいないようだが、白髪が目立つ。どこがどう先生なのだろうか。よく知らないが酔っ払い軍団、リーダー格の構成員だ。

「頑張れえ！　ノアちゃん、ファイトお！」

先生と呼ばれた男の乃愛への声援に笑い声が起きていた。乃愛は笑顔を崩すことはなかったが思わずうつむいた。恥ずかしい。ビール売り自体は慣れたが、このCCダンスだけは別物だ。まるで慣れない。だが一分ほどの辛抱だと思い、音楽にあわせて踊り始める。

「あの恥ずかしそうな様子がええのう」

そんな声が聞こえた。スマホがいくつもこちらに向けられている。写真や動画を撮られているのがわかった。開幕当初はそうでもなかったのだが、テレビで売り子特集をやってからこうなってしまった。他の売り子が言っていた。「マツダスタジアム　ノア」で検索すると結構ヒットするらしい。いくら自分を変えたかったとは言えここまでは計算外だ。

やがて音楽が鳴りやみ、CCダンスは終わった。乃愛は観客にありがとうと手を振る。

「いいぞう、ノアちゃあん！」

先生の囃《はや》したてる声とともに、温かい拍手が送られている。だが自分にとっては拷問のような一分間だった。乃愛は何回か礼をした後、ビールサーバータンクを再び背負う。タンクは補充したばかりで重かったが、助け船のようにすら感じられた。


この日の試合はワンサイドにならず、終盤まで接戦だった。

八回裏でビール売りは終了。乃愛は流れ出る汗をタオルで拭《ふ》き取りながら階段をコンコースに向かって上がっていた。接戦のおかげでビールは飛ぶように売れた。乃愛は売上数を二百杯の大台に乗せた。ただこれでも先輩の売り子たちには敵《かな》わない。

不意に男性の大声が聞こえた。乃愛は思わず振り返る。タオルが落ちた。声がしたのはコンコース、障害者シートの近くだ。タオルを拾い、近づくと客同士がもめているのが見えた。二人とも知っている。片方はハゲオヤジと呼ばれる禿頭の男性だ。もう片方は鳥打帽をかぶった老人。二人とも今日、自分がビールを売った相手だ。何があったのだろうか。

もめていると言ってもつかみ合いの喧嘩《けんか》ではない。男性が一方的に怒鳴っているだけで、鳥打帽の老人は何もしゃべらない。観客は喧嘩にさほど関心はなさそうだ。数人がふり返った程度で、人だかりなどは出来ていない。ただ自分はアルバイトとはいえマッダスタジアムの関係者だ。客同士の喧嘩だと言って放っておくわけにはいかない。

「どうしたんですか、喧嘩はやめてください」

駆け寄ると、二人は無言で互いを睨《にら》みつけたままあっさりと別れた。どちらも特に捨て台詞《ぜりふ》のようなものを吐くわけでもなかった。老人は口を真一文字に閉じたまま閉まった売店の前を歩き始める。コンコースを速足で三塁席側の巨大スロープへ向かっていった。彼らの間で何があったのかはわからないが、とりあえず争いは終結して乃愛はほっとした。

アルバイトを終え、乃愛はスタジアムの外に出る。乃愛は心地よい疲れと共に自転車を停めてある駐輪場に向かった。売り子仲間だけでなく、チケットもぎりのバイトをやっている人たちが家路につく姿がちらほら見える。駐輪場にはチェーンロックを外している短い茶髪の青年がいた。中肉中背。バスケのユニフォームのような服を着ている。下は短パンにサンダル。青年はバイト仲間の拓実《たくみ》だ。乃愛は声をかける。

「拓実、来てたんだ。気付かなかった。外野席の方にいたの？」

青年はこちらを振り返ってからややぎこちない笑みを返す。

「テラスシートの方とか回っていたんだ」

拓実はフリーターだ。高校を出た後、各地をブラブラしていたらしい。売り子はほとんど学生で、拓実は特例のような形で働いている。他の球場でもビール売りの経験があり、それを買われた。見た目はいかにも現代風の青年。以前なら怖いと感じ、声をかけることはなかっただろう。だが今は違う。拓実は物静かだが意外と話しやすく、いつの間にか仲良くなっていた。

「今日はねえ、わたし二百杯以上ビール売ったよ」

「ふうん、すごいんじゃないか」

拓実は関心なさそうに生返事をした。

「ところでさ、オーピーエスってなに？」

乃愛が問うと拓実は乃愛に馬鹿にしたような顔を向けた。鼻で笑いつつ、説明を始める。出塁率と長打率がどうこうと言っているが、よくわからない。

「解説者があんまり言わないからな。打点とかどうでもいいことは言うくせに」

物静かな拓実だが、野球やカープのことになるとよくしゃべる。だから会話が途切れがちになると乃愛はそういう話を振ることにしている。乗せられているとも知らず、得意げな顔で拓実は言った。

「ノアって法律のことは知ってても、野球のこと全然知らないよな」

「馬鹿にしないで、福井出身のカープ選手は活躍するんでしょ？」

鳥打帽の老人の受け売りだった。拓実は感心したように答える。

「へえ、そんなこと知ってるのか、意外だな」

「わたしだって勉強しているんだから。じゃあ行こっか」

乃愛は広島駅の方を指さした。拓実は微笑むと黙ってマウンテンバイクをこぎだす。乃愛は自転車にまたがって拓実を追いかけた。乃愛の家は紙屋町《かみやちょう》にある。拓実の家はその先の横川らしい。乃愛の家まで二人でツーリングするのがいつしかバイト後のパターンになった。

夜の十時。広島市内を二台の自転車が駆け抜けていく。

これが乃愛と拓実のデートコース。二人は二十二歳と二十三歳だが、まるで中学生のようだなと乃愛は思う。でもこの距離感がとても好きだった。同い年のみんなは笑うかもしれない。でもそんなことなどどうでもいい。自分は引きこもりのような十代を過ごしてきた。だからそれを取り戻したい。生きている。そう思いたい。拓実は……どうなのだろう。

二台の自転車は西へと向かう。歩いても三十分ほどだが自転車だと家まではすぐだ。少し黙りこむとあっという間に着いてしまう。だからいつも原爆ドームで一休みする。旧市民球場の前を通り、元安川《もとやすがわ》の手前にある原爆ドーム前に自転車を停めた。夜の原爆ドームに人影は少ない。相生橋から釣り竿《ざお》を垂れている人やウクレレを弾いている若者の姿が見えた。相生通り側のベンチに向かう。ちょうど路面電車が通っていくのが見える。ベンチには夜になるといつものように現れる二匹の猫がいた。近づいても逃げない。

乃愛は猫を撫《な》でると、ベンチに腰掛ける。

拓実の姿が少しの間消えていたが、やがて頬に冷たいものが当たって乃愛は驚いた。

思わず声が出た。振り返ると拓実がいた。自販機で買ったコーラの缶をくっつけたのだ。

「ほい、やるよ、おごりだ」

プルタブを引き、乃愛はコーラを飲む。火照った体に炭酸が染み込んでいく。おいしい。素直にそう思った。原爆ドームはライトアップされている。横目で拓実を見ると、彼は飲み終えてゲップをしていた。左手で缶をつぶそうとする。だがスチール缶だったので思ったようにつぶせない。いい年をして子供のようだ。乃愛は微笑む。拓実はようやく缶を少しへこませ、痛そうに手を振りながら言った。

「なあノア、この前福山で起きた裁判員襲撃事件って知ってるか」

それは意外な問いだった。こんな真面目な話題を振ってくるとは珍しい。

「みんな知っている事件じゃない」

「俺、昨日まで知らなかった。ニュースなんか見ねえし。やっぱまずいよなあ、あんなことしちゃ」

「うん、せっかく司法改革にみんな関心持ってるのに」

「けどあのブログってひどいだろ？　なんか面白半分っていうか、たまたま裁判員になったから利用してアクセス数増やしてやろうって根性が丸見えじゃねえか。萌《も》えアニメの感想と同じトコに書いてるし。こんなヤツが運命握っているんじゃ被害者が納得できねえよ」

「じゃあ拓実はあの人のやったこと、正しいと思う？」

拓実はどうかなと言った。この事件、話題になっている割に反応は比較的冷静という気がする。色々と問題点は噴出してくるが、守秘義務の罰則強化が言われるだけだ。決まってしまったものは仕方ないという感じなのだろうか。だが国民の司法参加は絶対に必要なことなのだ。

「ところで拓実、前に言ってた就職決まったの？」

そう問うと、拓実は少し間を空けてから答えた。

「ん？　ああ。最初は契約社員らしいけど、半年頑張れば正社員にしてくれるらしい」

「よかったじゃない。わたしもうれしい」

本心だった。拓実はしっかりしているとは思うが、やはり不安定なフリーターより堅い職業に就いていてくれた方がいい。もし両親に紹介する時が来てもそれなら安心して言える。

「ノアは裁判官になるんだろ？　広島で判事になるのか」

「わかんないよ。勝手に決められるから。それにまだ司法試験に受かってないし」

「そっか……じゃあ俺、そろそろ行くよ」

拓実は立ち上がった。乃愛はうん、とだけ言う。時刻は午後十時半になっている。

会話は将来のことに向きかけていた。あまり深く突っ込むと、結婚といった話にもなりそうで照れくさいのだろうか。充実している今の時間がすごく好きだが、いつまでも気持ちのいい関係でいられるわけではない。将来のことも、そろそろ真剣に考えていかないといけないように思う。拓実が就職するのはいいことだろうけど、少しだけ乃愛は淋《さび》しさを感じる。

「俺的には、ずっと一緒にいたいけどな」

去り際に拓実はそうつぶやいた。

「え、何て言ったの？」

乃愛は聞こえなかったふりをして問い返す。だが本当は聞こえている。わざとらしいなと自分でも思う。顔がすぐ赤くなる癖が多分出ているだろう。拓実は笑うだけで問いには答えない。マウンテンバイクをこぎだした。一度だけ振り向くとマジだよ、と言った。相生通りを路面電車に並行して走っていく。乃愛は右手を頬に当て、しばらくその熱を感じていた。

4

満員の聴衆から割れんばかりの拍手が起こっていた。

天井からは「考えよう、被害者の人権」という幕が下がっている。ここは安芸高田市《あきたかた》にある甲田《こうだ》人権会館だ。犯罪被害者団体による集会が催され、穂積は講師として壇上に立っていた。被害者支援法が成立したとはいえ、まだ被害者支援は立ち遅れている。困っている人たちを救うために何とかしたい。いつものような軽口は控えめにそんなことを熱く語った。

講演を終え、笑顔で手を振ってから深々と一礼をする。拍手は止むどころかさらに大きくなった。その拍手を背に穂積は控え室に戻っていく。

「いやあ素晴らしかったですよ、先生。さすがとしかいいようがないですな」

控え室では主催者の被害者団体の人たちが満面の笑みで出迎えてくれた。冷えた番茶が運ばれてきて、穂積はそれを一気に飲み干した。少し疲れた。まあ当然だろう。今日は朝から東京で講義があり、その帰途の足でここまで来たのだから。

「ようこんなところまで来て下さいましたなあ、ただみたいな講演料で」

本当にただ同然だよ。そう穂積は心の中で言った。いつも大きな講演会場でやる講演料は五十万を下らない。それが今回は三万円プラス交通費のみ。端金《はしたがね》にもならない。ただこの集会はいのちの会という大きな被害者団体が主催しているため、どうしても来ざるを得なかったのだ。選挙の時にこの団体は使える。集票という観点だけでなく、弱者の味方というイメージ作りにも役立つ。どうしても味方につけておくべき団体なのだ。

「いえ、ただでも来ますよ。選挙に勝つには地道な活動が大切ですし」

「じゃあやっぱり選挙、お出になるんですね？」

「はは、冗談ですよ、冗談。まだ決めかねているんです」

笑いあったが、穂積のそれは苦笑いだ。危ない――つい本音が零《こぼ》れかけた。らしくない。やはり疲れているようだ。この後、一度自宅に帰ってからマツダスタジアムにおもむ予定だ。野球を楽しむためではない。最高裁判所事務総長をもてなすという厄介な仕事のためだ。こんな講演適当でいい。高遠とは試合前に広島駅で会う約束になっている。まだ時間的余裕はあるが万が一遅れることにでもなっては大変だ。

「矢口《やぐち》さんもお疲れさんです」

いのちの会の人の声に、白髪の多い男性が振り返る。この男は矢口幸司《こうじ》という弁護士だ。今日は穂積より先に講演をした。平成二十年に出来た損害賠償命令制度について熱く語っていた。穂積と年齢はあまり変わらないようだがずっと老けて見える。

「ああどうも。すぐ電車が来そうなんでこれで失礼します」

腕時計を見ると矢口はさっさと帰って行った。電車で来たのか。ご苦労なことだ。穂積は矢口についていのちの会の人に訊《き》いてみた。

「ああ矢口さんですか、いい人です。あの人は以前から日本の被害者支援の立ち遅れについて言っておられたんですよ」

弱者の味方の振りをして好感度を上げる。そして国政へ——矢口という奴も自分と同じ狙いでここに来ているのだろうか。ただぱっとしない外見だ。あまり弁も立たない。

「高卒、三十半ばになってから弁護士になった苦労人でしてね。弱い人の痛みがよくわかるんです。今でこそ事務所を開いておられますけど、ちょっと前までノキ弁って言うんでしたか？　無給で事務所勤めだったらしいです。弁護士が増員されてから、負けるとわかりながら着手金だけ稼いでいく悪い弁護士も増えてるでしょ？　だからここの会にいる人は皆、頼りにしていますよ」

矢口か、うっとうしい奴だな――そう思いつつ穂積はそうですかと応じた。

「それでは、わたしもこのあたりで失礼させていただきます」

しばらく話してから席を立つ。いのちの会の人たちは会館出口まで見送ってくれた。そこで一度別れる。ただその出口で待っていた影があった。もう八十過ぎだろう老人だ。薄汚れたシャツを着ている。老人はよたよたと歩いてくると、すがりつくように穂積の手を握った。いのちの会の人たちが驚いて近寄ってくる。老人はじっとこちらを見つめていた。

「なあ……ほ、穂積さんよ」

握った手が震えている。汚らしいジジイだと思ったが穂積は何でしょうか、と優しく訊ねた。老人はしばらく口をもごもごさせていた。やがて絞り出すように言った。

「あんた、選挙出るんじゃろか。国会議員になるんじゃろか」

「いや、さっきも質問で出たんですがそれは……まだ何とも」

「老人は穂積の腕を握りしめながら、何度も頭を下げた。

「被害者のこと真剣に考えてくれる法律家は矢口さんとあんたくらいじゃ。矢口さんは出馬する気ないし、頼むわ穂積さん、あんただけが頼りじゃ。頼むから議員になってくれや」

穂積は一瞬、いのちの会の人たちを横目で見た。気づくと老人は土下座している。穂積は顔をお上げくださいと言った。だが脳裏では「こいつは使える」その言葉が木霊《こだま》していた。

「あんたみたいな痛みがわかる人やないと、この国はようならんのじゃ！」

老人は叫んだ。穂積は心の中だけでほくそ笑む。少し間を空けてから口を開いた。

「顔を上げてください。穂積は痛いほどわかりました」

包み込むような声でそう言った。うながされて老人は顔を上げる。穂積は続けて言う。

「必ず、ご期待に添うようにします。弱い立場の人の声が届くような社会に」

「穂積さん！　ありがとう、ホンマに」


被害者遺族の老人と関わったために、予定はやや遅れてしまった。

だが車の中、穂積の機嫌は悪くなかった。高遠との約束には間に合う計算だし、何より老人から貴重なプレゼントをもらった。せがまれ、事実上の出馬を約束した。いいんですかといのちの会の人たちは言っていたが構わない。出馬の決意はとっくに固めている。問題は出馬を決意した理由を具体的にすることだ。出馬の正式表明後、何故出馬されたんですかという問いは必ず来る。その時に抽象的なことを言うだけでは人の心には響かない。具体的な例を示すことが重要なのだ。

そういう意味であの爺《じい》さんは使える。司法改革という専門分野のアピールは当然だ。だがそれに加え、被害者遺族の老人に手を握られ出馬を熱望されたという話を出せば効果的だろう。証人はいるし、やらせでもない。地方にわずか三万円で講演に行った時だと調べればわかる。これはいい。得をした。百万で講演をするよりずっと効率的だ。

やがて車は自宅のマンションについた。

ＩＣタグ認証を済ませると、エレベーターで三十一階に上がった。ここは最近建てられたばかりの高級マンション。購入は少し迷ったが、新幹線が主たる移動手段になっている以上広島駅の近くがいい。それにリビングからの夜景は広島を制覇したという気にさせてくれる。ただこんなものは腰かけだ。いずれは東京でもっといいマンションに住んでやる。

「お父さあん、数独来たよ」

玄関を入ると不意打ち的な大声で出迎えられた。高二になる娘の麻耶だ。新聞の夕刊を持っている。下着の上に大きめのＴシャツを一枚着ただけの恰好《かっこう》だった。穂積は思わず目をそらせる。手渡された夕刊を机の上に置き、ネクタイを緩めた。

「着る物用意しておいてくれ、シャワー浴びてくる」

「一日一数独でしょ？　この頃いっつもサボってばっかじゃん」

「それよりお前も準備しろ、マツダスタジアムに行く。事務総長が来る。接待だよ」

そうだった、と麻耶はバットを振る真似をした。それにしても邪気がない子だ。子供の頃からずっと素直で、反抗期と呼べるものも記憶にはない。お父さんの跡を継ぐと言って慶應大の法学部を目指しているらしいが、あまり勉強しているようには見えない。

穂積は軽くシャワーで汗を流すと、麻耶が用意しておいてくれたシャツを着た。

「なあ、麻耶、もっといいネクタイ……」

途中で言葉を失った。リビングで待っていた麻耶はすでに着替え終わり、黒のワンピースに身を包んでいた。前に穂積が買ってやったブランド物——かなりの高級品だ。大人向きで麻耶にはまだまだ早い服だったが、あの時は酒が入っていたため調子に乗って買ってやった。麻耶は今、それを見事に着こなしていた。

「駄目？　似合わない……かな」

小さくそう言った口元には独特の色気があった。穂積は息をのむ。小悪魔的というのだろうか、さっきまでとはまるで印象が違う。そのギャップが心をわしづかみにする。同時に麻耶を誰にも渡したくないという思いも起こってきた。男が寄ってきていないかスマホなどは密《ひそ》かにチェックしている。今のところ特定の彼氏はいない……はずだ。以前いい寄ってきたガキがいたが、穂積が麻耶の振りをして追い払ってやった。絶対に交際など認めない。

「いや、似合う……似合いすぎるから替えた方がいい」

「ええ、何なのそれ？　わけわかんない。いつ着ればいいのよ」

「俺が議員になった時だ。当選した時に横に立っていてくれ」

十五分後、穂積と麻耶は広島駅前にいた。たくさんの人がいる。広島駅構内からだけでなく広島電鉄やバスからもカープのユニフォームを着た人々が次々に降りてくる。赤い流れが出来ていて、マツダスタジアムがどの方向にあるかは誰の目にも明らかだ。

「ALL-INN烈」と書かれた三輪車が走っていくのが見えた。麻耶はまだあれあったんだあ、と言ってショートパンツ姿で駅の方を振り向いた。

「こんなトコで待ち合わせじゃ、高遠のおじさん来てもわかんないよ」

会ったこともない最高裁判所事務総長におじさんか。穂積は呆《あき》れた顔を麻耶に向けた。

「いや、でかいからわかるよ。百九十近くある。体重は百キロ以上。熊みたいな人だ」

「そうなんだ。あ、あれじゃない？」

麻耶が指さした先には、にこやかに微笑みかける大男がいた。スーツ姿だがネクタイはしていない。小刻みに手を振ると、こちらに一度礼をする。高遠だ。身が引き締まる思いがした。穂積は一度大きく息を吐きだすと、笑顔を作る。少し緊張したが、こちらに歩く途中で高遠は鞄《かばん》から古いカープ帽を取り出して被《かぶ》って見せた。近づくと穂積は何度か小さい礼をする。口を開きかけた。

だが高遠に浴びせた第一声は麻耶のものだった。

「高遠さん、東京の人なんでしょ？　カープファンだったんだ」

人見知りしない麻耶の性格はわかっていたが、いきなりこんなになれなれしく話しかけるとは思わなかった。これはさすがに失礼すぎないか。だが高遠はまるで気にする風でもない。

「生まれは広島だよ。それにわたしは巨人が大嫌いでね。弱い者の味方だから……いや、そんなこと言っちゃあカープに失礼だな。昔、すごくカープは強かったんだ」

「すみません、常識知らずの娘で」

「ああ、彼女が娘さんですか。麻耶さんでしたね」

そうですと言おうとした。だがその前に麻耶が答えていた。

「そうです。父に聞きました。おじさんってすごく偉い人なんでしょ？」

穂積は麻耶を睨《にら》んだが、いいんですよ、と高遠は笑った。麻耶の方を向く。

「うん、おじさんは結構偉かったりするよ。口の悪い人に言わせると、全国に三千人以上いる裁判官の人事権を握っている最高裁判所事務総局、そのボス猿だからね。でも君のお父さんが国会議員になったらいずれは抜かされるんじゃないかな」

「ボス猿っていうより熊ね。二人で司法改革して日本を牛耳っちゃうんですか」

「いやいや、わたしにはそんな力はないよ」

「なんか高遠さんとお父さんってあんな感じ……そう悪代官と越後屋《えちご》！」

思わず穂積は下を向いた。麻耶は自分で言っておいて笑っている。もう麻耶を止めるすべはないようだ。行きましょうか、と言ってマツダスタジアムの方へ誘導するが、二人は意気投合したように話しあっている。麻耶はずっとそんな調子でしゃべり続け、高遠も楽しそうに応じていた。

「気にいらない判事さんがいると、僻地《へきち》に飛ばしちゃうんですか」

「熊だからね。川で鮭をとるようにバシッと飛ばしちゃうよ」

「意外、おじさんって面白いじゃん」

さすがに怖れを知らない麻耶でも、高遠の前ではもっとおとなしくなると思ったのだがあてが外れた。ただ高遠の方も失礼なもの言いを別に気にしていないように見える。麻耶を連れてきたのは成功だったのか失敗だったのか。さっぱりわからなかった。

穂積が予約した席はコカ・コーラテラスシートだった。高遠が興味を持っていたので寝ソベリアにしようかとも思ったが、さすがに真面目な話をするには向かない。某有名監督が寝転がりながら観るなんて失礼だろと言ったこともある席だ。その点、テラスシートはテーブル一つ二万円で五名まで利用可能。三人ならゆったり観ることができるためここにした。

試合は巨人が先制する展開で始まった。勝敗など知ったことではないが、出来ればワンサイドだけは避けて欲しいと思った。幸い点差は開かず、広島が追いかける接戦になった。麻耶は遠くに打球を飛ばした選手が勝ちと思っているのか打球が上がる度に大声を出していた。穂積は麻耶が一方的にしゃべりまくるため、なかなか真面目な話に入れない。

内野席の方でおさげ髪の売り子が頭部の薄い酔っ払いに絡まれているのが見えた。その様子をしばらく高遠は目で追っていた。その売り子はＣＣダンスが始まると恥ずかしそうにしていた。声援も飛んでいる。よく見ると、今日人権会館で出会った矢口という男が声を出していた。穂積はなかなか二人の会話に割って入れなかったが、麻耶がトイレに行った時を狙って高遠に切り出した。

「本当に申し訳ないです。娘が失礼なことばかり。甘やかして育てたもので」

「いやいや、明るくていい子ですよ。わたしの娘は引っ込み思案で困っているんです」

「事務総長にも娘さんがおられるんですか」

「ええ、頭は悪くないんですがね……もう少し社会に出るように言っていまして」

「そうなんですか。ところでこれからの話なんですが」

言いかけると、高遠はにこりとしながらさえぎった。

「穂積さん、今日は無粋な話はやめませんか。野球を楽しみましょうよ。明日《あした》は厄介なシンポジウムに出席する予定ですし、今だけでも」

すみませんと穂積は言った。たしかにそうだ。具体的な話をするより、親睦《しんぼく》を深めることの方が先かもしれない。高遠はまたおさげ髪の売り子を目で追っていた。テレビ局で可愛い子がいると言ってやったが、あんな子供のような娘に興味があるのだろうか。変態め。まあ自分も人のことは言えない。娘が大きくなった今でも一人の女のことが忘れられないのだ。穂積は高遠にビールでもどうですかと言おうとした。だが横を見ると高遠の姿はない。穂積は別の売り子に声をかける。

「ビールもらおうか」

その声に三人ほどの売り子が反応する。一番遠くにいた男性の売り子が、他の二人を押しのけるようにテラスシートに走ってきた。ネームプレートに「TAKU」と書かれている茶髪の青年だった。ありがとうございます、と元気に言いながら慣れた手つきでビールサーバータンクからビールを紙コップに注ぐ。

「わたしにもちょうだい、ちょうだい！」

横から声がした。振り向くといつの間にか麻耶が戻ってきていた。

「どうも、ありがとうございます」

穂積は啞然《あぜん》としながら麻耶がビールを買うところを見ていた。麻耶はビールを一気に飲み干すと笑った。穂積はようやく我に返ったように麻耶に駄目だろうと言った。

「いいじゃん、いいじゃん。無礼講よ。この前、親類が集まった時も飲んでたし」

「それは身内だからだ。今はお堅い高遠がいるんだ。心証を悪くされたらまずいだろ」

麻耶はまるで意に介していないようだ。

「おいしい。やっぱ球場と言えばビールよね」

「二杯も買っていただいて、お礼に選手の物真似でもしないといけませんね」

白い歯を見せながら青年は言い、ビールサーバータンクを脇に置いた。本気で選手の物真似をするようだ。誰なのか当ててくださいと言った。意外とうまく、麻耶は次々と当てていく。

「僕が一番得意なのは実はこれなんですが、古いからわかんないかなあ」

そう言いながら、次に青年は奇妙なバットの構え方をした。鼻歌をうたっている。応援歌だ。

「わかったあ。ショーダでしょ、正田。すんごく似てる」

麻耶が興奮しながら答えた。大正解と青年は言った。たしかに似ている。だが麻耶が知っているとは驚きだ。野球に興味などないと思っていたのだが。青年はサーバータンクを担ぎかけた。

青年は帽子をとって礼をすると、穂積のところに近づいてきた。

「あの……穂積さんですよね？　テレビに出てる」

「ああ、何だったらテレビで紹介するよ。マツダスタジアムに物真似のうまい売り子がいるって」

明るくそう答えると、青年はしばらく黙りこんだ。

うつむきながら帽子をかぶり直す。そして再び、微笑みながら言った。

「僕、法律の勉強をしているんですが、実は穂積先生のご意見が聞きたくて。先日の裁判員襲撃事件についてなんです。裁判員を襲撃したあの男性のこと、どう思われます？」

またこの問いか。穂積はいいかげんうんざりした。だが政治家を目指す以上は、こんな相手でも丁寧に答えてやらねばならない。穂積は被害者遺族の加害男性に同情を示しつつも、こんな確信犯的なことは赦《ゆる》されてはいけないといつものように答えた。

「でも人を裁く人間がこんな態度だったら赦せないですよ」

「君は法律の勉強してるんだろ？　百人の罪人を逃しても、無辜《むこ》の一人を処罰してはいけない」

「でもそれって綺麗《きれい》ごとすぎると思います。自分が被害者じゃないから言えることです。無罪という判決を受けて、被害者遺族は家庭がボロボロになることもあるんですよ。有罪判決を下す時もそうですけど、無罪判決の時も裁判官は判決に命をかけるべきです」

しつこい奴だな。穂積はうんざりした。裁判官といっても職業の一つだ。要するに金もうけの手段。そこまで思って裁いている奴など一部の連中だけだ。あとは事件処理一覧表を見ながら赤字黒字の世界で適当にやっている。何故命などかけねばならないというんだ？

「横川事件みたいに殺人犯を野に放つ、ふざけた判決は赦されませんよね」

問いに穂積はすぐに反応できない。横川事件？　なんだそれは。少なくとも有名な事件ではない。こちらの無知さを笑うつもりか。有名講師をやり込めて自己満足に浸りたいのか。バカらしい。そんなマイナーな事件、一々覚えていられるか。

「どう思います？　横川事件は裁判員襲撃事件なんかよりずっとひどいと思うんですが」

「すまない。無知をさらすようだがどんな事件だった？」

その問いに、青年はしばらく押し黙った。体が小刻みに震えている。穂積は不審げに彼の顔を見た。青年は歯を食いしばっていたが、やがて押し殺したような声で言った。

「あなたが居眠りしていた事件ですよ」

穂積は重い何かで殴られた思いがした。言葉が出ず、一気に記憶がよみがえる。横川事件。そうか、あの老人が被告人になった事件。傘で社長が刺し殺された事件だ。自分はあの時たしかに居眠りをしていた。改めて穂積は青年の顔を見る。その顔、いやその眼光には見覚えがあった。

「君はまさか、あの傘で社長が刺し殺された事件の……」

青年は何も言わなかった。だがその目つきは鋭いものだ。あの日の少年の目。見ていた。こいつはあの法廷で小さなまぶたに穂積の過ちを焼きつけていた。なんてことだ。こんなことが公に知られれば政治家への道は……不意にテーブルに置かれているナイフが目に入った。

これでこいつの口を封じて――一瞬だけそんな馬鹿な考えが浮かんだ。だがすぐに打ち消す。落ち着け、こんなものは何の証拠にもならない。こちらが否定すればただ奴が因縁をつけているだけで終わる。政治家の妨害をすることはよくあること。だが穂積には、それ以上青年の鋭い眼差《まなざ》しを見つめ返す力はなかった。青年は踵《きびす》を返すと、再びビール売りに向かう。

「ビールいかがっスかあ！」

青年の声はいつまでも、穂積の耳にこびりついて離れなかった。

5

広島へ向かう新幹線の中、響子は書類に目を通していた。

書類は大きく分けて二つある。一種類目は明日行われるシンポジウムのパンフレット。もみじくんという愛らしいマスコットが裁判員制度の廃止を訴えている。パンフレットの中には末永の写真もあって、裁判員制度はなくせますというインタビュー記事が大きく載っている。元広島高裁判事という肩書きが妙に太い字で書かれている。末永はどんなことをしても裁判員制度をつぶすと言っていた。権威主義だろうが何だろうが、利用できるものは精一杯利用するらしい。次のページには響子の顔写真と元最高裁判所調査官という肩書きも載せられている。恥ずかしい。一応末永にオーケーはしたが、こんなに大きく載せられるとは思わなかった。

だがそちらに関心はあまりない。響子が関心を持っているのは、かつて自分が裁いた事件の資料だ。手に入れられるのはこれくらいだったが、気になって仕方なかった。横川事件――老人が勤務先の自動車部品メーカー社長を黒い洋傘で刺殺したと疑われた事件だ。正直なところ、無罪判決は目に見えていた。検察側から提出された証拠は被害者の息子の証言が主。それも弁護人にかなり切り崩されていた。あまりにもぜい弱で、被告人の自白もない。

ただ響子が被告人に感じた印象はクロだった。根拠はない。恰好《かっこう》よく言えば吉岡少年の瞳《ひとみ》の清らかさに打たれたから。実際は判事の勘とでも言うべきあいまいなものだ。有罪判決を下すためには「合理的な疑いを容《い》れない程度の証明」がいる。難しい言葉だが、要するに被告人はほぼクロだというレベルまで検察は証明しなければならないということだ。横川事件はそんなレベルに達していない以上、無罪判決を出さざるを得なかった。それがルールだ。

末永はこの事件の調査をしているらしい。自分が裁いた事件をその裁判官が再調査するなど普通では考えられないことだ。この事件の全容解明と裁判員制度をつぶすことがライフワークらしい。だが殺人犯を野に放ったとはどういうことなのだろう。詳しくは教えてくれなかったが、何か証拠を末永はつかんだのだろうか。そう思った時にアナウンスが入った。

「列車は定刻通り、三河安城《みかわあんじょう》駅を通過いたしました。名古屋までおよそ十分です」

アナウンスを受け、野球帽をかぶった少年が立ち上がる。新幹線の中を走り始め、親に注意されていた。そういえばシンポジウムの会場はマツダスタジアムだった。響子はもう一度シンポジウムのパンフレットを見つめる。ただ響子の視線はいやがおうでも目に入る末永の大きな記事にはない。来場予定者の名簿の中、高遠聖人という小さな名前に向けられていた。

広島駅に到着すると、響子は八丁堀のビジネスホテルでチェックインを済ませて外に出た。広島電鉄の八丁堀駅から元来た道を歩き、マツダスタジアムに向かった。明日《あした》のシンポジウムに備え、末永と新球場で会う約束をしていたからだ。広島駅まで歩くと、マツダスタジアムに向かう人の波が出来ている。響子は人の波に加わった。線路側には選手や監督のプロフィール付き巨大看板がいくつも掛けられている。響子はそちらを見ながら進んだ。

しばらく歩くと新球場が見えてきた。人の波は球場につくと二手にわかれる。一つは巨大スロープ。こちらは前売り券を持った客用の通路らしい。コンコースまで一直線。響子は券がないのでスロープを上がらず、下の当日券売り場で内野自由席券を買った。歓声が聞こえ、響子はそちらを向いた。もう試合は始まっているようだ。約束の時間は特に決めていない。試合中、内野自由席にいるから来てくれと末永は言っていたのだ。

響子はチケットを切ってもらい、穴あきチーズのような赤い階段をコンコースに向けて上がる。コンコースには大勢の観客がひしめき合っている。360度見渡せるコンコースを眺めても、相当の観客が入っていることがわかった。みんなうれしそうに見える。子供の頃に父に連れて行かれた球場とはまるで違う。これがアメリカ式球場、ボールパークというものか。いい雰囲気だ。もしわたしにも家族がいたら——そんなことがふと頭をよぎった。

「おおい、こっちじゃ、正木くん」

内野自由席に出て、さまよっているとしわがれた声に呼びとめられた。振り返る。鳥打帽をかぶった老人が手招きしている。末永だ。自分の席の隣にメガホンとタオルを置いている。響子の席を確保してくれているようだ。近づくと末永の顔には深いしわが刻まれ、ずいぶん老けていた。それにずいぶん痩《や》せている。電話では元気そうだと思ったが写真だけではわからないものだ。

響子はお久しぶりですと声をかけた。にこにこしながら末永は応《こた》えた。

「変わらんのう、相変わらず別嬪《べっぴん》さんじゃ。すぐわかった」

「いいえ、すっかりおばさんです。婚期を逃してしまいました」

「そんなことはない。お世辞でも何でもない。今でも男どもようけ寄ってくるじゃろ」

無言でかぶりを振ると、響子はシートに腰かける。

末永はメガホンを手に取ると、周りに合わせてスクワット応援を始めた。カープのファンは立ったり座ったりしながら応援する。さきほどの心配は取りこし苦労のようだ。末永の元気さに響子はしばらく呆気《あっけ》にとられた。

「ほれ正木くん、お前さんも応援せい。一人だけじっとしとると浮いてしまうわ」

言われて響子は少しためらった。それは恥ずかしさというものではない。少しだけ昔のことが頭をよぎったからだ。そう言えばこんなことが以前にもあった……。

響子は久しぶりにやってきた球場で、大声を出した。その声に末永は驚いた顔を向けた。やるじゃないか——そんな驚きの表情だ。少し経ってから響子は末永に得意げな笑みを向けた。

「いい雰囲気の球場じゃろうが。わしは市民球場が長かったがすぐになじんだ。最近のドーム球場は息苦しくてかなわん。こういう傘のない球場が一番。開放感があるわ。雨が降ったら中止。野球はそれでええんじゃよ」

回はまだ早い。明日のことや横川事件のことを切りだすのに時間は充分残されている。響子はそのことを話さないでいたが、イニングの切れ間に末永の方から振ってきた。しかもシンポジウムの件ではなく、横川事件のことについてだ。傘と言えば——そう末永は切り出した。

「あれは間違いだったよ。中川幹夫は殺人者じゃ」

確信を持って言う末永の顔を、じっと響子は見つめた。

「最初は違った。真犯人を見つけ、自分の判断が間違っていないと証明するために事件を調べていた。しかし調べている内に考えが変わった。今は中川幹夫がやったと確信しとる」

「どうして……そんなことを？」

小声で響子は問いかける。末永は視線を落としてから言った。

「自白しよったんじゃ」

小さくえっ、と言うと、響子は心の中で自白という二文字をなぞる。その言葉の意味するものが何なのか、無意味な問いを巡らせていた。被告人中川幹夫は取り調べ中も、公判においても一度たりとも自白はしていない。一貫して無罪を主張している。

「わしは退官後、横川事件の真犯人捜しをライフワークにしていた。被告人は有罪が認められん限りシロのはず。しかし日本では一度疑われると無罪判決が出ても世間では犯人と疑われたまま。そうじゃろ？」

「現実はそうかもしれません。真犯人がわからない限り……」

「じゃろ？　だからわしの手で真犯人を見つけてやろうと思った。いや、ホンマは意地だったのかもしれん。自分の判断が間違いじゃない。そう証明したかっただけかもしれんのう」

「それで、どうして自白などと？」

「中川幹夫は病気で入院しとった。わしは彼が死ぬ前に何とか真犯人を挙げますと誓ったんじゃが、そう言うと奴はすみませんでした。そう言うてから泣き出した……」

ビールいかがですかあ！　元気のいい掛け声が途中で末永の言葉をかき消す。響子は無言のまま、一度ビール売りの方を見る。子供のような売り子が手を振りながらビールサーバータンクを重そうに担いでいるのが見えた。響子は黙った末永の顔を再びじっと見つめた。

「わしは中川の涙の意味をはき違えとった。ありがとうという意味じゃと解釈しとった。だが違《ちご》うたんじゃ、中川幹夫は泣きながら言った。わしです、わしが本当は吉岡政志を殺したんですと」

頭部を何かで殴られたような感覚だった。

あの時の勘は当たっていた。やはりあの老人は真犯人——自分はとんでもないことをしてしまった。あの状況であの判断は仕方ない。だがその言葉で自分を甘やかしていたのではないのか。響子は一度頭の中を整理する。人生の最後に中川幹夫は本当のことを言った。そう考えるのは妥当だ。だが判断能力はあるのか。

「中川幹夫は末期がんで先日死んだ。じゃが頭はしっかりしとったよ。一千万がなくなっとったことが謎だったが、奴は吉岡家から盗んだ一千万の隠し場所も吐いたよ」

言おうとしていたことを見透かしたように末永は答えた。

一事不再理という原則がある。一度無罪判決が下った裁判に再審はない。だがこの状況で中川老人が嘘をつくとは考えにくい。やはりわたしたちは殺人犯を野に放ってしまったのだ。響子はうなだれながら何も言葉を発せずにいた。そんな響子の肩を末永は軽く叩《たた》く。

「ショックじゃろうが、明日のシンポジウムはしっかりやらんとな。わしらの罪はいずれ暴かれるかもしれん。とはいえそれと裁判員制度問題は話が別じゃ、あれだけはつぶさんといけん」

響子は何も言うことが出来なかった。裁判員制度のことなどいい。重要なのは自分がしたことだ。何のために判事になった？ 弱い立場の人を救いたかったからではないのか。罪……か。間違いではあるがやはりあれは罪なのだろうか？ こんなことを素人に負わせる制度はやはり間違っている。末永はそう言いたいのだろう。だがわたしは……。

黙り込んだ響子を尻目《しりめ》に末永はビールの売り子に声をかける。

「お嬢ちゃん、ビール一杯もらえるかのう」

はあい！　と言いながらおさげ髪の売り子が近づいてきた。末永は話しかけてくるが、響子は生返事をするだけだった。殺人犯を野に放ってしまった。その思いが思考を止めている。末永は売り子とどうでもいい話を続けながら微笑んでいる。響子はうつむいたままだ。この事実を末永はもう受け入れられたのだろうが、自分にはまだ時間がかかるようだ。

やがて売り子は末永から金を受け取ると、別の客の方に向かって行った。

「あの子は地元テレビでも紹介されとった有名な売り子でな」

そうですか。やっとの思いで言葉になったのがそれだ。だが魂は抜けている。

「名前は高遠乃愛……明日シンポジウムで戦う最高裁判所事務総長の娘じゃ」

その言葉に初めて響子は売り子の方を向く。

あの子が――その小さな背を響子はしばらく見つめていた。売り子は酔っ払いに絡まれながら迷惑そうにしている。背の小さな子だ。だがビール売りのアルバイトをしている以上、充分に大人だ。もうあんなに大きくなっていたのか。知らない内に響子は立ち上がっていた。末永が横から何度も呼んでいるのに遅れて気づいた。知らぬ間に口の中を噛《か》んでいて、血の味が広がっていた。

その日、響子は試合がどうなったのかは知らない。高遠乃愛に会ってから末永とは明日《あした》の話をしたはずだがそのことについて覚えてはいない。あんなに気分の良かったマツダスタジアムの空気が変わった。急に息苦しく感じるようになり、お先に失礼しますと言って試合終了前に球場を後にした。ホテルに戻り睡眠薬に逃げた。

翌日、窓から差し込む日差しで目が覚めた。

常用しているロヒプノールをいつもの倍飲んだためか、少し胃が気持ち悪い。ただ充分眠れたからだろう、目覚めはいい方だ。響子は朝食にアロエ味のヨーグルトを食べると、昨日できなかった講演の準備をしてからホテルを発《た》った。

シンポジウムの会場となるマツダスタジアムには早くから多くの人が詰めかけていた。開演までまだ時間がある。時間がくれば相当数が集まるのではなかろうか。末永率いる反対派集団はビラ配りやネット活動も盛んに行っているという。裁判員襲撃事件もあり、今回の「いらんけえ裁判員！」のシンポジウムはそれだけ関心が高いということだろう。

係員に訊ねると、こちらですと言って関係者用の建物に案内してくれた。そこは意外と広い控え室で、すでに何人もスタッフの姿がある。びっくりテラスという会場を控え室にしていた。中にはもみじくんの着ぐるみがいくつか置かれている。着てみますかと冗談を言われた。

あなたが正木さんですか。そう背後から声をかけられた。気弱そうな五十代の男性だ。最初は誰かわからなかったが、話をするうちにわかった。彼は今話題になっている裁判員襲撃事件の犯人だった。娘を覚せい剤の常習者に殺され、無罪評決を出した裁判員がその内容をブログに掲載。そのあまりにひどい内容に怒り、彼はその裁判員を襲撃したのだ。ただその裁判員もネットなどで叩かれたのがこたえたのか猛反省し、彼の懇願もあってこの男性は執行猶予になった。

「何というか、本当に申し訳ないと思っています」

彼もこのシンポジウムに呼ばれたのだろう。響子は末永の狡猾《こうかつ》さに少し呆《あき》れた。しばらくこの男性と話をする。はっきり言ってみた目そのもの。おとなしそうな普通の男性だった。自分から話しかけておきながら響子が黙ると、すぐに会話が途切れてしまう。だから響子が会話をリードしてやらざるを得なかった。

その後、パネリストとも何人か話をした。昨日のことはショックだったが、いつの間にか立ち直っている自分に気付いた。そうだ。自分らしくない。こんなことでへこたれてはいけない。今までだってもっとつらいことがあったではないか。そう思い自分を励ましながら会話を重ねていく。「いらんけえ裁判員!」のシンポジウムに参加しているパネリストたちは皆、裁判員制度廃止の情熱に燃えている。自分はそんな中で少し浮いているのかもしれない。

「正木さん、すごい人ですね」

言われてマツダスタジアムの観客席を見る。そこには昨日の野球観戦ほどではないが、相当数の聴衆が集まっている。入場無料なのである程度入るとは思ったが、明らかに万単位の聴衆が入っている。この後行われる広島戦を観るついでという人も多いのだろう。

「こんなに。やっぱりあの事件が大きかったんですかね」

「でしょうね。わたしも予測できませんでしたよ。さすが末永さんだ」

「そういえば、末永先生はまだですか」

誰かのはなった問いに、皆首をかしげるだけだった。主役が登場しなくては始まらない。一人暮らしだから寝坊しているとか笑い話にしている人もいたが、時間に厳格なのが末永だ。おそらくもう来ていてどこかで計画を練っているのだろう。

響子はびっくりテラスから一度出ると、コンコースに向かった。聴衆はさらに増えている。こんな数の人の前でうまく話せるだろうか。少し不安になった。昨日、ここで横川事件のことについて末永と話をした。あの時は取り乱してしまったが今は落ち着いている。ひょっとするとこのシンポジウムで末永は横川事件についても触れるつもりだろうか。

いや、それはない。響子は思った。横川事件のことを公にすることは、退官した末永だけでなく、現役弁護士の響子をも傷つけることになる。そんなこと、彼は絶対にしない。それに末永は昨日、あえてシンポジウムの前にそのことを響子に話した。あれは彼なりの正義感というか良心の表れだったと思う。矜持《きょうじ》という言葉が好きな彼らしい。ただ末永は気づいていないだろう。響子が昨日、ショックを受けたのは横川事件のことだけではなかったということに……。

そんな時、携帯が震えた。取り出してディスプレイを見る。「末永六郎」と表示されている。

「先生、どちらにおられるんですか。皆さん心配していますよ」

末永はすぐに答えなかった。もごもごと何か言っただけだ。

「先生、すみません。今、新球場コンコースにいるんですがよく聞こえないんです」

「あなた正木さんですか。正木響子さん？」

ようやくそう聞き取れた。だがこの男は誰だ？　少なくとも末永のしわがれた声ではない。

「はい。あの……どなたなんです？　末永先生じゃないですよね」

相手はしばらく黙った。後ろが騒がしく、静かにしろ、ときつい声をかけている。

「どなたですか。どういうことなんです？」

「もうしわけありません、正木さん。広島県警のものです。最後の着信履歴があなたになっていましたのでご連絡差し上げたんです。今確認がとれました。末永六郎元判事は今朝、猿猴川《えんこうがわ》近くで遺体となって発見されました。何者かに傘によって殺害されたんです」

目の前が白くなった。末永が殺された……信じられない。刑事の言うことが右から左へと抜けていく。通話が切れ、響子はコンコースを歩いた。すぐ近くで行われようとしているシンポジウムの喧噪《けんそう》が、果てしもなく遠くから聞こえてくるように思えた。

第二章　判事失格

1

試合が始まっているにもかかわらず、マツダスタジアムに乃愛の姿はなかった。

乃愛がいるのは警察署だ。近くには何人かの球場関係者や法曹関係者がいる。乃愛は隔離された部屋の中で刑事たちから質問を受け、調書をとられていた。こんなことは生まれて初めての経験だ。ほとんどの売り子仲間はいつもと変わらずビール売りに出ているが、乃愛だけはここに呼ばれている。見たからだ。あの老人が他の客と言い争っていたのを。

この日、末永六郎という元裁判官が、猿猴川近くで遺体で発見された。凶器は洋傘だという。昨日乃愛がビールを売った鳥打帽の老人だ。末永は元広島高裁判事で、裁判員制度廃止運動の中心人物だったらしい。今日もここマツダスタジアムを舞台にシンポジウムを開催する予定だった。だがシンポジウムは末永の死によって中止になったという。乃愛はショックだった。あの老人が有名だったからではなく、単純に自分が昨日、ビールを売った相手が殺されたからだ。あんなに明るく話しかけてくれた人が……そんな思いだった。

「じゃあもう一度お訊《き》きしますよ、高遠さん。あなたは昨日二十一時少し前、コンコースで末永さんが言い争っているのを目撃したんですよね？」

若い刑事が、穏やかに訊いてきた。乃愛ははいと答える。

「コンコースと言っても広い。場所はどこでしたか」

「カープうどんの店の近くでした」

刑事は何枚かのカードのようなものを取り出すと、それを乃愛に見せた。写真だ。何人かの顔写真がそこにあった。

「末永さんが喧嘩《けんか》していた相手の顔を覚えていますか」

覚えている。本名は知らないがハゲオヤジとあだ名される人物だ。昨日もからまれた。間違えるはずはない。

「この人です。名前は知りませんが、いつもスタジアムに来ています」

乃愛は顔写真を指さした。若い刑事は後ろを振り返る。近くに立っていた年配の刑事と顔を見合わせる。あの男性が末永老人を殺害したという意味なのだろうか。たしかにいやな客ではあったが、殺人まで犯すとは思えない。だが言い争っていたというだけでこんな態度をとるだろうか。

「ご協力ありがとうございました、高遠さん。お引き取り下さって結構です」

事務的に微笑みながら年配の刑事は言った。

乃愛は気になって例の男性のことを訊くが、刑事たちは取り合ってくれない。乃愛が今、気になっているのは末永老人と一緒にいた女性のことだ。すごい顔で睨《にら》まれた。どう考えても怪しいのは彼女の方ではないか。そのことを強く言ってみた。だが刑事は素っ気なかった。

「わかりました。ありがとうございます、ご協力に感謝します」

追い出されるような恰好《かっこう》で乃愛は部屋の外に出された。

警察署の中はごったがえしていた。殺人事件。しかも裁判員制度廃止運動のリーダー格だった元広島高裁判事が殺されたのだ。当然だろう。警察署の外には多数の報道関係者の姿も見える。夜の闇を切り裂くようにヘリコプターも飛んでいる。夕刊紙面でもトップに来ていた。とんでもないことになったと皆、色めきだっているように見える。

そんな慌ただしい警察署の中を出口に向かって乃愛は歩く。誰かが話をしているのが耳に入ってくる。末永の事件のことだ。裁判員制度がらみで抹殺されたのではないかと面白半分で話している。やがて大柄な男性が後ろ手を組んで立っているのが見えた。

「広島県人は、放っとけん人」という壁に貼られたポスターを眺めている。近づくと、乃愛は小さな声で話しかけた。

「聴取、終わったよ、お父さん」

見慣れた大きな門構えの屋敷が見えてきた。「高遠」という表札があり、警備会社のシールが貼られている。紙屋町。ここが乃愛の実家だ。御殿などと子供の頃、友人には呼ばれていた。ただいつも見ているのであまり大きいとは感じない。五百坪くらいだろうか。和風の家だ。二階建ての家が敷地内に二つ、離れが一つ建っている。祖母の足が不自由で、バリアフリーが徹底されている。車は四台停まっているが運転する者は母くらいしかいない。祖母の介護をしている母が出迎えてくれた。

おかえりなさいという母の声に、乃愛たちはただいまと応《こた》えた。

高遠家は地元の名士と呼ばれる由緒ある家だ。死んだ祖父は帝国大学を出て裁判官になっている。居間の額縁には時の総理大臣から贈られた賞状が飾られている。祖父や父だけでなく、高遠家は他分野でも活躍する優秀な人材が多い。東大に進むのが当たり前になっているので乃愛もプレッシャーを受けた。すでに外は暗く、母は夕食を作り終えていた。父は食べたら今日中に東京に戻ると言っている。忙しいものだ。乃愛はしばらく黙っていたが、やがて口を開いた。

「なんかこの事件、変な恰好で注目されているみたい」

「そうみたいだな。わたしもさっきマスコミに色々と訊かれた」

「裁判員制度や司法改革がらみでってこと？　でも凶器は洋傘でしょ？　しかも一撃だって聞いたよ。顔面を刺されて後頭部を打ったのが致命傷になったみたい。でもそんなので計画的に人を殺そうなんてしないと思う。結局、わかってみれば傷害致死事件なんじゃないかなあ」

「かもしれない。だがおかしな推測をする司法記者もいた。ありのままを話したよ」

やがてサラダが運ばれてくる。母がよく作るシーザーサラダだ。鮭のムニエルも出された。料理を前にすると少しだけ食欲が出てきて、乃愛は箸《はし》をつけた。

「末永さんって裁判員制度に猛反対だったんだよね」

「ああ、裁判員制度について彼はわたしと立場は違う。だがわたしは彼のことは昔から知っているんだよ。司法改革の情熱に燃える行動力のある人だった」

「そうなんだ……じゃあどうして今はあんな風になっちゃったの?」

「いや、末永さんは変わってなどいないよ。昔も今も理想は高い。それを知っているからわたしも今回、シンポジウムに出席を決めたんだ。彼はあまり知られていないが法テラス設置にも尽力している。今も弁護士登録して法テラススタッフ弁護士だったんだ。そういうことをマスコミは言わずに、裁判員制度廃止、賛成って対立軸を明確に面白おかしく書くだろうが」

それは知らなかった。旧体制維持を目指すただの頑固な老人だと思っていた。

「優秀な人材だったと思っている。だから末永さんの死は本当に残念だよ。死んだ彼のためにも司法改革のスピードを遅らせるわけにはいかないんだ」

そうだよねと答え、乃愛はドレッシングをサラダにかけた。

「ところで乃愛、頑張っているようだがアルバイトは今後どうするんだ？」

乃愛は口を閉ざした。もうすぐペナントレースは終わる。どうしようかと思っている。今のところ法科大学院の学業は順調だ。だがここで怠けてしまっては今まで頑張ってきたのが無駄になってしまいそうだ。

「どうなんだい？　乃愛」

父は微笑んでいた。勉学に専念しろと言うのだろう。父は東大の大学院に行くよう勧めたが介護をしたいと言って今広島にいる。アルバイトもしながら絶対に一回で司法試験に通ると約束した。その手前、反発するように大丈夫と言おうとした。だが先に父は口を開いていた。

「法テラスにコールセンターという部署がある。そこで働けばいい」

「え、法テラスって弁護士や司法書士、専門の事務員だけでしょ？」

「基本はそうだね。所長や副所長、事務局長なんかは元検事や弁護士、法務省からの出向が多い。だけど法科大学院生ならコールセンターで雇ってもらえるはずだ。今は過渡期だから法務省からの出向も多いが、いずれ法テラスは自立する。わたしがパワーアップさせる。だから乃愛もここで働いておくことはきっと将来のためになるはずだよ」

コールセンターか……考えたこともなかったが、いいかもしれない。父と話している内に、乃愛はいつの間にかサラダを平らげていた。それに気づいた時にスマホが鳴った。表示は「拓実」となっている。まずい。まだ拓実のことは父に話していない。めったにかけてこないくせにどうしてこんな時に——乃愛は席を立つと、廊下で通話ボタンを押した。小声でもしもしと言う。

「売り子のバイト、来ないからどうしたのかと思ってさ」

「例の事件で事情聴取だったの……今家でお父さんと食事をしているところ。何か用だった？」

「そっか、悪いな……間の悪い時にかけちまった。ごめん、たいした用じゃないからいい」

通話は短時間で済んだ。乃愛はテーブルに戻ると、父に友人からだったと説明する。

だが父は珍しく厳しい表情でこちらを見ていた。

「どうしたの？　お父さん」

少し間を空けてから父は、静かに答えた。

「どうして約束を破ったんだ？　乃愛」

約束……と小さな声で乃愛は言葉をなぞった。

「彼氏からだろ、今の電話は？　お前はすぐに顔に出るな」

乃愛は黙り込んだ。駄目だ。父の言うとおり、自分は嘘をつくことが下手だ。この沈黙も、父の推理が当たっていることを裏書きしてしまっている。確かに広島に戻ると言った時、ボーイフレンドが出来たら報告すると父と約束をした。だが拓実と自分はまだ恋人とは言えないのではないだろうか。そんな言い訳が心の中にある。

「お前だっていい年だ。恋愛くらいするだろう。だからわたしはそれを止める気はないんだ。だが前から言っているだろう？　約束は破っちゃ駄目だ。嘘もいけない。どうしても必要のある時には仕方ないがね……それで、どんな男なんだ？」

そう言われても拓実のことは父に言いづらい。父が想定していたボーイフレンドとは法科大学院生、つまり将来法律家になる人間のはず。そういう彼氏ならかまわないという意味だろう。拓実は高卒のフリーターだ。とても正直には言えない。だが拓実と別れたくはない。今まで二十二年生きてきて、初めてした恋なのだ。乃愛は父の顔を見つめながら凜《りん》として言った。

「お父さん……ごめん、拓実は高卒のフリーターなの。でもわたし、別れたくない」

思いを吐きだすと、乃愛は一度うつむいた。

「こんな気持ちになったのは……初めてだから」

父はじっと腕を組んだままだ。その沈黙が妙に重い。

少し経ってから、乃愛は顔を上げる。父は意外にも微笑んでいた。

「それでいいんだよ、乃愛」

「えっ……じゃあ拓実とのことを認めてくれるの？」

「約束では法科大学院生に限定なんて言っていないはずだ」

「反対……しないの？」

「お前が選んだ彼氏なんだ。どうして反対なんてするんだ？」

乃愛は優しげな父の顔をしばらく見つめていた。そう言えば父は東大を出ているが母は高卒だ。父と母は幼馴染《おさななじ》みで、母が福井に引っ越していく時、将来一人前になったら結婚しようと約束したらしい。東大在学中に司法試験に受かった父に対し、母は高校を出てすぐに働きだした。悪い男に騙《だま》されたこともあるという。それでも父は子供の頃の約束を守った。最高裁判所局付になった二十六歳の時、父は母に結婚を申し込んだ。長く会っていなかったのに信じられなかった、すごくうれしかったと何度かのろけ話を母から聞かされた。

「今度わたしが広島に来た時にでも、紹介しなさい」

「ありがとう、お父さん」

乃愛は心の底からの思いを言葉に乗せていた。

数日後、乃愛は向洋《むかいなだ》鉄工所という工場の前に立っていた。

ビール売りのアルバイト契約が終了し、拓実はここで働き始めた。向洋鉄工所はその名の通り向洋にあった。広島市内ではないがマツダスタジアムからは自転車で行ける距離。なんでもマツダスタジアムで出会った客の紹介らしい。大きな工場だったのですぐにわかった。自動車部品の下請けをしている会社らしい。

駐輪場には夕陽が差し込んでくる。もう少しで終業時刻だと思うが、退屈だったので工場の中を見た。工場内はすごい熱気だ。何人もの工員が溶接作業をしている。火花が散っていた。乃愛は拓実を見つけた。拓実は汗まみれになりながら溶接の仕事をしている。いつの間にか溶接の資格を取っていた。拓実は滴り落ちる汗を拭《ぬぐ》う。上司らしき人の指示に応えていた。

やがてチャイムが鳴り、仕事は終わった。ここに来ることは拓実に言っていない。これから帰り道に父に勧められたとおり法テラスに寄ろうと思っている。その前に不意の訪問で驚かせてやろうと思って来たのだ。乃愛は今来たばかりのような恰好《かっこう》で駐輪場にいた。すぐに拓実が姿を見せた。乃愛は満面の笑みで拓実を迎える。交際オーケーというニュースがある。

「お疲れ様、拓実」

乃愛の声に拓実は驚いているようだった。

「びっくりした？　来ちゃった。法テラスに行くついでだけど」

ついでにしては遠くまで来たな、と乃愛は心の中でつぶやいた。拓実は口元に軽く笑みを浮かべている。だがそれはどこか迷惑そうな笑みに見えた。せっかく交際オーケーのニュースを持ってきたのにつれないな。頬を膨らませたい思いだったが、乃愛は拓実に訊《たず》ねた。

「頑張ってるんだ。仕事、大丈夫そう？」

そうだなと拓実は素っ気ない返事をした。どうしたのだろう。いつも物静かではあるが、今日は特にそうだ。自転車を出すと、狭い向洋の歩道が終わってから話しかけた。

「どうかした？　なんか今日の拓実、おかしいよ」

「ちょっと疲れたかもしれない。俺、溶接なんてやったことないからさ」

「大変そうだね。売り子とは全然違うでしょ」

「俺は色々バイトやってるから。それにあれだ……目的があるから頑張れるよ」

拓実のその言葉に乃愛は「目的？」とオウム返しに応じた。言ってから思い出す。今は契約社員だが正社員に登用する制度があるんだった。拓実はどういうわけか焦っているように見え、乃愛は少し不審に思った。

少し経ってから父のことを切り出した。交際してもいい、今度会いに来るように、と父が言っていたことを伝えた。拓実は驚いた顔だったが、少ししてから笑みをこぼした。

「そうか、よかった……喜んで会うとお父さんに言ってくれ」

拓実は意外と乗り気だった。ためらうのではないかと不安だったがよかった。乃愛はほっとする。やがて二人は八丁堀までやって来た。乃愛は笑顔を取り戻すと別れ際に言った。

「ばっちり伝えておくから」

親指をつき出して、拓実はああ、と応じた。

拓実と別れた乃愛は法テラス鯉城《りじょう》に向かった。

法テラス鯉城は乃愛の自宅のある紙屋町から歩いていける距離にある。大きなビルではなく、派手な看板があるわけでもない。普通なら素通りしてしまうだろう。実際この辺りは何度も通っているが気づかなかった。ここにやって来たのは父に勧められたとおり、コールセンターで働いてみようと思ったからだ。

法テラス鯉城は一階が法律相談所になっていて、初めての人は四階にお回り下さいと貼り紙がされていた。二階と三階は法テラスとは無関係のNPO法人が入っている。四階の法テラスのオフィスの前に立つと、少し不安げに乃愛はノックする。中からは眼鏡をかけた五十代くらいの女性が出てきて迎えてくれた。事前に連絡しておいたために、いい雰囲気だった。

面接という感じはなかった。女性は法テラス鯉城の事務局長らしい。履歴書に女性は目をとおし、簡単な質問をした。だが採用することは最初から決まっているといった雰囲気で、どの時間に入れるでしょうと訊《き》いてきた。

「履歴書にあるように法科大学院に通っているもので、授業がない時間なら……」

「そうですか。ここのコールセンターでは法科大学院生は大歓迎ですよ。むしろ勉強の一環としてぜひ働いて欲しいくらいね。今の司法試験じゃ多重債務の苦しみとか知らなくても、試験に合格するだけで法律家になれちゃうから。人々の生の苦しみを知ることは絶対に必要」

「そうなんですか」

「だから高遠さん、ここが司法修習の場だと思って頑張ってくださいね」

「よろしくお願いします」

「それじゃあ、法テラスの中を案内するから来て下さい」

こんなに呆気《あっけ》なく決まっていいのかと思いつつも、乃愛は事務局長の後に続いた。

最初に向かったコールセンターでは数人の女性オペレーターが電話応対に追われている。皆、言葉遣いが丁寧でこなれている。いかにもプロという感じだった。こんな具合には出来ないのではないかと不安になった。

「心配しないで。彼女たちは金融会社で何年も働いていたから慣れているの。高遠さんは最初からこんなにうまくはできなくていいわ。法テラスはまだ成長段階の機関だから色々変わっていくと思う。あなたのお父さんはすごい人だと思うわ」

「あの……例の末永さんもここで弁護士登録されていたんですよね」

「ええ、法律相談の予定表だけど、ほら、司法書士相談のところには空きがいっぱいあるけど、弁護士相談のところはほとんど埋まっているでしょ？　末永さんはよく相談に応じて下さっていたのよ。ホントお気の毒。でもすぐにいい弁護士さんが来てくれたわ。ラッキーね」

そうなんですか、と言いながら乃愛は一階にある法律相談所に事務局長と共に向かった。邪魔にならないよう物陰から様子をうかがう。そこでは弁護士が法律相談に応じているのが見えた。ただ相談者は日本人ではない。瞳《ひとみ》の青い外国人だ。しゃべっているのはフランス語のようだ。英語すら出来ない自分にはとても無理だが、その弁護士は見事なフランス語で対応している。

「あの人が例の末永さんの代わりの弁護士よ」

無言で乃愛はその弁護士を見つめる。途中ではっとした。

「彼女、海外経験も豊富で三ヵ国語が話せるらしいわ。元最高裁判所調査官。普通ならここで働くなんて考えられない本当にすごい人なの。志願してここへ特例でやって来たのよ」

見たことのある綺麗《きれい》な顔がそこにある。彼女は末永が遺体で発見された前日、マツダスタジアムで末永の横に座っていた。そして乃愛の方を睨《にら》んだ長身の女性だった。

2

大勢の客をかき分けるように運賃箱に向かうと、百円玉と五十円玉を入れて広電を降りた。

ここは的場町《まとばちょう》駅。広島駅から近く南側に当たる。この近くに猿猴川がある。猿猴川にはよく物が投げ込まれるらしく不法投棄撲滅の看板が立てられていた。事件現場はこの付近らしい。ここで末永は試合後、先に金具のついた傘で顔面を一突きされ、倒れた衝撃と相まって死亡した。犯行に使われた黒い洋傘は猿猴川に捨てられていた。花束がいくつも供えられている。

響子はそごうで買った花束を手向けると、猿猴川に向けて手を合わせる。現場はすっかり元の様子を取り戻していた。末永はどういう思いでこの川を眺めていたのだろう。もっとよく話を聞けばよかった。あの日、マツダスタジアムで電話を受けた後は、上の空だった。横川事件の衝撃と、高遠乃愛の出現で頭が混乱して逃げてしまった。引き継ぎなどの仕事があり、葬儀にも出席することはできなかった。すみませんでした、末永先生。その言葉が自然にこぼれた。

響子は先日、東京から広島の法テラス鯉城に移籍した。法テラスでは年度単位で契約を結ぶのだが末永の死に伴う特例措置だ。響子は法テラスの手配でマンションも用意してもらい、ここ広島に住み始めている。末永が殺されたことはいまだに信じられない。警察の聴取を受けた。新聞やテレビでも報道された。事実とわかりつつもどこかでいまだに受け入れられない自分がいる。

マスコミがあおりたてたように裁判員制度廃止運動と関係しているとは思わない。シンポジウムの時期と重なったのは偶然だ。だが末永の死は、自分にとって特別の意味がある。横川事件について末永が口にしたばかりだからだ。こちらは偶然と言って片づけることは出来ない。しかも凶器が黒い洋傘。横川事件の時と同じだ。傘が凶器に使われること自体は珍しくない。衝動的犯行の可能性が高いだろうし、そこまでは気の回しすぎかもしれないが。

猿猴川の下流、比治山《ひじやま》公園の方に少し歩くと足を止める。

五階建ての古びたマンションを見上げる。時計を見ると約束の時間まであと五分。ちょうどいい頃あいだ。響子は小さなエレベーターで四階まで上がっていく。やがてガタガタと調子の悪そうな音がし、エレベーターの扉は開いた。響子は派手な企画会社の部屋の前を通り、廊下の一番奥、四〇七号室の扉をノックする。四〇七号室には「竹丸《たけまる》」というプレートがかかっている。返事と共にやがて二人の男が出てきた。一人は五十前後。頭部の淋《さび》しい太った男。トレーナーを着ている。もう一人は白髪の目立つ男だ。ただ肌つやはよく、響子と同い年くらいかもしれない。

「ああ、正木さんですか。初めまして、矢口と言います」

白髪の男の方がにこやかに口を開いた。響子は名刺を取り出す。差し出された名刺には「広島弁護士会所属　弁護士　矢口幸司」とあった。奥にいる頭部の淋しいトレーナーを着た男は黙って礼をする。響子は彼にも自分の名刺を渡す。

「わし、すんませんが名刺なんぞ持ってないんで」

頭部の淋しいトレーナー男はそう言った。居間に通されると、彼がお茶を運んできた。

響子は椅子に腰かけると一口だけお茶を飲む。早速という形で切り出した。

「竹丸さんの弁護人になられたそうですね、矢口さん」

話しかけると、矢口弁護士は微笑みながらええと応じた。先日、一人の男が警察に参考人聴取を受けた。名前は竹丸洋《ひろし》。今、お茶を運んできた頭部の淋しいトレーナー男だ。自動車工場に勤務しているという。マツダスタジアムで末永と口論しているところを目撃された。それだけでなく、末永の遺体の第一発見者もこの竹丸だ。服には血が付いており、凶器の洋傘も現場となった猿猴川から発見されている。容疑者の第一候補。いつ逮捕されてもおかしくない立場なのだ。

法テラスには被疑者援助制度というシステムがある。

重要事件の場合、法テラスの委員会決定で当番弁護士が送られてくる。現在、当番弁護士のほとんどが法テラスの弁護士だ。また法改正で被疑者段階から国選弁護人がつく事件の範囲が広がっている。殺人、傷害致死なら当然国選弁護人はつくことになる。ただまだ竹丸は逮捕すらされていない。響子は竹丸が逮捕されれば国選弁護人に名乗りを上げようと思っていたが、先を越される形になった。早い。矢口は竹丸が被疑者となる前から動いている。響子はお早いですねと言った。

「ええ、竹丸さんは飲み仲間でしてね。放っておけませんので。こういうことは早ければ早い方がいい。絶対に冤罪《えんざい》など赦《ゆる》してはいけませんので」

矢口が言うと、竹丸は椅子に腰かけた。ぶっきらぼうな態度だったが、自分の家なので気楽に振る舞っている。だが内心はどうなのだろうか。不安で不安で仕方ない。そういったところではないだろうか。響子は竹丸の方を向いた。

「竹丸さん、あなたはあの日、どうして猿猴川に行かれたんですか」

「すんませんなあ、酔っていて全く覚えておりませんわ。まあ家がこっちですし」

「その後、末永さんを見つけた。揺すぶったが起きない。あなたの服に付着した血はその時のもの。死んでいると思ったあなたは警察に届けた。そういうことですね？」

「他はともかく、届けたのは覚えとります」

証拠として残っているのは凶器となった黒い洋傘。竹丸の服に着いた末永の血。球場でもめていた事実。凶器の傘には指紋をふき取った形跡があったが、消し切れずに残っているという。これが一致すれば決まりだ。後は心神喪失として無罪を主張するくらいしか防御方法はない。ただ末永があんなことを言いだした直後の死だ。これを偶然と片づけることは今の自分には抵抗がある。それに凶器として傘が使われていたことがどうしても引っ掛かる。

「酒が駄目だってことはわかっているのにやめられない。どうしようもないバヵです。逮捕されれば、もう駄目ですな。首にされてしまう。せっかく多重債務の件で矢口先生に助けてもらっていたのに。まあまたハローワークにでも通いますわ」

響子は横にいる矢口弁護士に視線を送った。東京にいたので知らなかったが、この矢口という弁護士は広島では有名らしい。高卒。三十を過ぎてから司法試験に合格。法テラスが設置される以前から国選弁護や被害者支援を中心に活動してきた。庶民派で非常に評判のいい弁護士だ。今回の動きも速い。しかし国選弁護ですらない以上、ただ働きのようなものだ。こちらの竹丸への質問に対してさきほどから何も言わない。お手並み拝見というところか。

「それより現状を認識して下さい。このままでは逮捕され、殺人罪で起訴されるかもしれませんよ」

そうですなあと竹丸は鼻の頭を掻《か》いた。もうどうにでもなれという投げやりな姿勢がそこに見えた。もしこの事件が偶然起きた酒がらみの単純な事件なら、自分の出る幕はない。興味を持っているのは横川事件だ。響子は変化球を投げてみた。

「中川幹夫さんという方をご存じですか」

その問いに一瞬だが竹丸は反応した。いや、気のせいかもしれない。

「この方は十四年前、横川で起こった殺人事件で被告人席に座った方です。ただし無罪判決を受け釈放されました」

「そんな人、聞いたこともないですなあ」

即答だった。判事としての目から見て嘘をついている感じはしない。

「中川さんは吉岡政志という人を刺し殺したとして起訴されています。ちなみにこの時、凶器に使われたのも今回の末永さん殺害の凶器と同じ洋傘です」

「はあ？　それがどうしたっていうんですかな」

こちらを睨《にら》むように竹丸は言った。これも即答。響子は矢口の方を向く。矢口はさきほどより鋭い視線を送っている。だが自分は検察官ではない。むしろ弁護団的というか、協力関係なのだ。その後手を替え品を替えして質問するが、竹丸から有益な答えを得ることはできなかった。響子は去り際に竹丸に忠告した。

「時間はあまりありません。知っていることがあったら何でも言って欲しいんです。うまく隠ぺいしているつもりでも、嘘をつくことはマイナスにしかならないんですよ」

「そんなことを言われてもねえ……まあこっちには矢口先生がいますよって」

「ではまた来ます。よく考えてみてください」

響子は、広島電鉄に乗って法テラス鯉城に向かった。

その途中で考える。単純な酒の上でのいさかいという線はない。竹丸が嘘をついているようには思えない。

事件について気になることはある。それは末永が話していた中川幹夫の自白の中身だ。中川幹夫は盗んだ金を隠した場所も末永に告げたという。このことがどうもひっかかる。末永は一千万円を捜し出したのだろうか。そしてもしそうならその金はどこに消えたのだろう。

どうしたものかな。考えているうちに八丁堀に着いた。乗りかえずに女学院前まで少し歩く。

法テラスで待っていたのは多重債務者からの法律相談だった。響子は要点だけをかいつまんで効率よく説明していく。だがどこか集中できないでいた。

「なんかあんた、仕事やっつけじゃのう」

一人の多重債務者に指摘された。ちゃんと丁寧に説明しているつもりなのだが理解してもらえない。響子は反論せずに話を聞いた。

「末永さんは、もっと親切だったわ。本当に親身になってくれた。じゃけん、あんたは頭はいいようだが何ていうか、人の痛みがわかっとらん」

そんなつもりはない。自分だって苦しんで生きている。そう思いつつも、すみませんと謝る。この日、この多重債務者以外にも何人かの相談者と対面したが同様の反応の方が多かった。空回りしているという感じだ。

法律相談を終え、響子は部屋を出た。一人のベテラン弁護士に擦れ違いざま呼び止められる。コーヒーを入れた紙コップを手に持っている。

「正木さんよう、一服していきんさい」

振り返ると、響子は急いでいますからと応じた。

「あんた、エリート裁判官だったそうじゃな」

「エリートかどうかは知りませんが、司法行政中心に長く携わっていました」

「老婆心ながら言わせてもらうわ。あんた判事の赤字、黒字いう世界で暮らしてきてそれが体に染み込んどる感じじゃ。鬼の速さで判決文を書く、みたいにな。事件処理一覧表に縛られる感覚。それでは判事の世界では通用しても弁護士として生身の人間とは向き合えんじゃろう」

響子は少しムッときた。国民感覚とずれた裁判官のように自分を見ているのか。自分はただのエリート裁判官じゃない。そういうプライドが鎌首をもたげた。

「末永さんも言うとったよ。自分では気づかんのだがどこか距離を置いてしまっとる。アパートの同世代連中ともいまいちうまくいかんってな。やっとこの頃になって被害者や加害者と向き合えるようになってきた。

そうも言うとった」その言葉は、胸に刺さった。そうかもしれない。自分ではそんな下らない意識は捨てたと思っていた。だがやはりまだ残っていたのだろう。響子は自分から末永の後継者になりたいと言ってここに飛び込んだ。その時はただ横川事件を解決したい、そうすることで自分が生きている意味を確認したいという一心だった。多重債務者の相談など事務処理的に考えていた。

だが末永は違っていた。横川事件を追う一方で、しっかりと多重債務者や犯罪被害者の相談にも乗ってきたのだ。本当の法律家とは舌鋒《ぜっぽう》鋭く相手を蹴散《けち》らす者ではない。寝業師でもなく、並の判事の何倍ものスピードで判決文を書きあげる者でもない。被害者や被疑者に真摯《しんし》に向き合い、こういうもっとずっと地味な仕事もこなす者こそ優れた法律家なのだ。

「そういえば、末永先生の住んでおられたアパートはどうなっているんでしょうか」

「もう誰か他の老人が住んどるよ。あの部屋が殺人現場になっとったらさすがに借り手もつかんじゃろうが、なかなかいい物件じゃし、入居希望者がようけおるらしい」

「じゃあ、末永さんが残していった資料の類《たぐい》は？」

「あらかた警察が持って行ったのう。それでも警察に持って行かれんかった分、ここにあるんじゃが見るか？　まあ、さんざ警察も読んだと思うけえ期待は出来んじゃろうが」

「そうですか、拝見します。どうもお話ありがとうございました」

終点も近くなって、アストラムラインはすいていた。

乗客は中高生が数名、会話はない。響子は末永の残していった資料を読みふけっていた。速読するが、読み切れない。ただ、さきほどの弁護士が言ったとおり、意味のわからない殴り書きが多い。ほとんど役に立ちそうにない物ばかりだった。「判事失格」と銘打たれた告白文のようなものもあったが、まだほとんど書かれていない。というより文になっていない。

ただ一つだけ気になるところがあった。それは「判事失格」に書かれた殴り書きだ。ほとんどが鏡文字のように意味不明なのだが、「広島銀行　貸し金庫　500」という文字だけが光を発しているように思えた。貸し金庫に末永は何か入れていたのだろうか。特に気になるのが500という数字だ。これは何を意味しているのだろう。末永の遺族に連絡したが凍結中で開けられないらしい。響子は凍結が解除されたらすぐに連絡をください と言っておいた。

資料を鞄《かばん》に入れる。西日が差しこむ窓の外、高架下を響子は眺めた。子供たちがサッカーをしている。アストラムラインはクエスチョンマークを描くように広島市内を走る全長十八キロあまりの路線。以前アストラムラインに乗った時は広島ビッグアーチへ向かう集団に巻き込まれた。外の景色は住宅が見えるだけで特に面白みはない。

やがて伴中央《ともちゅうおう》駅に電車は停まる。電車のドアとホームドア、二重の扉が開き、響子はホームに降り立った。ここ安佐南《あさみなみ》にあるマンションが目的地だ。すでに中川幹夫は他界しているが、ここに彼の弟、中川勲が住んでいるらしい。末永は途中までは真犯人を見つけようと行動していたのだ。中川勲とは良好な関係だった可能性が高い。何か話を聞き出せないものだろうか。そう響子は思い、足を運んだ。

高架式の駅を下りて十分ほど歩く。やがて目的のマンションが見えてきた。日がすっかり翳《かげ》り、二〇三号室には明かりが灯《とも》っていた。どうやら中川勲はいるようだ。

「はい、どちらさん？」

男性の大きな声が聞こえた。無警戒に扉は開かれる。中から出てきたのは六十代の男性だ。年と不釣り合いに革ジャンを着ている。にこにこしていた。外見は中川幹夫とはまるで似ていない。響子は今までの事情を説明すると、中川勲は汚いところだけど入ってくれと言った。実際に綺麗《きれい》とは言い難い部屋だった。カープグッズがところ狭しと飾られている。

「お兄様は先日、お亡くなりになったんですよね」

「ああ、末期のがんでね。宮島近くの病院で死んだよ。末永先生はアニキのために本当によくしてくれた。ほれ、この時計はアニキの形見だわ」

中川勲はテレビの上にある赤い置き時計を指さす。バットのような形の振り子が付いた古い物だ。84年優勝記念と書かれている。三十年くらい前のものだ。ただこの調子では中川は兄の幹夫が末永に罪を告白したことを知らないようだ。知っているならこんな態度はとれまい。末永は響子にそのことを話した。わたしの了解があれば、いずれは世間にも公表するつもりだったのではないか。それがたとえ自分の首を絞めるようなことになろうとも。

「昔の事件をほじくり返すようで申しわけないのですが、幹夫さんは多重債務に苦しんでいたんですよね。それで勤め先の社長だった吉岡さんの家に侵入した……そう疑われた」

やや失礼な問いだった。自分で裁いておきながらと思われただろうか。

「まあそうやね。検察さんに疑われるのも仕方ないかと。アニキは金銭にルーズな性格でね。わしもとばっちりうけたことがある。それでよく喧嘩《けんか》してさ。あんたなら覚えているだろうが、事件当時アニキは孤独でねえ……市民球場行くくらいしか社会との接点がなかった。わしも当時はアニキとは絶縁状態だったからよくわからんけど」

「無罪判決がでても、真犯人が捕まらない以上灰色……そんな感じでしたか」

中川は苦笑いを浮かべた。響子は問いを続ける。

「末永さんは、お兄様が亡くなる前もよく病院に来られていたんですか」

「ああ、本当に毎日のように来られていたねえ」

「ついでに伺いますけど、他に誰か来られていましたか」

中川勲はしばらく口ごもったが、やがて答えた。

「ええ、問題なのがいましたわ。アニキにストーカーみたいにへばりついて……逆恨みもはなはだしいってヤツですな」

「それは……誰なんですか」

中川はその問いにふう、とため息で応じた。それは響子を不安にさせた。自分の中に予想が一つだけある。あの日、きつい日差しの広島。三〇四号法廷で自分たちは中川幹夫に無罪判決を下した。そしてあの日……。

言うべきか言わざるべきか。中川勲は少し迷っているようだ。だがどうしても言って欲しい。そんな響子の真剣な表情を見て、中川は思い切ったように口を開いた。

「アニキが疑われた事件で被害者になった社長の息子……吉岡拓実ってガキですわ」

3

十月。広島市内はその日、雨に見舞われていた。

テレビ局のスタジオでは生討論番組のセットが設けられ、三人が座っている。一人は進行役のアナウンサー。もう一人は穂積。後の一人は元判事の有名な大学教授だった。テーマは裁判員時代、今後の司法制度をどうするかというもの。大学教授はフリップを立てながら説明している。

そこには事務総局に関わるエリートたちの略歴が記されている。何歳で局付になった。

何歳で調査官になった。何歳で法務省に出向し訟務検事になった——そんな表だ。当然のように高遠の名前があり、当然のように穂積の名前はなかった。

「これを見ていただければいかに事務総局の統制力が強いかわかります。三号俸《ほう》問題というのがあり、給料、評価によって裁判官は差別されている。いや判決を拘束されています。つまり本気で裁くことが出来ない。少し改革はされていますが、今のままでは憲法第七十六条三項で保障された裁判官の独立は骨抜きです。ここをどうするかが改革のポイントです」

教授は事務総局人事を批判し、小難しいことを言っていた。この程度ならまだまし。その後は専門知識のオンパレードだ。ヒラメ裁判官がどうとか言って面白くしようとしているがくだらない。かく言う穂積も以前はこの教授と同じことを言っていた。だが今は違う。自分にあるのは現実だ。教授はそうですよね、という顔を穂積に向けてきた。だが穂積は反発する。

「たしかにそういう問題はあるかもしれませんね。でも司法改革においてそういうことは、あまり重要じゃないですよ。事務総局の人事は引き継ぎの困難さからそうなっているだけで人事権独占、伏魔殿のような言い方はおかしいんです。わたしも以前は批判しましたが、今は違います。事務総局は変わってきている。完璧《かんぺき》ではないにせよ、評価もクリアになってきています。裁判員時代の司法制度を語る時、古臭い議論ではいけません」

穂積は軽く笑うと、続ける。司法改革を語る上で重要なポイントは、別にあると力説した。教授はまともに反論できないでいる。

やがて討論は終了した。

今日は良かった。そう思う。最後も時間を見ていた。計算通りだ。それに大きいのは今回の生討論で、選挙に向けて冷静な改革派であることをアピールできたというところだ。高遠は事務総局の様子や、改革の現実性、改革の内にひそむ哲学まで教えてくれる。改革の現実性を考慮せずに外から吠《ほ》えているだけではナンセンス。大臣になっても実行力がなければ駄目だ。

自分には現実が見えている。大臣になっても口先だけでない改革を推し進められる自信がある。それはすべて高遠の受け売りだが、それでもいい。高遠はこちらを通じ自分の理想を実現し、こちらは自分の地位を高める。高遠の傀儡《かいらい》にでも何でもなってやる。頂点にのし上がれるなら日本の司法がどうなろうが知ったことではない。

去り際、穂積は教授に睨《にら》まれた。彼は今まで穂積のブレーン的存在だった。討論の後はいつも仲良く食事会。だがこの教授は末永と同じで高裁判事止まり。穂積のような支部まわりの落ちこぼれとは違うが、しょせん近海勤務と言われるレベル。だが今、自分には高遠がいる。裁判官の世界でナンバーワンのエリート。比較にならない。教授よ、もうお前は用済みだ。

その時、穂積は一瞬目を大きく開けた。遅れて寒気が襲ってくる。

視線の先には機材をチェックしている茶髪の青年がいた。

「どうも！　穂積先生、お疲れ様でしたあ」

穂積は無言で会釈する。違う、ただのＡＤだ。そう思いほっとした。

マツダスタジアムに野球観戦に行った日以来、穂積は吉岡拓実の幻影に悩まされていた。茶髪の青年がすべて吉岡拓実に見え、身構えている自分に気づく。吉岡拓実の出現と末永の死。とうてい偶然とは思えないこの事実を前にして体が震えた。特に穂積を震えさせたのは凶器だ。黒い洋傘。それ自体はありふれたものだが、この場合特別な意味を持つ。自分の父を殺した凶器で裁判官を殺すという強烈な決意表明に思える。あえてそんな殺しづらい凶器を選択したのではないか。

末永を殺したのが吉岡なら、当然この自分も狙われる。奴の覚悟は相当なものだ。多分あいつは自分が死刑になることなど怖れてはいない。刺し違える覚悟、いや刺し違えたいのだ。自分も滅んでしまいたい。そんな思いで凶刃を構えている。吉岡の存在はトラウマになってしまったようだ。あの声、あの眼光が不意に現れる。まるで地獄からの使者のように。

テレビ出演を終え、穂積は自宅のマンションで一週間前の夕刊を広げた。

記事を読むためではない。夕刊にいつも載っている数独パズルを解くためだ。こんなものは普段頭を使わない連中がやるもので自分には必要ない。そう思うがやっていないと麻耶に文句を言われる。まだ午後二時で今日は珍しく午後の予定がない。ためていた分もこなせるだろう。

穂積はしばらく数独を解いた。計算を何度か間違え、夕刊は汚くなっている。解くのが途中で嫌になってふと外の景色を見た。いまだに雨が降っている。雨の日の景色も悪くない。こうしてゆっくりと時を過ごすのもいい。だが出馬表明の際のコメントについてもそろそろ考える必要がある。そう思った時、机の上に置いていたスマホが鳴った。覗《のぞ》きこむと知らない番号が表示されている。穂積は少しためらってから通話ボタンを押した。

「はい、もしもし」

名乗らずに応じた。相手はしばらく何も言わなかった。

まさか吉岡拓実なのか。そう思い言葉を失った。

「ごめんなさい……穂積くん、ひさしぶりですね」

その女性の声には聞き覚えがあった。ただすぐにはわからない。少なくとも吉岡拓実ではない。穂積はとりあえずほっとした。ただこんなことで気をつかうことに少しいらだった。

「覚えていますか、正木です。広島地裁で同じ部にいました」

完全に安心したのは相手がそう名乗ってからだ。正木……あの正木響子か。

「ご無沙汰《ぶさた》していました。突然電話したので驚かれたでしょう？」

一度唾《つば》を飲み込むと、穂積は落ち着いた声で久しぶりですね、と言った。正木響子……間違いない。あの女の声だ。声に知性をたたえた色気がにじみ出ている。自分をかつて、狂わせた声だ。だがどうして今頃彼女は電話してきたのだろう。末永の死のことか？　たしか末永の葬式の時、彼女の姿はなかった。だが少し考えて思い当たる。穂積のところに吉岡拓実が出現したのなら、彼女のところに出現していてもおかしくはない。まさか、そのことか。

「突然ですまないんだけど、今から会えないかしら、穂積くん」

同じ部にいた時、私生活ではつながりがなかった。いや、何度もこちらからは求めたのに彼女は断った。好きな人がいる――それ以外言わなかった。方便なのかどうかは知らない。だが事実なら彼女に愛される男はどんな奴なんだろう？　穂積は嫉妬《しっと》の鬼になった。

彼女が事務総局に戻ってからはまるで連絡は絶えた。こちらは落ちこぼれ判事。一方正木響子は司法官僚のエリートコース。どんなに努力しても埋められない溝が二人の間にはあった。何とか忘れようとした。出世に拘《こだわ》ることもその一手段なのかもしれない。だがその声は時間の壁を簡単に突き破る。未練を呼び起こすのに充分だった。

「今広島駅の近くにいます。会えないかしら、福屋《ふくや》の前あたりで」

すぐに行く、と穂積は答える。着替えると急いでエレベーターに乗った。

「久しぶりだね、穂積くん」

福屋の前、しばらく無言で穂積はその背の高い女性を見つめていた。やや疲れた笑顔。時の経過はさすがに彼女をむしばんではいた。だがそこにいるのは紛れもなく正木響子。いくら追いかけてもつかめない蜃気楼《しんきろう》だった。

「最高裁調査官になったそうじゃないか」

若い頃は色々あったなと言うと、彼女は微笑みながらかぶりを振った。

「あなたの真似をしたわけじゃないけど、わたしも判事を辞めちゃった」

「え、判事を辞めた？　どうして」

「母の介護をしないといけなかったから……ううん、本当はこの年になってやっとわかったのかもしれない。わたしには判事は向いていなかったって。今は法テラスで活動している。あなたは変わらないようね。若い頃のまま。いえ、ずっと輝きを増して今、わたしの前にいる」

その話し方には、どこか違和感があった。以前の彼女は、優しくはあったが決して媚《こび》のようなものは感じさせない女だった。それだけに穂積の征服欲を刺激した。判事としてかなわないなら、自分の女にしてやると思い執拗《しつよう》に迫った。そんな穂積を彼女は袖《そで》にし続けた。だが今の彼女にはどこか世慣れた媚がある。かすかではあるが。

「末永先生が殺された時、わたしはお葬式にも行けなかったわ」

「ああ、もう一ヶ月近く経つね、ショックだったよ」

そう答えながら、穂積は考えていた。あの正木響子が判事を辞めていたとは。任官後二年で最高裁局付になることは超エリートコースだ。それは間違いない。それだけで将来が保証されるわけではないが響子の出世は順調だった。

そんな状況から病気でもないのに辞めてしまった判事など聞いたことがない。どうしたのだろうか。言い訳をしていたがあんなのは嘘だろう。挫折《ざせつ》経験がないからこういうエリートは折れるともろい。響子もそうなのかもしれない。

「あいにくこんな天気だけど、一度お墓に手を合わせに行きたいから」

「そうか、じゃあ一緒に行こうか」

穂積は神妙な面持ちでそう答えた。しかし内心、複雑な思いだった。二人は駅前でタクシーを拾う。葬式に行ったものの、墓地の場所は知らなかった。響子が詳しく話していたので黙ってついていった。響子はあまりしゃべらなかった。穂積も訊《き》きたいことはあったが、積極的には話しかけない。

響子は信号待ちの時に、雨音に隠すように小声で言った。

「後で相談したいことがあるんだけど、いいかな」

穂積はああと答えた。おそらく就職のことだろう。他分野で成功した自分に仕事を紹介してもらいに来たのだ。それがさっきの媚の正体。ヤメ裁と俗にいうが、裁判官を辞めてから弁護士としての就職は意外と難しい。自分で事務所を構えるためには資金がいるし、顧客はすぐにはつかない。経験のないエリートに簡単に務まるものではない。ましてや新司法試験になって合格者が増えた。それなのに裁判官や検事の数はたいして増えない。増えたのは弁護士だ。弁護士受難の時代。これから弁護士は飽和状態の時代になっていく。

ゼロワン地域と呼ばれる弁護士僻地《へきち》ならいいが、百万都市では競争だ。響子のようにポッキリいってしまう女ではつらい。自分で事務所は構えられず、紹介された事務所で食うのがやっとではないだろうか。といっても穂積の故郷のように僻地では弁護士はやりたくない。それが普通の感覚だ。やるならみんな都会に出たがる。そんな時、自分の中に抑えがたい欲望が起こってくるのを穂積は感じざるを得なかった。いい働き口を紹介する代わりに自分と……響子は窓の外を見ている。穂積は相変わらず綺麗《きれい》な彼女のうなじを見て、唾を一つ飲み込んだ。

目的地の墓地は意外と近かった。県道一六四号線をまっすぐ進み、仁保橋《にほばし》を少し過ぎてから左折。細い道に入っていく。線路の近くに小さな墓地があった。雨の中、電線に小鳥がつがいのようにとまっていて、小さな駐車場の奥に六地蔵が見える。雨だということもあって、人はいないようだ。響子は透明なビニール傘を広げると、運転手に少し待っていて下さいと言った。そして持っていた新聞紙からしきびの枝をとりだした。

「二束あるんだけど、穂積くんも供える？」

「ごめん、そうするよ。今日は雨だし、水はいらないね」

「うん、地蔵の後ろ、八番目の墓だって聞いたよ」

二人は六地蔵の裏手に回り込む。墓石は新しく立派な物はない。どれも古いものだ。狭い墓地であるのに墓石の間隔が開いている。塔婆も朽ちている物が多い。ただ地元の人が世話はしているようで小綺麗《こぎれい》だった。穂積は墓石を数える響子の後に続いてしばらく歩いた。

「穂積くん。ここにあった」

響子はそう言って立ち止まる。そこには五十センチくらいの古い墓石があった。花が供えられている。だがその墓石を見た時、穂積は愕然《がくぜん》とした。そこに刻まれた文字は「吉岡家之墓」というものだった。穂積は何も言わずに響子の方を見た。響子は透明なビニール傘を脇に挟みながら、目を閉じて拝んでいる。響子が目を開けるのを待ってから穂積は口を開く。

「どういうつもりなんだ？」

「言わなくてもわかるんじゃない、この墓石を見れば」

わかる。その言葉だけで充分だ。響子の言いたいこと、それは横川事件のことだ。そして彼女が俺をここに連れてきた理由も想像できる。

「末永先生は亡くなられる前、わたしに言われたの。中川幹夫が死ぬ前に自白したと。その直後、先生は殺された。そしてその中川幹夫にひたすら接触しようとしていた一人の青年がいた。それが吉岡拓実……被害者の息子だった」

穂積はしばらく言葉を失った。中川幹夫が死ぬ前に罪を認めた？　それでは吉岡拓実の証言は本当で、自分たちは殺人犯を野に放ったというのか？　だがそうだとしてもそれがどうしたというんだ……証拠はないだろうし、どうすることもできまい。

「君のもとへも、吉岡拓実が来たのか」

響子は黙ってかぶりを振った。

「俺のもとへは来たよ。怒りをむき出しにして……だがあんなものは逆恨みでしかない。吉岡の事件は充分な審理を尽くし、合理的な疑いを容《い》れない程度の証明がなかった。それなら無罪判決を下すのが裁判官だ。それは間違いないだろう？」

「穂積くんはあの審理、判決に命をかけられるの？」

響子の問いに、穂積は一瞬たじろいだ。

「命をかけられなきゃあ判決を下せないのかい？　判決は誰かが下さなければいけないんだ。ちょっとくらいミスがあったからって殺されていたんじゃ裁判なんて出来ない」

彼女は下を向いていた。返事がないので、穂積は得意の弁説をふるった。

「なあ正木さん……俺は何か間違ったことを言っているか？　君の理想論は幻想なんだよ。人がみんな君のような人間ならそれでいいかもしれない。だが人はもっと醜いものだ。わかるだろう？　さっき君は自分が判事に向いていなかった、そう言ったな。そのとおりだ。君の潔癖すぎる思考では人を裁くことなんてできない。正義ってものはどういうことかわかるか？　簡単だ。正義ってのは仕方のないことなんだ。悪ってものはプラスマイナスでいえばマイナスだろう。だが正義は決してプラスなんかじゃない。プラスマイナスゼロだ。どっちでもない存在なんだ。それを君はわかっていない」

反論はなかった。しかし納得などしていないことは容易にわかった。

「だいたい末永さんの事件は怪しい男がいるそうじゃないか。吉岡拓実が末永さんに怒りの牙《きば》を向けたなど考えすぎだ。凶器としてあえて傘を選んだのはその意思をみせつけるためだというのかい？」

穂積の放ったその言葉に、響子はかぶりを振った。そんな意味じゃないということか。吉岡拓実が凶行に走ろうが走るまいが、自分たちは間違いを犯した。殺人犯を野に放った。それを世間に公表すべきだとでも言うのか。バカらしい、クソ真面目もいいかげんにしろと思った。

「それに中川が有罪だったたって証拠はあるのかい？　自白と言っても勝手に中川が言っていただけだろう？　自白の証拠が残されているわけでも……」

穂積の言葉を、正木響子は途中でさえぎった。

「末永先生は聞いたそうよ、中川が盗んだ一千万の隠し場所を」

穂積は一千万という部分をなぞってから、二の句が継げなかった。あの行方不明だった一千万円の隠し場所だと？　確かに供述どおりそれが出てくれば決定的証拠だ。吉岡政志は紙幣番号を控えていた。照合すればすぐにわかる。ただ無罪判決が一度出た事件だ、覆りようはない。しかしそんな言葉は口をついて出ることはなかった。それは本当のことではあるが、現実は違う。仮に供述どおりに一千万が見つかり、それを公表されれば自分の政治家への道は断たれる。

「わたしは末永先生の事件の参考人となった竹丸洋と接触しているの。彼は酒に酔っていてよく覚えていないと言っていたけど本当かどうか疑わしいわ。わたしはこの事件は横川事件とからんでいると思っている。ただ竹丸が酒に酔って末永先生を殺したという線は絶対にないわ」

「どういう意味なんだ？　君は竹丸が犯人じゃないというのか」

「まだ断定はできないわね……一筋縄ではいかないようだし。でも今、わたしが疑っているのは彼じゃない」

「猿猴川だったか、現場で凶器も見つかっているんだろう？」

「でもその凶器の指紋、竹丸の指紋と不一致だったのよ。竹丸は逮捕されないわ」

穂積は呆気《あっけ》にとられた。これが嘘ならすぐにばれる。響子が嘘をついているとは思えない。竹丸が犯人じゃないなら真犯人はやはり……。

「吉岡拓実が真犯人なら、犯行はまだ続く可能性が高いわ。復讐《ふくしゅう》の鬼になっているだろうから。狙われるのはわたしたち二人！　今日はそのことを言いに来たの。でももし吉岡拓実が真犯人なら、横川事件が誤判だったと認めれば彼の犯行はきっと止められる。公表すべきかもしれないわね、中川幹夫の自白。わたしたちが殺人者を野に放ってしまったという事実を」

穂積は響子を睨《にら》みつけると大声で叫んだ。

「事件を裁いた判事がそんなことをしていいと思っているのか!」

「だめ? 末永先生もそうしようと……」

言いかけた響子を、穂積は途中で遮った。

「ふざけるな! 君は元判事だろ? そんなことは君の自己満足だ。司法の権威を失墜させては国益にも反する。わかっているだろう!」

その声は雨音にかき消されることなく墓地に響いた。

響子は答えない。今さらながらにビニール傘を広げると、後ろを向いた。

「自己満足? まあ……そうかもしれないわね」

「逃げるのか」

「じゃあわたし、このまま歩いて帰るわ。タクシー代はさっき払っておいたし」

言い残すと響子は墓地を別方向へ下り、そのまま歩き去っていった。降りしきる雨の中、穂積は立ちつくしていた。とんでもないことになった。吉岡拓実が自分の命を狙っているというだけならまだいい。だが響子まで敵に回した状況で選挙を戦うことなど出来るのだろうか。

やがて雨は激しさを強めた。ダンヒルのオーダースーツはすっかり濡《ぬ》れてしまった。穂積は大きく息を吐きだすと、ようやく落ち着きを取り戻す。六地蔵の向こうに停まっているタクシーの中では運転手があくびをしているのが見えた。

4

受話器の向こうからの怒鳴り声に、乃愛は思わず目を閉じた。

「どういうことじゃ、わしの相談には応じられんのか」

音量はある程度絞ってあるのに、大声が耳の中でこだましている。法科大学院でどこまでが暴力かという授業を受けたが、言葉も充分に暴力になる。そのことを実感せざるをえない。

「とんでもないです。そういうことではないんです」

「ならどういうことなんじゃ、ちゃんと説明せんかい」

法テラス鯉城のコールセンターで働き始めた乃愛は、多重債務者からの電話相談に応対していた。面接の時、コールセンターで働くオペレーターの様子を見た。みんな手慣れた感じで応対していたのに、乃愛はうまくいかない。こんな調子で毎日やられたら、神経が持たないだろう。

「黙っとらんと何か言わんかい！　年収が一定基準以下なら法律相談無料なんじゃろ、法テラスでは。弁護士ならちゃんと答えんかい」

マニュアルを見つめながら必死で答えた。

「あの……さきほども申しあげたのですが、こちらで出来ることは弁護士の先生をご紹介させていただくことで、民事扶助の弁護士相談が無料というわけではないんです。かかったお金は法テラスが立て替えるということですし、いずれ償還していただく形になります。それにコールセンターで弁護士相談はできません。わたしも弁護士ではないんです」

「はあ？　ならお前さん何もんじゃ？」

「法科大学院生です……広島大学に通っています」

相談者はしばらく黙った。不気味な沈黙だ。

「おい、お前……今、何て言うたんじゃ」

「広島大学の法科大学院生です。ここでアルバイトをしているんです」

「なめとんのか！　こっちはヒイヒイ言うとるんじゃ、一生がかかっとる。アルバイトじゃあ？　話にならんわ、弁護士じゃ、弁護士呼んで来い」

怒鳴られて乃愛は必死で謝った。すみません、すみませんと繰り返した。少し涙目になっている。なんなのだ。どうしてこんな具合に怒られなければいけないのだろう。弁護士相談が無料なのは犯罪被害者だけだ。ちゃんとパンフレットにも書いてあるではないか。

「謝られても困るんじゃ、さっさと弁護士呼んでこんかい」

乃愛の電話から聞こえる怒鳴り声を聞きつけ、コールセンターの他のオペレーターたちも心配そうにこちらを見ていた。だが誰も助けてはくれなかった。この人はちょっと異常だ。モンスタークレーマー。うっぷん晴らしに文句を言っているだけ。乃愛は電話を切ろうとした。そんな時、髪を束ねた背の高い女性が早足でこちらにやってきた。

「わたしが代わるわ、高遠さん」

女性は受話器を乃愛から奪った。

「お電話代わりました。弁護士の正木響子と申します」

彼女は静かに話しかける。相談者の男性は威圧的な態度を崩さない。響子の持つ受話器から大声がこちらまで聞こえてくる。やっと出てきたかと怒鳴っていた。話からすると相続問題のようだ。父親が連帯保証債務を遺《のこ》して半年以上前に死んだらしい。これじゃと相続放棄も出来んのじゃろ、と怒鳴りながらの相談者の言葉をひととおり聞くと響子は問いを発した。

「請求書が来たのはいつですか」

響子の問いに相談者は初めて泣き出しそうな声を出した。一週間くらい前だと答える。あまり間をおかずに、落ち着いてくださいと響子は続けた。

「たしかに相続放棄が可能なのは民法第九百十五条により三ヶ月以内です。ただし昭和五十九年の熟慮期間に関する最高裁判決では相続放棄の起算点は相続人が相続財産の全部もしくは一部を認識した時、あるいは通常認識しうるべき時から三ヶ月になっています」

「どういうことじゃ、わけがわからんけえ、何が言いたいんじゃ」

受話器の向こうから相談者の大声が聞こえてくる。響子は冷静に答えていた。

「要するに放棄できる可能性が高いということです」

相談者はホンマか、と大声をあげていた。

「詳しくお聞きしないことには断定はできません。お話し下さい」

相談者は最初こそ威勢がよかったが、響子の丁寧で道筋のはっきりした受け答えに次第にトーンダウンしていく。まるで獰猛《どうもう》な野獣を手なずけていく調教師のようだった。

乃愛はその様子を呆気にとられながら見ていた。やがて相談者は怒ってすまんかったと謝罪した。

「さっきのお嬢ちゃんにあんたから謝っといてくれるかのう……こっちも必死でな」

もれ聞こえてきたのは優しげな声だった。

「いいえ、法律相談は出張相談もありますし、ご利用ください」

相談者は何度も感謝の言葉を口にしながら電話を切った。響子は受話器を置くと一つ息を吐きだし、何も言わずにコールセンターを出て行こうとした。乃愛は追いかける。待ってくださいと呼びかけた。

「あの正木さん……ありがとうございました」

「いいのよ、わたしもう上がりだから」

微笑みながら響子は答えた。笑うと並びのいい白い歯がこぼれ、さらに魅力的に映る。

「あの、正木さん。わたし、さっき途中でこっちから切ろうとしていたんです。相談者の多重債務者の人、ただのクレーマーだと思って。でも違ったんですね」

「必死な人はああなる時もあるわ。他人のことは考えられなくなっちゃうから」

「本当にありがとうございました」

「気にしない気にしない。わたしも若い頃はいっぱい失敗したんだから……それはそうと、あなたももう終わりの時間でしょ？　駐輪場、あなたの彼氏がお迎えに来てるみたいよ」

響子は踵《きびす》を返した。乃愛は彼女の高い背にもう一度礼をする。少し顔が紅潮していた。本当にすごい人だ。何でも出来る。第一印象は最悪だった。すごい顔で睨まれたからだ。だがあれは乃愛を睨んだわけではなかったのだろう。乃愛は竹丸の近くにいた。響子は竹丸に視線を送っていたのかもしれない。響子のことを父に話すと、父も彼女を褒めていた。事務総局に残っていれば女性初の事務総長も彼女なら充分にありえたと言っていた。そんな地位にありながらあっさりと弁護士に鞍替《くらが》えし弱者のために戦う。本当に恰《かっ》好《こう》いい人だ。

「そうだ高遠さん、明日《あした》休みでしょ？　お話があるんだけどどこかでお会いできないかしら」

微笑みかけてきた響子に、乃愛ははいと笑顔で返した。

翌日は晴れだった。紙屋町の家を出ると、乃愛は大きく伸びをする。休日だがいつものスーツ姿だ。長く続いた雨が上がり、日差しが照りつけている。十一月の午後は蒸し暑いくらいだった。紙屋町の家は原爆ドームの近くにある。平和記念公園も近いのでいつも観光客の姿が目につく。遠くから花束を持って祈りをささげに来る人も多い。

原爆ドーム近くの商店街に入ってみると、雰囲気は一変する。歩いているのは若者が多い。いかにもアニメオタクですと顔に書いてあるような青年や、ゴスロリ姿で歩いている女性もいる。そして彼らがそれほど目立たず日常化している。一方で真面目に市民運動をする若者もいて、わたしたち若者の力で政治を盛り上げようというチラシを配っていた。

相生通りに来ると、乃愛は紙屋町シャレオの階段を下った。地下街の扉を開けると涼しい風が吹き出てくる。多くの人がいた。特に円形の中央広場は待ち合わせ場所として知られていて人出が多い。いくつものモニターが置かれ、スピーカーから音楽が流れてくる。コンサートなどのイベントが頻繁に行われている。意外と広いスペースだ。

ここで乃愛は待ち合わせをしていた。約束の時間まではあと五分。中央広場の中を見渡しながら歩いていると、背後から声がかかった。振り返る。背の高い女性が微笑んでいた。ただ気のせいか二十センチほど高い所にある響子の目は真剣だった。二人は地下街からそごうに向かう。十階レストラン街にある日本料理店で食事をとりながら話をすることになった。

「わたしなんかに何のご用ですか」

響子はメニューを見ながら静かに応じた。

「実はねえ……わたし、末永さんの事件をまだ追っているのよ」

乃愛は意外に思った。確かにあの事件、響子は関係者と言えなくもない。ずっと前からの知り合いだった人が殺されたのだから気になって当然だ。だが犯人を追うのは警察の仕事だ。弁護士は国選弁護でも何でも逮捕されてから動けばいい。よし決めた、と不意にメニューを畳んで言うと、彼女はこちらに視線を送ってきた。乃愛はどきりとして思わず視線を外してしまった。

「ホントはね、あなたじゃなきゃ頼めないことがあるから」

「わたしにしか、頼めないこと？」

乃愛のオウム返しにうん、と応じて響子は真剣な表情を作った。

「この事件は十四年前に起こった横川事件と密接に絡んでいる。それがわたしの推理なの。横川事件って知ってるかな？　横川に住んでいた会社社長が窃盗犯に襲われて、傘で刺されて殺された事件。中川幹夫って男が逮捕されたんだけど……」

響子の言葉を乃愛は途中で遮った。

「え、その事件十四年前なんでしょ？　その時、わたしまだ小学生ですよ」

「うんわかってる。でもこの事件は当時小学生だった子供の証言の信憑性《しんぴょうせい》が争われたのよ。でも結局採用されなかった。あなたにしか頼めないことっていうのは、あなたの彼氏のこと」

「彼氏？　拓実のことですか、どうして？」

「その前に今度、彼といつ会う予定なのかしら」

「今日です。あと二時間もしたら父が広島駅に着きます。一緒に拓実の家に行くんです」

正直に答えると、響子はしばらく沈黙した。だがやがて口を開いた。

「そう……詳しく話すわ。実は証言したその子供こそあなたの彼氏だったからよ」

響子が話してくれたのは、拓実の過去だった。横川事件の被害者、吉岡政志が拓実の父親であること。拓実が無罪判決が出た時、中川に飛びかかろうとして暴れていたこと。判決後もストーカーのように中川幹夫を追いまわしていたこと。末永もまた、中川幹夫のもとを訪れていたこと。末永は最後に中川幹夫から自白を得ていたこと。そしてそれを死ぬ直前に響子に告げたこと。

「はっきり言うわ。わたしは疑っているのよ、拓実くんをね」

乃愛は片手で口元を押さえた。

信じられない。ただそう言えば思いあたることがある。拓実はあの夜、裁判員襲撃事件の話題を振ってきた。あれは復讐《ふくしゅう》の是非について、乃愛の意見を訊《き》きたかったのではないか。裁判員襲撃事件などは重要ではなかった。あの時は深く考えずに受け流してしまったが、拓実は彼なりに必死だったのだ。父親の無念を晴らしたい。でもそのすべはない。そんな状況で追いつめられた拓実は……。

「拓実がやったって言うんですか。拓実が復讐のために末永元判事を殺したって」

つい叫んでしまった。店内の何人かがこちらを向いた。乃愛はうつむく。響子もつられたように口を閉ざす。変な間が空いてしまった。だが別にかまわない。興奮した感情はまだおさまっていない。その思いを乃愛は必死に伝えた。

「拓実はそんなことしません。裁判員襲撃事件の話をした時だって拓実はあんなことしちゃまずいよなって言っていたんです。いくらそんなことがあったって……」

話の途中で響子はさえぎった。

「彼は父親が殺された現場を見ている。拓実くんの証言はこうだった。発熱で学校を休んで二階で寝ていると、一階で物音がした。気になって階下に下りるとそこには血の海に沈んでいる父親の姿があった。そして父を刺した犯人は工員の一人、中川幹夫だった……」

そこで一度彼女は言葉を切るが、すぐに続けた。

「拓実くんは当時十歳。しかも三十九度以上の熱があった。犯人は目だし帽。被害者は父親……証言を採用することは難しかったわ。でもわたしたち判事が何と言おうが、事情を知る拓実くんからすると被告人は有罪であるとしか思えない。他人がいくら間違いだと言おうが、自分が正しいとしか思えない時、人はどうすると思う?」

問いに乃愛は答えない。間をおかずに響子は言葉をつなぐ。

「つまらないことなら妥協するでしょうね。ある程度大事なことでもそうかもしれない。でもそれが絶対に譲れないこと、自分の最も大事なものであればどう?」

乃愛は蛇に睨《にら》まれたカエルのように、じっと響子の目を見つめていた。響子も目をそらさずに乃愛を見つめている。静かな、それでいて通る声で言った。

「人はたぶんその時、確信犯になるわ」

「確信……犯?」

乃愛は響子の発した言葉を繰り返した。

「うん、普通犯罪者は自分の行為が悪いってわかってやっている。だけど確信犯は違う。むしろ彼らは正義のただ中にいると思っているの。そこまでは行かなくても自分の行為は仕方のないことだと思っている。そんな人間は何をするかわからない。自爆テロとかが有名ね」

その喩《たと》えに乃愛は体が震えるのを感じた。

「法科大学院生なら厳格故意説って知っているわよね? 悪いと思っていなければ罪に問えないって説。だけど確信犯を赦《ゆる》しているようでは国が成り立たないわ」

「じゃあ拓実は確信犯なんですか」

その可能性はあるわね……響子は息を吐きだした。

「前置きが長くなったけど、あなたに頼みたかったのはたった一つのことなの。拓実くんの様子を探って欲しい。どんなことでもいいからわたしに報告してくれないかしら」

乃愛は上目遣いに響子を眺めた。

彼女は末永殺しの真犯人を追っている。はっきりと拓実を疑っているとまで言った。そう言えば以前拓実は目的があるから頑張れると言っていた。その時自分は正社員になることが目的だと思ったが、目的とは父親の復讐ではないのか。まさか……拓実が末永を殺した？　そんなはずない。考えられなかった思考が不意に訪れ、乃愛はしばらく言葉を発することが出来なかった。

響子と別れてから、乃愛は広電で広島駅に向かった。

放心状態だった。拓実が殺人犯かもしれない。一気に地獄に突き落とされたような思いだ。せっかく今日は父に拓実を紹介できるはずだったのに。いや、これはそんなレベルの話ではない。響子は有能だ。しかもとびきり。そんな有能な彼女が拓実を疑っている。あえて救いを求めるなら、乃愛に協力を仰いできたことだ。拓実が殺人犯だと思っているなら自分にこんな事情を話すだろうか。何とかそう思い、まとわりつくような思考のうねりを振り払おうとした。

広島駅に着くと、改札口で父はすでに待っていた。

早いなと思ったが、約束の時間を少し過ぎている。自分の方が遅れてしまっていた。ややぎこちない謝罪をしてから乃愛はタクシーを拾う。向かう先は拓実の家がある横川だ。タクシーの中で乃愛はあまり積極的にしゃべらなかった。

タクシーは相生通りを西に進んだ。原爆ドーム前を通り過ぎ、十日市町《とおかいちまち》駅前を右折する。横川駅の方向だ。横川新橋を渡る。カップルがキスをしている横を通り過ぎた。橋を渡ったタクシーは太田川《おおたがわ》の方向に斜めに伸びる道を進んでいく。この辺りだろう。指示するとタクシーは中広通りの小道を斜めに入った。アパートやマンションが建ち並ぶ一角に、一軒家が建っているのに気付いた。金を払い、タクシーから降りると父は言った。

「意外と大きい家だな。二十歳そこその青年が一人で住むには不釣り合いだ」

ぐるりと塀が取り囲んでいて、有刺鉄線も張られている。「吉岡」という表札がある。たしかに不釣り合いだ。だが今、乃愛は別のことを考えていた。ここは殺人現場。ここで拓実のお父さんは殺された。ここに中川という老人が侵入し、拓実のお父さんを殺した。そう考えると何とも言えない気持ちだ。

「ほんとに住んでいるのか。生活感がないように思うが」

父の言葉に乃愛はここだよと答えた。取り囲んでいる塀は高い。響子の話では中川幹夫は足が不自由だったという。この高い塀をどうやって乗り越えたのだろうか。拓実は高熱の中、どんな思いで父の死を見ていたのだろうか。そして中川幹夫にどんな思いをたぎらせたのだろうか。

「じゃあ入らせてもらおうか、乃愛」

古めかしい門の近くにあるインターフォンを鳴らす。はいという拓実の声がした。

「拓実？　わたし。乃愛。約束どおりお父さん連れてきたわ」

すぐ開けるという声が聞こえ、門の扉は開かれた。玄関の外に拓実が出てきている。こちらに気づくと、何も言わずに浅い礼をした。父は屈託のない笑顔を向けると家の中を見渡した。乃愛もつられる。もっと雑然としているかと思ったが綺麗《きれい》だった。広い玄関。ここで十四年前、拓実の父吉岡政志は殺された。廊下の少し奥には二階に続く階段がある。ここから拓実は父親の死を見たのだ。そう思うとやり切れない。

二人は招かれるままに書斎に向かった。父はお気遣いなくと答えていた。ただ拓実は父を前にしてもいつもの調子だった。本当に拓実が末永元判事を殺したのならこんな態度取れないよね。乃愛はそう思おうとした。それにしても家の中は小綺麗《こぎれい》だ。急に掃除したわけでもあるまい。普段の拓実の様子から考えて散らかっているように思えたが、意外だった。

書斎は石油ストーブで暖められている。二人は勧められるままにソファーに腰掛ける。父は拓実がいない間、部屋の中を見回していた。年代物というか、とても拓実が読むようなものではなさそうな本が並んでいる。主に法律関係。弁護士事務所や司法書士事務所のような感じだった。またいくつか写真が飾られてもいた。それは拓実の父の物だろう。写った建物には吉岡部品と書いてあり、そこの社員らしき人々が写っている。父はそれをしばらく見ていた。

やがて拓実がやってきてお茶を出した。自分で淹《い》れたものでなく、近くのコンビニか自販機で買ってきたらしき代物だ。拓実が無造作にソファーに腰掛けると、しばらくしてから父は口を開いた。いつもと変わらない包み込むような声だ。

「君はご両親が亡くなって苦労したらしいね」

丁寧なもの言いに、姿勢を正すと拓実は答えた。

「それは……まあ。でもじいちゃんがいたからそんなに苦労ってほどでも」

「これは君のお父さんだね？　よく似ている」

父は写真を指さした。そこには背の低い痩《や》せた男性が写っていた。拓実に似ているだろうか。似ていると言われればそうかもしれない。ただよく似ているというのは大袈裟《おおげさ》だ。

「似てますか？　親父は百六十ちょっと……俺はでかくはないけど、一応百七十以上あるし」

不満げに拓実は答えた。くだらないプライドだ。いつもの拓実らしい。ただその会話を契機に父と拓実の会話は弾んだ。父がリードする形で拓実はそれに答えていく。二人の間に気まずい空気が流れることを心配していたが、杞憂《きゆう》に終わりそうだ。

そんな中、拓実は乃愛が思ってもいなかったことを言いだした。

「俺、司法試験受けてみようかと思うんですが」

乃愛は呆気《あっけ》にとられた。父も意外そうな表情を浮かべている。

「受けられるんですよね？　高卒でも」

問いに父は言葉を濁した。確かに受けることはできる。だが現実は厳しいだろう。法科大学院に進むのが今の時代、法曹への道だ。だが父は真剣な顔で応じた。

「本気でやる気があればね。特に平成二十三年からは予備試験というのが始まった。わたしも何とかならないかとずっと言ってきたが受験は可能になる。ただ道のりは平たんではないだろう。君がどんな覚悟でいるかは知らないが、半端な覚悟では受からない」

「ええ、それは俺だってわかっています。親父もそうでしたし」

拓実は真剣な眼差《まなざ》しを父に送っていた。こんなことは、乃愛の前では言ったことがない。だがそうか。拓実が工場で言った目的とは司法試験のことだったのか。法科大学院に通う自分からすると拓実の目標は無謀に思える。ただ少しだけ胸のつかえが下りた気もする。

乃愛はトイレと言って席を立つと、廊下を奥に進んだ。

拓実が本当に末永を殺したのならこの家に証拠があるかもしれない。そんな思いが背筋を駆け抜けて行く。しかしこの訪問は不意打ちでない以上、いくらでも隠せる。おそらく探しても無意味だ。問題は指紋。拓実の指紋と一致しなければ無実は証明できるはずだ。まさか拓実も指紋の付いたものを、乃愛が探っているとは考えないだろう。

トイレは台所の奥にあった。台所のゴミ箱には新しいゴミ袋がかぶせられている。ほとんど何も入っていなかった。だがよく見ると何かが捨てられている。チケットの半券のようだ。そういえばカープファン感謝デーに拓実は行っていたらしい。入場者が三万人以上いたと言っていた。乃愛は一度書斎の方を見てから台所に入る。ゴミ箱から半券を拾い上げてポケットに入れた。

トイレに駆け込むと半券を取り出す。これなら拓実の指紋は残っているだろうし、捨ててある物がなくなっていても不審には思うまい。ただ本当にいいのか——誰かが問いかけてくる。乃愛は大きく息を吐きだし、半券をしばらく黙って見つめていた。

5

夜の闇の中、車のライトが見える。レンタカーが山道を駆け上がって行く。

久しぶりの運転で最初はとまどったがすぐに慣れた。ここは熊野町《くまの》。地図で見ると市内からそれほど遠くない。実際海抜の低い地域にはベッドタウンが広がっている。ただ山道を登ると家はさすがに少なくなった。工場のような建物が時々見える。多分この辺りで盛んな筆造りの工房だろう。カーナビゲーションの音声案内に従って車は山道を進んでいく。ただ時々ルートからそれた。八丁堀を出発してからかれこれ一時間以上経つ。意外と時間がかかるものだ。響子はハンドルを軽く人差し指で叩《たた》きながら周りの景色を見まわしていた。もうすぐ、のはずだ。

「目的地周辺です。音声案内を終了します」

ナビが告げ、車は少しひらけたところに来た。響子は速度を緩め、舗装されていない道を進んでいく。車を停め、周りを見渡してみた。小さな山小屋のような建物や、廃屋、作業場のような建物がいくつか見える。電話をかけてみるとなんとか通じた。作業場のような建物から五十年配の女性が出てきた。タオルを首に巻いて長靴を履いている。

「いらっしゃい。正木響子さんでしたわよね」

「初めまして。夜分いきなり押し掛けて申しわけありません。仕事で遅くなりました」

「いいのよう、よくここまで来て下さったわね。さあどうぞどうぞこっちへ」

素朴な笑みに警戒心が解けて行く。出迎えてくれた女性は末永の娘だ。ここ熊野町に嫁ぎ、筆造りをしているらしい。今日ここに来た理由は貸し金庫の件だ。末永が遺《のこ》した「判事失格」という書きかけの文章。その中の「広島銀行　貸し金庫　５００」という文言が気になった。末永には親戚《しんせき》が少ない。遺産相続は早期にけりがつき、凍結も解除された。解除されたら至急連絡して欲しいという約束に従い今日連絡をもらった。そして響子は早速やってきたのだ。

部屋に通されると末永の娘はお茶を出してくれた。

「父からあなたのことはよく聞かされていたのよ。ホントお綺麗ねえ。それに頭の方はもっとすごいんでしょ？　司法権のトップに立つかもって父はいつも自分のことみたいに自慢していたわ。何て言えばいいのかしらねえ、自分の教え子が総理大臣にでもなったみたいに……」

とろけそうな笑顔で彼女は長話を始めた。響子は愛想笑いを返す。

「すみません、先に例の貸し金庫の件なんですが」

「あらごめんね。そうそう大変なの。中身はあなたの言うようにお金だったわ、五百万円」

響子は鋭い視線を送った。やはりそうか。末永は中川幹夫から託された現金を貸し金庫に預けたのだ。中川が吉岡から盗んだ金は一千万円だった。半分は使ってしまったということだろう。そんなことより問題はこの現金の紙幣番号だ。これが吉岡の控えた紙幣番号と一致するなら横川事件において中川幹夫が犯人だという物証となりえる。もちろんすでに無罪判決が出ている以上、どうしようもないが、誤判は決定的になる。

「見せていただくことはできますか。いえ、紙幣番号を教えていただくだけでいいんです」

響子は興奮気味に言った。メモを取り出す。そこには吉岡政志が控えた千にも及ぶ紙幣番号が書かれていた。末永の娘は紙幣番号を読み上げる。読み上げられた番号はメモにあった一つと一致した。やはりこれで決まりだ。次々に彼女は番号を読み上げて行く。それらはすべてメモにある番号と一致している。

「もう邪魔くさいからあなたに渡すわ」

彼女は封筒に入った五百万円を無造作に畳の上に置いた。

「この現金がかつての事件の大事な証拠なんでしょ？　だったら持って行ってよ」

「いえ、さすがにそういうわけには」

「だってえ、これ下手したら父が盗んだって思われるじゃない。そんなお金使うこと出来ないでしょ？　父は昔っからそういう人。高給取りのくせに自分の退職金は司法改革とか裁判員制度をつぶす運動とか下らないことに使っちゃうのよ。あたしたちにはほとんど遺さないんだから。五百万円っておかしいと思ったのよ。もうそんな怖いお金なんていらない、いらない」

末永の娘は野良犬を追い払うような仕草をした。金に執着がなく、妙に潔癖でどこかユーモラス。性別は違えど末永と似ている気がする。さすがに親子だ。末永がどうやってこの金を譲り受けたのかはわからないが、ちゃんとした手続きをとるべきだった。いきなり貸し金庫に預けてしまってはまずい。事情があって警察に届けられないでいるうちに殺害されてしまったのかもしれないが。

「でも正規の手続きを経て得られたものですし」

「もう、いらないって言ってるでしょ」

末永の娘はぷいと横を向いてしまった。困ったものだ。仕方なく妥協案をひねり出す。

「ではお借りするという形にしましょう。消費貸借契約です。証明する書類を作っておけばいずれ事件が決着した際、お返しできるかもしれませんので」

その提案でその場は何とか決着した。響子は押しつけられるように五百万円を預かると山道を下りて行く。レンタカーを運転しながら思った。たしかにこの五百万は問題の多い証拠ではある。だが今まで横川事件に関しては末永から聞いた証拠しかなかった。

そんな中、この物証は決定的だ。横川事件は誤判だと確信した。市内に戻るとすでに日付が変わっていた。

法テラスで紹介してもらったマンションは、イオンモールの近くにあった。

豪華とは言い難いが、東京で住んでいたマンションに比べれば快適だ。近くにJR天《てん》神川《じんがわ》駅があり、少し歩けばマツダスタジアムもある。広島駅までも遠くない。疲れたが明日《あした》は休みだ。駐車場に向かう。ライトに照らされ、まぶしそうに手でひさしを作っている人影が見えた。

その人影はチェックのワンピースを着た若い女性だった。小柄でおさげ髪。横には子供が乗るような小さな赤い自転車が停められている。女性は響子に気づくとやや不自然なお辞儀をする。顔を上げた。彼女は同じ法テラス鯉城で働く高遠乃愛だった。

「どうしたの、高遠さん。こんな時間にこんなところまで」

訊《たず》ねると、乃愛は答える代わりにビニール袋に入れた何かを差し出した。響子は黙って受け取ろうとした。しかし途中で乃愛の手は止まる。そこには野球のチケットが入っていた。響子はほとんど考えることなく、すぐに乃愛が何を言いたいのかを察した。

「前に頼んだこと、実行してくれたのね」

「はい……これに付いているはずです。拓実の指紋が」

実行してくれるという自信はなかった。乃愛が吉岡拓実に向ける思いは深いものだと思ったからだ。しかし好きだからこそ本当のことが知りたいと思う。それも自然なことだ。この子と今まで接してきて今時珍しい純粋な子だと思う。人を思う気持ちが強く、それでいて不器用。どこか自分と重なるところがある。上がってお茶でもと言うと、乃愛は遅いですからと断った。

「あの、正木さん……変なこと訊《き》いてもいいですか」

響子は無言でうなずいた。

「死ぬほど強く、人を好きになったこと……ありますか」

響子は答えずにしばらく乃愛の瞳《ひとみ》を見つめていた。人見知りの激しい子のようだが、その澄んだ瞳はしっかりとこちらを見つめている。響子はしばらく黙ってから、口元をほころばせる。諭すような優しげな口調で応じた。

「高遠さん、生きていると偶然にたびたび出会うことがあるわ。法テラスであなたとわたしが出会ったこともそう。わたしはあなたのお父さんの部下だった。とても尊敬できる人だったわ。でもね、偶然だと思っていたのにそうじゃなかった出会いっていうのもあるのよね」

「運命ってやつですか」

「女の子はそういう言葉を使いたがるわね。偶然じゃなく運命と呼びたい……みたいに。でもわたしが言いたいのはそんな意味じゃないのよ」

「じゃあどういう意味ですか」

「あなたと拓実くんの出会いは偶然でも運命でもないかもしれない」

消え入りそうな声で乃愛はえっと言った。

「あなたのお父さんは最高裁判所事務総長、司法権の中枢を担う重要人物……そんな人間に近づくためにあなたに接近したとも考えられるわ。拓実くんは今の司法制度に不満を持っているようだから。もしかしたら……いえ、わたしはたぶんそうだと思っている」

ビニール袋をつかんでいた乃愛の力が急に抜けた。響子はビニール袋をその手に収める。乃愛はショックを受けたのか黙り込んでしまった。こんなことを考える余裕もなかったのだろうか。

「そういえばあなたの問いに答えていなかったわね。死ぬほど人を好きになったことがあるか、だったかしら」

マンションの階段を二段ほど上って足を止めた。振り返らずに言う。

「あるわ、狂おしいほどにね……たった一度だけ」

ゆっくり眠ろうと思ったものの、翌日はいつものように目を覚ましていた。顔を洗うと、ヨーグルトに粉末の青汁をかけた朝食を済ませた。食べないといけないと思いつつ、朝は食が進まない。カーテンを開け、朝の日差しを浴びながら響子は大きな伸びをする。

マンション二階の部屋の外、細い通路を自転車が通っていくのが見える。下着姿だったので両手をクロスさせて胸元を押さえた。自分の中に女が残っていたのかと少し笑う。響子はスーツに着替えた。判事時代からの癖が残っているのか休むということが出来ない。時間は有限だ。その思いがこびりついている。今自分がすべきなのは末永殺しの真犯人を捜し出すこと。休んでいるわけにはいかない。もっとはっきり言えば、吉岡拓実を追い詰めるまでは休めない。

この推理が間違っているならそれでいい。むしろそうなって欲しい。だが誤判がすべての原因になっているなら、この身にかえても事件は自分が解く。そういう思いから響子はレンタカーに乗った。期限は今日までだ。返しに行くついでに少し寄っていこうと思い、観音町《かんおんまち》へ向かった。

観音町には空港通りという通りがある。広島西飛行場へと続く道だ。響子は空港通りから右へとウィンカーを出し、太田川の方向へ曲がった。細い通路の左手に二階建てのアパートが見えてくる。鉄筋だが、塗料が剝《は》げ落ちている。平成になってから建てたものではないと一目でわかるアパートだ。駐車させる場所に困ったが、少しくらいならいいかと思い横に寄せて停車した。そこから窓越しにアパートの中が見える。響子は一階一〇四号室の中を見た。中年男性と二、三歳くらいの女の子が積み木で遊んでいる。その様子を妻らしき女性が微笑ましそうに見ていた。

響子は車を降りると、少しためらったがドアをノックした。やがてはいという元気のいい声が聞こえ、眼鏡の女性が出てきた。背後からはパパ、パパと言う幼女の声が聞こえる。

「あの、どちら様ですか」

名乗らずにいたためか、不審に思ってその眼鏡の女性は訊いてきた。響子は慌てて法テラスで弁護士をやっている正木ですと名乗った。思い出したように女性はこちらを見上げた。

「矢口幸司先生はご在宅でしょうか」

「あ、はい……おります。パパあ、ちょっと。お仕事みたい」

すぐに矢口がやってきた。響子が実はと言おうとした時、矢口に女の子が抱きついてきた。矢口はちょっと待っててと優しく頭を撫《な》でている。訊きたいことはあるが、こんなところで話すのはさすがに気が引ける。すぐに済みますと言うと、レンタカーの中へと響子は目で誘った。

レンタカーのドアを閉めると、響子は口を開いた。

「すみませんね、ご自宅まで押し掛けて」

矢口は黙り込んでいた。こちらを見ることもない。不満そうな顔だ。

「今からまた向洋にある法律事務所に行くんですよ、顧客が待っていますから。今は一時間だけの家族サービスだったんです」

「あまり実入りのいいお仕事はされていないようですね」

失礼な質問に矢口は苦い笑いを返した。

「弁護士と言っても色々ありますから。わたしは貧乏人の子です。大学にも行っていません。弁護士になったのも三十半ば。あなたみたいな超のつくエリートじゃないですから。女房が事務員なんで給料は払わなくていいんですが」

「国選弁護だけじゃなく、以前から被害者支援もやっておられると聞きました」

「そんな恰好《かっこう》いいもんじゃないです。無能だから金になる弁護が回ってこないだけです。しかも今のご時世ではね。それより正木さん、早くしてくれませんか」

そうでしたねと響子は笑って見せたが、その笑みをすぐにしまい込む。

「どうして竹丸さんと末永さんは猿猴川にいたんでしょうか」

響子は窓の外、一〇四号室の中を見た。いや、見たくもないのに偶然目に入ってしまった。子供がはしゃいでいる。

「竹丸さんは家がそちらの方向です。マツダスタジアムから帰る際に寄った。それは自然です。ですが末永さんの家はマツダスタジアムの北側。逆方向になります。どうしてあそこに末永さんは行ったんでしょうか。末永さんはビールを少し飲むくらいです。酔いつぶれて方角を間違えるということはないと思いますが」

矢口はそう言われましてもねえと口を濁していた。

「目的があったはずなんです。何か心当たりはありませんか」

響子の問いに矢口は答えなかった。その表情に響子は何かしら後ろめたいものを感じた。何なのかはわからない。それでも矢口が何かを隠そうとしているように思えたのだ。

「矢口さん、はっきりさせたいんです。わたしは竹丸さんのことを疑ってはいません。この事件、横川事件に絡んでいると思っています。推理もあります。おそらくはほぼ揺るがない推理が」

響子の強い口調に、矢口は少し遅れて反応した。

「まるであなたは警察のようですね。事件を捜査しているんですか」

「何も心当たりがないというんですか、矢口さん？」

矢口の問いを無視して響子は問いかけた。矢口はしばらく口を閉ざす。細く長い息を吐きだした。軽くかぶりを振る。

「いいんですか。はっきり言えばあなたが困るかもしれませんよ」

「わたしが困る？　どういう意味ですか」

「あなたはさっき、横川事件と言われた。その横川事件の関係者、いえ当事者が的場町には住んでいるんですよ。吉岡拓実という被害者の息子です」

響子ははっとしたものの、表情は変えなかった。

「彼が住んでいるのは横川でしょう？」

「吉岡拓実は事件のあった横川にはあれから住んでいませんよ。おそらくはトラウマになってしまったんでしょう。今ではあそこは空き家です。祖父が古い借家を所有していたらしく、今はそこに住んでいるそうです」

矢口の言葉に響子は確信した。なるほど、そういうことだったのか。吉岡拓実は横川には住んでいなかった。それが事実であればもう拓実の犯行にほとんど間違いはない。後は証拠だ。証拠がそろえば一気に追いつめられる。興奮を抑えながらあくまで冷静に響子は問いを発した。

「どうして矢口さんはそこまで知っているんですか」

矢口はレンタカーのドアに手をかけた。

「ちょっとだけ待っていてください。すぐに戻ります」

矢口は車の外に出て、アパートの中に入る。そして一分もしない内に戻ってきた。手には何か小さいものを持っている。音声を録音する市販のボイスレコーダーのようだ。

矢口は響子にボイスレコーダーを手渡すと言った。

「これを聞けば、わたしが言いたいことがわかります。持っていってください」

「何なんですか」

「以前お会いした際には竹丸さんの前でしたので言えませんでしたが、わたしは横川事件の真犯人を捜す活動をやっていました。だからあの時、中川さんのことをあなたが言いだしたので驚いたんです」

そういえばあの時、矢口は鋭い視線を送ってきたように思う。

「この活動には末永さんも参加していたんです。何とか真犯人を見つけてやりたいってね。でもある日とんでもないことになったんです。中川幹夫さんが真犯人はわしだと自白したんです。わたしたちは驚きました。病床に伏しておかしくなったのかと思いました。でも違ったんです。中川さんの証言は到底作り話ではない。聞けばわかりますよ」

響子はボイスレコーダーのスイッチを入れる。ノイズがしばらく続いたが、やがて時を刻むような音がかすかに聞こえた。少し遅れて咳払《せきばら》いが聞こえ、続いて老人の声が聞こえてきた。ゆっくりとした口調だ。

「前置きはええですやろ。遺言や思うて聞いてください。わしが吉岡政志さんを殺したんです。間違いありません、あの日、わしは彼を傘で刺し殺したんです」

軽い衝撃を感じつつ、響子は下唇を噛《か》んだ。

「現金を盗んだ後、わしは侵入した玄関から外に出ようとしたんです。ですが玄関には外から帰って来た吉岡社長の姿がありました。こちらを呆気《あっけ》にとられた表情で見つめていたのを覚えています。わしは見つかってパニックになってしまいました。柄の取れかかった黒い洋傘を握りしめると、吉岡さんを突きました。最初の一撃が腹、ちょうど腰骨の辺りに当たって社長は悲鳴を上げました。社長はこの時点ではまだ倒れていません。血もほとんど出ておりませんでした」

中川幹夫の供述は詳細にわたっていた。とても無視できるような内容ではない。真犯人でないとわからないことが次から次へと語られていく。

「社長は腹を押さえ、わしを取り押さえようと向かってきたんです。わしは二撃目を繰り出しました。それが顔面に当たったんです。声はほとんど出ませんでした。目の辺りに入ったように思います。開いた扉の方に倒れていきました。血が噴き出してきてわしはもう何が何やらわからんようになったんです。社長はまだかすかに動いていました。救急車を呼ぼうか、逃げようかと一瞬迷いました。そんな時、足音がしてわしは顔を上げました」

　中川はしばらく沈黙する。響子は無言のまま待った。

「そこにいたのは拓実くんでした。拓実くんはパジャマ姿。アイスノンを頭に巻きながら、二階へ続く階段のところからわしを見つめていたんです。目を見開いていました。拓実くんの表情。それをわしは今も忘れることが出来ません」

　拓実の供述どおりの言葉だった。

「わしは本当になんということをしたんかと……三〇四号法廷での拓実くんの怒りも忘れられません。拓実くんの言うた通りなんです。すんません、本当にすんませんでした……わしです。社長を殺したんは間違いなくわしです。すんませんでした！」

　そこで中川の自白は終わっていた。響子は再生を止め、矢口の方を向いた。

「これは中川幹夫さんの肉声です。死の間際、中川さんはわたしと末永さんに自白するから録音してくれと頼んだんです。吉岡拓実が言ったことは本当でした。本当にショックでした。吉岡拓実に謝ろう――わたしはそう言いました。それで吉岡拓実の住所を調べた。何故わたしが彼の住所を知っているのか――これがあなたの問いへの答えです。末永さんも同意しました。あの人は高潔な人です。自分が不利になるのに同意してくれたんです。ただこの証言を公にすることはあなたや穂積さんに不利益になる。だから悩まれていたんです」

しばらく響子は黙っていた。中川幹夫の自白は末永に聞かされていたことではあるが、肉声という証拠を前に黙り込んでしまったのだ。やはり実際に聞かされると違う。中川の苦悩、事件の生々しい様子が伝わって来る。あの法廷での拓実の発言は真実だった。本当のことを言っていたのに、自分たち刑事部の三人は無視した。拓実はどんな思いだったのだろう。想像でしか痛みはわからない。響子はやがて顔を上げると、抵抗するように言った。

「自白については知っています。中川幹夫はお金のことも話したんでしょう？　末永先生が貸し金庫に預けた分はわたしが預かっています」

「そう……ですか。もっと驚かれると思ったんですが」

意外そうな矢口に、響子はすみませんと謝した。弁護士同士、なかなか腹を割って話せないことも多い。だが心を開いてくれた礼に響子も応じた。

「わたしの方もはっきり言いましょうか、矢口さん」

怪訝《けげん》そうな表情で矢口はこちらを見た。

「わたしはすでに犯人が誰であるかわかっているんです。末永先生の事件は横川事件との絡みで起こった悲しい事件。そして責任の一端はわたしにもある。わたしは当時、無罪判決を下した裁判官の一人なのですから」

やや語気を強めた。吉岡拓実の名前は出さなかったが、矢口も拓実のことだと当然気づいただろう。案の定、矢口は大きく息を吐き出すと口を開いた。

「それで正木さん、どうされるおつもりですか」

「なんとか自首して欲しいと思っています」

響子はそう答えた。矢口は小さくそうですかと漏らした。拓実を自首させることが本当に可能なのだろうか。あの事件が計画殺人なら、拓実が確信犯なら難しいようにも思う。だがそれが一番いいに決まっている。響子は一度時計を見ると、それではまたと言って矢口と別れた。


レンタカーを返却した響子は夕暮れの中、歩いて家路に就く。

ボイスレコーダーが妙に重い。吉岡拓実との戦いはすでに最終局面を迎えているのかもしれない。矢口に教えてもらった的場町の住所に響子は向かった。猿猴川のすぐ側にあるボロアパート。その横に小さな家があって「伊藤《いとう》」という姓が刻まれている。吉岡拓実の母、明美《あけみ》の旧姓は伊藤。その伊藤家の所有する借家に拓実は住んでいるのだという。

その一軒屋。それは思った以上に小さく、猿猴川近くの現場から五十メートルも離れていない。その小さな家の玄関の前には傘立てがある。すべてが響子には見えてきていた。わかる。あの日何がここで起きたのかが。末永は拓実に謝罪するためにこの家を訪ねたのだろう。だが話をする途中、拓実は強い憤りに駆られたのだ。そして話が終わった後、末永の後を追って猿猴川で殺害した。現場の状況から考えればそうなる。拓実を自首させたい。矢口にも言ったがそれは本音だ。殺人にはならず、傷害致死ですむかもしれない。仮に殺人であっても刑はそこまで重くはならないだろう。自首さえすれば、同情もあろうし、これからの人生をやり直せるはずだ。末永は言っていた。判事はただ裁くだけではいけないと。それをわたしも見習いたい。拓実を自首させることが彼の父親の事件で殺人犯を野に放ってしまった自分なりの償いだ。響子はそう心に固く誓った。

第三章　司法の牙城

1

袋町《ふくろまち》にあるホテルでは立食パーティーが執り行われていた。

　クリスマスにはまだ早い。集まった面々は三十前後の青年が多く、皆どこか誇らしげに雑談に興じている。会場内ではプロの管弦楽団が優雅な音色を奏で、高名な学者や、法曹関係者、地元の名士がちらほらと顔をのぞかせている。

　このパーティーは穂積が講師を務める司法試験予備校が主催しているものだ。先月、司法試験最終合格者が発表された。その合格者たちがこのホテルに集まっている。本来広島校で受講した者が対象となるはずだが、そうでない合格者も詰めかけ、多くの若者であふれかえっていた。合格祝賀会は入場無料だが、予備校が宣伝に使うために重要な意味合いがある。各予備校がその威信をかけて行う一大イベントであるといえるかもしれない。

「穂積先生、おかげで無事合格できました。本当にありがとうございます」

スーツの似合わない青年から声をかけられた。穂積は差し伸べられた手を握り、にこやかにおめでとうと言う。だがこいつは誰だ？　さっぱりわからない。次から次へとこういった青年が訪れ、食事を楽しむ暇もなかった。だがどうせ食事を楽しむ気は起きない。正木響子に会った日以来、一日たりとも心休まる日はなかった。横川事件は誤判。それはそれだけで穂積の政治家生命に致命的な一撃になることだろう。しかも末永を殺した犯人は穂積の命を狙っている可能性が高い……。

挨拶《あいさつ》攻勢が一段落し、穂積は会場の片隅にある椅子に腰かけた。

会場中央で、多くの合格者に囲まれている女性を見上げる。白い和服に身を包んだ長身の女性は正木響子だった。彼女は予備校とは何の関係もない。場を華やかにするためにと取締役から頼まれて穂積が連絡を取った。だがそれは名目だ。彼女とはこの後、話し合うことになっている。話があると伝えると、彼女もちょうど穂積に話があるようだった。

響子はどう見ても一人浮いていた。合格者の若い女性たちはそれなりにめかしこんできているのだろうが、借り物競走といった感じだ。逆に響子はプロのモデルが和服を着ているといった趣だ。年齢をまるで感じさせない。穂積は今の状況を忘れて響子に見とれた。青春を勉強に捧《ささ》げてきましたと言わんばかりの若者たちは、合格するとこんない女と近づきになれるのかと鼻の下を伸ばしている。だがそれは勘違いだ。思い上がりもはなはだしい。お前らは市場原理主義で淘汰《とうた》されるか、僻地《へきち》に行ってしがらみにまみれながら弁護士でもやってろ。響子は案の定、早くも音を上げたのかこちらに向かって歩いてきた。

「ごめんなさい。こういうパーティーは慣れていなくて」

「外務省に出向していた時、外国とかでは多かったんじゃないのか」

「そうでもないわ。それよりまだ終わらないの？」

「悪いな、集合写真撮ったら終わりにするよ。だがそれまではいてくれ。合格祝賀会の様子は来年の予備校パンフレットにも載る。君が写っていると見栄えが全く違うんだ。君は望もうが望むまいがすでに予備校の広告塔になっているんだぞ」

「それじゃあモデル料いただこうかな」

「訴えられたら勝てそうにない……怖いな、最高裁の女は」

何とか押しとどめると響子は中央に戻っていった。すぐに声を掛けられ、嫌々ながら談笑している。露出度の高い服の方が体の線が強調され映えるが、これはこれで魅力的だ。だがこの後の話し合い次第では自分の一生が左右される。冗談でなく、本当に怖い存在だ。

響子が戻ると、取締役に呼ばれて皆の前でスピーチをするように言われた。穂積は笑顔でわかりましたと答える。内心と表情はバラバラでもうまく話せるのが自分の特技——穂積は即興で話をでっちあげると、確実に笑いをとれる流れに持っていく。

「司法改革が急ピッチで推進されていることは皆さん当然ご存じでしょう。これからは法曹人口が増え、特に弁護士にとって苦しい時代になります。ですから合格者の皆さん、気を引き締めて頑張ってください。被害者や被告人のため、皆さんの英知を捧げてください。わたしには無理だ、気楽な職業がいい。来年は何とかいう有名講師が国会議員になって抜けるし、予備校講師にでもなってやろうか、などとはくれぐれも考えないように」

予想通り会場は笑いの渦に包まれていた。続いて大きな拍手が起こっている。

穂積は手を振りながら思う。それにしても響子は何を話すつもりだろうか。あの女は何が目的で動いている？　法テラス契約だけでまともに食っていけるのか。ひょっとして今回この合格祝賀会に出たのは上役への顔つなぎの意味なのではないか。つまり穂積の後釜《あとがま》を狙っているということだ。実際彼女なら人気もでるだろう。

いや、響子はそんな女ではない。あの清廉な性格は変わらない。内容はきっと末永事件、横川事件の真相に関することだ。凛《りん》とした――この表現がこれほど似合う女などいない。だからこそあいつを自分のものにしたかったのだ。容姿、性格、知性……どれをとっても正木響子、お前は完璧《かんぺき》だ。完璧すぎる。弱点などあるのか。だが何としてでもこの話し合いは成功させなければいけない。どれだけこの身を削ってでも響子を止めなければこちらの将来はない。

合格祝賀会が終わったのは午後八時過ぎだった。

集合写真撮影は祝賀会の最後の方に予定されていたが、穂積が無理を言って早くしてもらった。穂積は撮影時、合格者たちの中央で微笑んで写った。法律家の卵たちは皆、希望に満ちた表情をしていた。響子は愛想笑いを浮かべている。

お開きになると、若者たちは三々五々家路についていく。一昔前まではもっと盛大にパーティーは行われ、二次会、三次会と行われたものだが今はあっさりしたものだ。不景気が影響しているのだろう。高遠は司法改革によってこの日本をよくしたいという理想に燃えているようだが、こちらにとっては日本の司法がどうなろうが知ったことではない。

そんなことより、今は響子だ――穂積は彼女に声をかけると、二人でホテルのエレベーターで十五階に上がる。そこは高級レストランがいくつも店を構えるフロアだ。他に客はいない。

「入りましょうか。わたし、ほとんど食べてないからお腹がすいちゃって」

響子はメニューを渡され、ずいぶん悩んでから決めていた。一方穂積は料理長お薦めのメニューを選んだ。この会談で一生が左右される。とても食事など出来る心境にない。

メニューが下げられ、前菜が運ばれてくると、早速穂積は本題に入った。

「無意味な前置きはやめよう。まず君の話から聞くよ」

響子は前菜に口をつけると、箸《はし》を置いてから口を開いた。

「そう……わかっていると思うけど事件の話」

「末永事件の方か？　それとも横川事件か」

「当然ながらどちらも。二つの事件はリンクしているし」

彼女は再び箸を手にした。炊き合せの煮物に箸をつける。おいしいとつぶやいた。穂積は必死で響子の真意を考えた。だが無駄だと思い直す。彼女は自分の手に負える女ではない。考えたところで無意味。ならば直接訊《き》くまでだ。

「犯人だと思っているんだな、吉岡拓実が」

前菜を飲み込んでから、響子はええとうなずいた。

「まだ正式には明らかになっていないけど、ほぼ間違いないわ。いずれ捜査機関も吉岡拓実の存在に気づくはずよ。そうなれば事件の真相もすぐに判明する」

「じゃあ俺たちは狙われているわけだ、奴に」

「その可能性はあるわ。でも止める方法はある」

「君が前に言っていたことだろう？　中川幹夫の自白を公表する、誤判を認める。だが証拠はないんだ、末永さんが死ぬ前に聞いたと言ったところで無意味だ。それに、そんなことをすれば俺も君も終わりだ。俺は失いたくない。せっかく築いてきたものを」

本音で応じた。下手な演技をしても通じない。響子は黙ってかぶりを振ると何かを取り出した。ボイスレコーダーだ。彼女は再生ボタンを押す。咳《せき》ばらいが聞こえ、老人が何かをしゃべり始めた。

「前置きはええですやろ。遺言や思うて聞いてください。わしが吉岡政志さんを殺したんです。間違いありません、あの日、わしは彼を傘で刺し殺したんです……」

穂積は目を見開く。背筋を冷たい何かが走り抜けていく。抗《あらが》うように訊《たず》ねた。

「本物だと誰が証明するんだ」

それはすがりつくような問いだった。

「矢口幸司という弁護士がいるんだけど、彼が録音の現場に立ちあっているから間違いないわ。それに証拠はこれだけじゃないの。私の手元にあるのよ、当時盗まれた現金が。横川事件で盗まれた現金と紙幣番号が完全に一致した物がね」

叫び出したい思いを穂積はかろうじて抑えた。自分の首を絞める行為なのに、よくこまでやる。穂積は無理に感情を押し殺した。

「これを公表して、吉岡拓実を止める……そういうことだな？」

「違うわ。自首を勧めるのよ、あの子に」

「自首勧告だと？　奴は俺たちを狙っているんだぞ」

「誠意を見せればあの子の思いも変わるかもしれない。もし殺されれば仕方ない。それだけの覚悟で臨めばあの子だってきっと……」

響子の言葉を穂積は途中でさえぎった。

「どこまで君はおめでたいんだ。人間ってものはそんなものじゃない。吉岡拓実の思いがそんなことで変えられるもんか」

「いいえ、わからないわ。確信犯は自分の正義を疑わない。だったらその正義にくさびを打ち込んでやれば変えることは可能よ。吉岡拓実は父の仇討《あだう》ちのために動いている。直接殺したのは中川幹夫だけど、恨みはわたしたちに向いている。きっと忠臣蔵のような心境なんだわ。だからこちらから誠意を持って謝れば変えられる。あの子だって苦しんでいるはずだから」

「ばからしい。本当におめでたいにもほどがあるよ」

穂積は立ち上がる。外国人のように両手を広げてみせた。講師として身に付けた癖が自然と出ている。響子は運ばれてきた料理を無言で見つめている。その沈黙が不気味だった。穂積が言葉を続けようとした時、彼女は先に口を開いた。

「結局、あなたは昔と同じなのね」

静かな声で響子は言った。穂積はどういう意味だと問い返す。

「あなたはいつも自分のことしか考えていない。妻と別れてもいいと言ってわたしに結婚を迫った時もそう。残された家族はどうするつもりだったの？ それをさも自己犠牲のように言って。今回のことだって結局は自分のためじゃない。あなたみたいな人に裁かれ、人生を無茶苦茶にされたらたまらないわ！」

激した響子に、穂積は指さしながら叫んだ。

「いい恰好《かっこう》ぶるな！ 人間はみんなそうだ。偽善者だと認めている分、俺はまともだ。男はみんなオオカミ、いやストーカーだ。そういうもんなんだよ」

「そんなことはない。あなたみたいな人ばかりじゃない」

「どこにいる？　そんな聖人みたいな男なんているか。みんなストーカーなんだ」

「わたしは人を信じている。だから今日の話し合いは決裂ね。中川幹夫の自白と、末永先生の事件の真相は公表するわ。証拠だってある。あなたとは全面的に戦う。いいわね」

その言葉を受け、穂積は黙り込んだ。メイン料理にまるで手をつける気にはなれない。選挙戦を戦う上で、こんな騒ぎを起こされればそれだけで終わりだ。いや、疑わしいという噂がたつだけでも大ダメージを受けるだろう。それならこちらがとるべき道はやはり、最初に考えていた方法しかない。

「これ以上お話がないなら、失礼するわ」

穂積は椅子に力なく腰を落とした。黙って鞄《かばん》に手を入れると、そこで一度手を止める。静かに言った。

「俺の負けだよ……正木さん」

負け？　とオウム返しに響子は応じた。穂積は鞄の中でつかんだ物を取り出す。それは小切手用紙と万年筆だった。

「好きな額を書き込んでくれ……さすがに百億とか無茶苦茶な額は無理だが」

響子は口を閉ざした。迷っているのか――だがこれは彼女にとってチャンスだろう。このまま末永事件、横川事件に首を突っ込んでも自分の首を絞めるだけだ。それにそんなことをしても金にはならない。裁判官を辞め、本当は食うにもこと欠いているんだろう。つまらない矜持《きょうじ》などでは生活して行けない。わかっているはずだ。それよりここで大金を得、黙っていればいい。

「穂積くん……これで、事件から手をひけってこと？」

「そういうことだ。条件はつけていい。もっといい住居の確保、就職先の紹介など」

穂積は心の中で響子に語りかけた。もう充分だろう？　お前は俺を完膚なきまでに叩《たた》きのめしたんだ。もういいだろう、俺の人生から消えろ。その綺麗《きれい》な顔で正義を振りかざさないでくれ。

「さみしいわね、穂積くん」

響子は髪をかきあげた。遅れて首を横に振る。

「本当にさみしい……あなたとは広島地裁で同じ部にいた頃、色々と語り合った。共感できるところもあった。正義とは何か――そんな青臭い議論をしたこともあったわね。あの時、わたしたちは意見の一致を見たのよ、覚えてる？　正義とは仕方のないこと……これがわたしたちのたどり着いた答え。ただその意味するところは違ったのかもしれないわ。あなたは吉岡政志の墓前でこう言った。ちょっとくらいミスがあったからって殺されていたんじゃ裁判なんて出来ない」

「おかしいかい？　間違ってなどいないだろ」

「ええ……でもそこにはあきらめの論理があるわ。ここまでやったから仕方ないって自分や制度を納得させられるものを求めてしまっている。裁判において、判決は一瞬。そこで裁く方の時間は止まる。事件は終了するわ。でも裁かれた方の時間はずっと動いている。人が人を裁く時にはそういう逃げを打ってはいけないと思う」

くだらない理想論者め――穂積は思った。そんなことだから厳しい司法官僚の生き残り戦争に負けるんだ。お前は弁護士に逃げただけだ。そういう競争に耐え切れず、自分から転がり落ちたんだ。楽な道を選んだだけのこと。それを無理に肯定しているただの負け犬だ。だがお前が理想論を振りかざすならそれに合わせてやる。

「正木さん……こんな俺にも夢があるんだよ。それだけは聞いてくれ」

間をあけてから響子は答えた。

「ふうん、どんな夢なのかしら？」

「もちろん司法改革だ。政治家になって日本の司法を根本から変える。事務総局にも問題が多いことは君なら知っているだろう？　改革三本柱はまだ前途多難だ。だが俺なら何とかなる。事務総長の高遠とも意を通じている。高遠の言う世界一の裁判制度も俺が実現させる。司法改革のためにはどんな汚いことだってやるつもりだ。だからこの金を提示した」

響子は意外な顔を向けた。穂積はしばらく黙っていたが、おもむろに立ち上がって土下座した。

「頼む、これが俺の思いだ。俺は司法改革の理想を実現するためだったらどんなことだってする。金を提示したのが不快だったら謝る。だからこの件からは頼むから手を引いてくれ！」

そのまま穂積は頭を下げた。

響子は黙っている。顔を上げろとも言わない。しばらく時間がそのまま流れていく。響子……なあ、もういいだろう？　これ以上俺には手はない。ここまで俺を追い詰めたんだ。もういいかげんにしろ。そう思いながら穂積は頭を床にこすりつけている。一分以上が流れた。そこでようやく彼女は口を開いた。

「覚えているわよね？　憲法第七十六条三項」

響子は立ち上がる。穂積は思わず顔を上げた。

「憲法七十六条三項。すべて裁判官は、その良心に従い独立してその職権を行い、憲法及び法律にのみ拘束される」

「それが……どうかしたのか」

「穂積くん、わたしはわたしの正義を貫く。この事件だけはゆずれない。これがわたしの裁判官としての良心。絶対にこの良心だけは曲げたりしない！」

響子は背を向けた。さようなら……その背中に向けて穂積は叫んだ。何と言ったのかよく覚えていない。ふざけるな、待ちやがれ偽善者ー、たぶんそんな汚い言葉だったろう。だが追いかける力はない。穂積はしゃがみこんだまま̄うなだれていた。やがて顔を上げる。テーブルの上には響子が穂積に聴かせたボイスレコーダーが残されていた。

2

師走のその日、響子は新幹線で広島から東京に向かっていた。

吉岡拓実が犯人であることはまず動かない。だが彼と直接対決をする前にどうしても済ませておきたいことがある。会っておきたい人がいる。そのためにこうして東京に向かっているのだ。中川幹夫の告白について話せばおそらく大騒ぎになる。穂積とともに、色々な形で非難の矢面に立たされるだろう。その覚悟はできている。一方で穂積に迷惑をかけることには心が痛まない。良心の呵責《かしやく》を覚えない。ただそれでもまだ問題はあるのだ。新幹線から外の景色を眺めつつ、響子は昔のことを思い出していた。


あれは二十六歳の時だから、もう十七年も前のことになる。

響子は二年間の東京地裁勤務を終え、最高裁判所事務総局局付として最高裁にやってきた。究極のエリートコースだと知人にはおだてられたが、そんな意識はない。肩書きは未特例判事補。要するに見習い裁判官のままだ。わからないことが多く、ミスの連続だった。最高裁は大きく三つに分かれており、事務棟と呼ばれる国立劇場側にある建物で事務仕事をしていた。司法行政事務。そんな堅い言葉で呼ばれる仕事だ。

ミスが多かった理由はおそらくモチベーションにある。自分は法廷に立ちたかった。

一人の人間として、被告人や被害者と向き合いたい――それが裁判官となるとき、心に決めたことだ。それがこの事務総局にはない。指導に当たった上司は司法行政に判事人生の半分を費やしている男性だった。彼は決してセクハラのようなことはしない。ただ思考が硬直しているような人物だった。響子がミスをするとよく言っていた。

「君はせっかく最高の位置につけているのに、それをどぶに捨てる気か。君はエリートだがお客様じゃない。試されている段階なんだ。油断していたら転がり落ちてしまうぞ」

そこに悪意のようなものはなかった。むしろあったのは誠意。だがそれだけに自分がいる位置というものが妙に無機質に感じられたのだ。どこまでも続くステンレスの橋を裸足《はだし》で歩いているようだ。わたし、何やっているんだろう――そんな感覚に何度も襲われた。

そんなある日、飲み屋で男性に声をかけられた。

最高裁判所調査官という肩書きを持つ、高遠聖人という男性だった。高遠は三十代後半。最高裁調査官は下級裁判所の裁判記録を読み、上告要件に合うかどうかをチェックする。最高裁の中でも重要な役割を果たす花形として有名なポストだ。しかも高遠はその中でも将来有望とされるナンバーワンの存在。大柄な体軀《たいく》に柔らかな物腰。能力への自信からか躍動感に満《み》ち溢《あふ》れていた。

高遠は気さくに話しかけてきた。最初、響子は高遠が遊び目的で近づいてきたようにしか見えなかった。優しさを見せて傷心の若い女性を食い物にする——よくあるパターンだ。ただ彼は妻子持ち。こんなところで新米の判事補を口説いたなどと噂が立てば出世に響いてしまう。最高裁判事への道が約束された男にしては軽率だ。響子は期待させておいて突き落としてやろうかなどと意地の悪いことも考えていたが、彼と話すうちにそんな気は途中から消えていた。

「事務総局で働くために必要な才能ってなんですか」

仕事に行き詰まっていた響子はそう訊《たず》ねる。やや漠然とした問いに高遠は笑顔で答えた。

「打たれ強さだよ。あとはそう……お酒が飲めることかなあ」

意外な答えだった。そんなことを言う先輩にはお目にかかったことがない。

「事務総局は伏魔殿じゃない。そんな風に面白おかしく言う人もいるけどね。そのことに反論も許されず、ただ黙ってコツコツやる。これが必要な才能だ。だいたいそんな融通のきかない官僚ばっかだったらまともに局長会議も出来ない。コミュニケーションの能力が重要なんだ」

高遠の言うことはよく考えてみると説得力があった。適当なことを言っているようで正鵠《せいこく》を射ていたように思う。気がつけば自分はいつの間にか高遠に自分の悩み苦しみを打ち明けていた。死んだ父のことさえ話していた。逆に高遠は司法改革の必要性を話していた。日本にはまだ真の意味での三権分立はないとも言っていた。自分とは見据えているものが違うと驚いたが、自分のことで精一杯だった。

不思議だった。高遠としゃべっていると何でも言えてしまう。自分はまだ小娘で、大人の術中にはまっているのかとも思ったが、途中から心地よく酔っていた。これからわたし、どうすればいいですかねと進路相談の教師に訊《き》くように話していた。

「そんな時は野球場だよ。今度一緒に東京ドームに行こう」

あまりにも突飛な回答に、響子は呆気《あっけ》にとられた。しかもよく考えればデートの誘いだ。だがどういうわけか承諾していた。

数日後、響子は高遠と水道橋にいた。後楽園球場時代にはよく父と来たものだが東京ドームは初めてだった。高遠は広島ファンだった。というよりアンチ巨人だった。響子はどちらでもない。大きな体で応援をする高遠はまるで子供。広島が優勢になればはしゃぎ、劣勢になると落胆していた。

「一緒に応援しないか？　声を出すといい」

「えっ、わたしもですか」

響子は渡されたメガホンを手に持ってみよう見まねで応援を始めた。最初の内はよくわからず、うまく出来なかったが少しずつコツがつかめてきた。「かっとばせ！」と叫ぶのが恥ずかしかったが、いつの間にか吹っ切れていた。みんなと同じように声をからして応援している自分に気付いた。高遠はこちらを見て微笑む。カープの攻撃は残念ながら無得点で終わったが、攻撃が終わって席に着くと、心地よい汗を少しかいていた。

「どうだい？　やってみると楽しいもんだろ」

響子は笑みを返す。たしかにそうだ。野球のことは詳しく知らないが楽しい。色々な楽しみ方があっていい。それは人生も同じだ。そう言われている気がした。

試合後、高遠と水道橋駅で別れた。もしその後の誘いがあれば応じてもいいとすら思っていたのに何もなかった。彼は自分をどんなつもりでここに誘ったのだろう。その時、高遠がどういう服装だったのかは忘れた。髪形もよく覚えていない。ただ去っていく高遠の背中がとても広く感じたことだけは覚えている。その影は今もずっと消えることはない。

その後、高遠とは何度か一緒に時を過ごした。一緒に何度か野球場にも行った。スクワット応援というのが始まったのも、自分が事務総局にいた時期だったように思う。深い関係になったことは一度もない。それどころか思いを告げることもできなかった。言いだせないまま思いは募った。会いたいと言いたかった。ストーカーのように彼の住む官舎の近くまで行ったこともある。だが官舎の公園で奥さん、そして小さな女の子と一緒にいるところを見て踵《きびす》を返した。お父さんには絶対に近づかせない！　あの乃愛という小さな女の子が両手を広げて高遠に近づくことを阻んでいるようだった。帰りの電車の中、響子は泣いていた。

やがて東京駅に新幹線は到着する。響子は外に出た。どうしようと思ったが久しぶりの東京だ。タクシーは使わずに皇居の周りを永田町《ながたちょう》方面へ歩く。三十分ほどで目的地の三宅坂《みやけざか》に到着。国会図書館近くで立ち止まり、道路を隔てた向こう側を見た。そこには城砦《じょうさい》のような建物が建っている。最高裁判所だ。何年も通いつめた職場に響子は帰って来た。

　最高裁判所で有名なのが御影石《みかげいし》で出来た大法廷、小法廷のある建物だ。ホールは吹き抜けになっている。有名な聖堂のようだ。荘厳な雰囲気を醸し出している。ここに初めて足を運ぶ観光客や弁護士は圧倒されることだろう。最高裁を仕事で訪ねることなど並の弁護士ではまずない。たぶん高校球児にとっての甲子園的感覚ではないか。

　もう一つの建物は判事の執務室のある棟だ。最高裁判事の執務室は一つ一つがかなり広く、とても静かだ。静謐《せいひつ》という言葉が似合う。三つ目の建物は実に効率的、合理的だ。会社のオフィスのような建物でここが事務棟。事務総局のあるところだ。司法関係の事務処理を行い、裁判官の人事権を一手に握っている。司法権の中核はこのオフィスに存在している。

　最高裁判所事務総局を掌握しているのは最高裁判所事務総長だ。現在の事務総長は史上最年少、高遠聖人。通称熊ちゃん。この司法権の本丸は今、熊が支配しているなどと言われる。

　響子は北側、総長室のある事務棟に向かう。最高裁判所の裏手にある国立劇場の近くだ。警備員は古参で響子とも顔なじみだ。最高裁判所は申し込めば見学が可能だ。磁気チェックもない。だが見学できるのは大法廷、小法廷のみだ。ブロンズ像の由来、席順がどうとかいう話しかしない。裁判官棟や事務棟には入れてもらえない。こういうところが秘密主義、伏魔殿だと陰口をたたかれる理由かもしれない。

事務総局内では二人の男性が出迎えに来てくれた。

「今日は無理言いまして。直々のお出ましですか」

「いや、正木先輩、ボクはまだ若輩者ですので」

若い男は答えた。四十代の男は一般の最高裁職員だが、若い男は裁判官だ。二人の間には天と地ほどの差がある。形式上、最高裁判所職員の中から事務総長は選ばれるが実際は違う。選ばれるのはキャリア裁判官。中でも司法行政に精通した一部の者だけだ。四十代半ばの男はどれだけ頑張っても事務総局の長にはなれない。また事務総長だけでなく、各課の長すらもキャリア裁判官で占められている。職員ではなく判事を長に充てるため「充て判」と呼ばれている。

「え、あれ、正木さんなの？」

廊下では五十代の男と擦れ違った。この男性は現在、響子も経験した調査官の職務についている。司法試験合格に手間取ったために出世に差が出ている。地方にいた時代が長く、事務総局に来てからは日が浅い。響子はもちろん、事務総長の高遠よりも年上だ。

「陸上勤務も楽しいですが大変ですわ」

笑いながら言っていた。陸上勤務とは事務総局勤めのことだ。支部まわり時代が長かった彼らしい。響子は少し話につきあった。

「でも熊の城になって変わったんじゃないですか」

「そうですねえ、さすが熊ちゃんですわ。明るくなりましたよ」

「国民感覚とずれた司法官僚みたいな批判も和らぎましたか」

「それより司法改革が想像以上のペースで進捗《しんちょく》しているんですよ」

「そうなんですか？　でも、事務総局もホームページくらい作った方がいいですよ。司法改革って言ってもここが開かれていなくちゃ意味がないです」

「まあそうですけど、あんまり注目浴びていませんし」

笑いながら男は去っていった。事務総局の連中は、ドロップアウトした自分を見てどう思っているのだろうか。まあ、それはいい。今は本心からそう思える。やっと生きていると思えた。自分がやるべきことは吉岡拓実と決着をつけること。その前にあの人に会って思いのたけを伝えることだ。

「ここでいいです。後は一人で行けますから」

案内役の二人とは別れた。エレベーターで三階に上がる。事務総局の中心はこの三階だ。秘書課の前を通り、裁判官棟へと続く廊下を歩く。会議室、応接室を通り過ぎてから右折。受付があって次長室が見える。受付の逆方向、秘書課側が事務総長室だ。何度も来て慣れているとは言え、今回ばかりは少し緊張する。ノックすると、懐かしい包容力のある声が聞こえた。

「正木くんか？　入ってくれ」

失礼します、と言って入る。事務総長の執務室は、それなりの広さがあった。学校の教室をイメージすればいい。ただ先代の時と比べると狭く感じる。資料が多く置かれていることと、高遠の体の大きさがそう見せているのだろう。さきほどの職員が言っていたが、本当に木彫りの熊が机の上に置かれていた。だが笑う気は起きない。

「ここじゃ何だし、別の部屋に行こうか。そっちそっち」

高遠に言われて響子は向かい側の応接室に入った。柔らかそうな椅子に座る。鞄《かばん》の中から資料を取り出した。高遠は昔と変わらない。相変わらず温厚そうな顔立ち、柔らかな物腰だ。

「今は乃愛さんと同じ法テラスに勤めています。お世辞じゃなく素直でいいお嬢さんですね」

「娘に聞いたよ、君のこと。すごい人だって言っていた。これもお世辞じゃない」

響子は高遠の言葉に少し微笑む。だがすぐに視線を資料に落とした。

「お忙しいでしょう？　お時間をとらせてはいけませんので早速本題に」

「そうか、末永さんの事件のことだったな」

響子はええ、と言うと持ってきた資料を差し出した。事件について出来るだけ要領よく、コンパクトにまとめたつもりだが相当の量になった。そこには吉岡拓実がこれまでしてきたことから当日の細かな行動までが記してある。高遠は資料を受け取ると、さらさらと読んでいく。

しばらくして響子の方から口を開いた。

「要するに、末永先生を殺害したのは吉岡拓実の可能性が高いということです」

資料を置くと、間をあけてから高遠は応《こた》える。

「彼はおそらく、わたしの娘にも故意に近づいているな。わたしに接近するために」

高遠の目には鋭さがあった。口調も抑えた感じで、あまり耳にしたことのない言い方だ。響子は少しひるんでいる自分に気付いた。乃愛については触れなかったが、あれだけの時間で高遠が要点を理解してしまったことは明白だ。

「警察もおそらく、吉岡拓実をすでにマークしていると思います。近い内に逮捕されることでしょう。ですが問題はそこにはありません。問題になるのは横川事件の被告人、中川幹夫が死ぬ前に自白したという点です。証拠もあります。わたしたち広島地裁刑事部の三人は殺人者を野に放ちました」

響子は持ってきたレコーダーを再生する。矢口から渡されたレコーダーは穂積の所に残してきた。これはコピーした物だ。

「前置きはええですやろ。遺言や思うて聞いてください。わしが吉岡政志さんを殺したんです。間違いありません、あの日、わしは彼を傘で刺し殺したんです……」

高遠は無表情で中川の肉声を聞いていた。この告白を聞いてどう思っているのだろう。

「……すんません、本当にすんませんでした……わしです。社長を殺したんは間違いなくわしです。すんませんでした！」

ここで告白は終わりだ。響子は再生を止める。

「矢口という弁護士がこの自白の録音に立ちあっています。確認していただければわかります」

終始無言のまま聞き終えると、高遠は大きく息を吐き出す。真剣な表情で言った。

「疑わしきは被告人の利益に……が原則だ。無罪判決は仕方ない。そう言って慰めて欲しいと思う君ではないだろうね」

問われて響子は一度うつむく。考えているふりをしているわけではない。さすがにこの人はよくわかっている。こちらが言おうとすることすべてが予想されている気がする。

やがて息を吐いてから響子は口を開く。

「わたしはすべてをマスコミに話したいと思っています。でもその前に吉岡拓実に自首を勧めるつもりです。誤判について、謝りたい」

高遠は驚く様子はない。やはりそうか……無言でそう言っている。かなわないな、こちらの行動もこの人は予想していたのか。

「わたしは狙われてもかまいません。覚悟は出来ています。ただ穂積くんは違うでしょう。必死で抵抗する。場合によっては、その機に乗じて吉岡拓実を殺してしまうかもしれない」

「まさか、それはないだろう」

「とは思います。ただ吉岡拓実が復讐《ふくしゅう》の鬼、確信犯となっているならどんな悲劇的なことが起こっても不思議ではない。わたしはそれを防ぎたいんです。吉岡のためにも」

しばらく高遠は黙っていた。じっと考えている。やがて立ちあがって窓の外を見る。響子もつられる。小鳥が飛んでいくのが見えた。

「なるほどな、話が読めてきたよ。だが無理はしない方がいい」

優しく言われて、響子は首を横に振った。

「わたしが中川の自白をマスコミに公表するということは、日本の司法に大きな影響を与えると思います。自分が裁いた事件の誤りを弁護士となった判事が認める……類例はないでしょう。こんなことをして日本の司法はどうなってしまうのか？　今、まさに事務総長は司法改革にまい進されている。世界一の裁判弁護制度を作るという夢、その妨害になるのでは……そう思い今日、事務総長にご相談にあがったわけです」

高遠は首をコリコリと鳴らした。次に肩を鳴らす。柔道で鍛えたその大きな体に似合わぬ小さな声が聞こえた。

「そんなこと、気にする必要ないよ」

響子は顔を上げる。高遠は窓の外を見ていた。

「司法改革って一言でいうけど、正木くん……司法の役割、その根本ってなんだい？」

「真実を発見することと、公平な裁判の実現ですか」

「そうだ、難しいことじゃない。司法改革はその実現のための手段に過ぎない。必死で真実を求めたからといって、間違いは赦《ゆる》されない。誤判をブラックボックスに入れてしまっていいちゃあ改革なんて絵空事だ。仮にこれが騒ぎになってわたしが辞職に追い込まれることになっても、それは日本の司法にとって百年単位で見るならきっとプラスになる」

響子は高遠の広い背中を遠い目で見つめていた。

この人はどこまで遠くを見ているんだろう？　響子も判事としての能力では高遠に負けないつもりでいたが、この人はそれだけではない。常に司法全体、いやこの国の行く末までがその視野に入っている。とんでもない人だ。勝てない。いやそんな次元ではなく、とても届かない距離が二人の間には横たわっている。

その時、響子は言いようのない震えのようなものを感じた。この人はどんどん遠くなっていく。置いていかないで欲しい。それが自分の中で言葉になった感情だ。若き日に出会ってから、わたしはずっとあなたにあこがれてきた。家族があることを知りながらも、慕い続けてきた。その気持ちにこの人はどこまで気づいていたのだろう？　これだけ人の気持ちが読める人だ。本当は響子の思いにも気づいていたのではないか。

「もういいかな、正木くん。また何かあったら来てくれ」

背を向けながら言ったその言葉がさようなら――響子にはそう言っているように思えた。どんどんこの人は離れていく。いやだ、もうこれ以上自分の気持ちに嘘はつけない。

「ただあまり思いつめない方がいい。くりかえすようだが無理はしないように」

響子は答えずに歩み寄ると、無言で高遠の大きな背にもたれかかっていた。高遠は驚いた様子だったが振り向くことはなかった。わたし、何やってるんだろう……その思いが少しだけあった。

「正木くん、君は……」

高遠は初めてこちらを向いた。悲しそうな目をしている。やはり気づいていたのだ。だがそんなこと、責める理由にはならない。わかっている。自分は恰好《かっこう》いいキャリアウーマンなどでは決してない。本当は弱い女なのだ。甘えん坊なのだ。一度火がついた激情を鎮めることはできなかった。精一杯あらがう。秘めてきた思いを抑えながら言う。

「たまにでいいんです。気が向いたときでも……こんなおばさんじゃ、駄目ですか」

それは精一杯の譲歩だった。だがそれでも身勝手だ。卑怯《ひきょう》な問いだ。高遠は黙ってかぶりを振る。

「そんなことはない」

高遠は太い腕で響子を優しく抱きしめた。だが続いて出てきた言葉は、期待したものとはまるで別のものだった。

「すまない、正木くん」

どういう意味ですか——問いは言葉にならない。響子は高遠の腕の中、続く言葉を待った。

しばらくして高遠は、響子をその腕から放した。

「君は充分に魅力的だよ。それにわたしだって男だ、いまだに欲望はある。その提案はわたしにとってすごくありがたいものだ。だが……」

「駄目……なんですね」

「ああ、わたしにはできない。わたしは妻を裏切ることはできない」

高遠は頭を下げた。響子は口元に手を当てる。高遠はもう一度すまないと言った。気づかないうちに響子の頬を涙が伝っていた。拭《ぬぐ》うと、響子は持ってきた資料を鞄《かばん》に詰め込む。そして黙って深い礼をした。後ろを向いて扉に手をかける。もう勝負はついているとわかっているのに未練だろうか、響子は一度開けるのをためらった。

「本当にすまない」

後ろからは高遠の謝罪の言葉が聞こえる。だがその声があまりにもつらかった。響子は叫びたい思いを抑えてすみませんでしたと言うと、部屋を後にした。


広島に戻る新幹線の中、響子はずっと外を見つめていた。

吉岡拓実について、目的は果たしたはずだった。事務総長からはこれ以上ない回答を得たはずだった。高遠への思いも、結果はわかっていたはずだった。それなのに心はからっぽだ。わたしは何を求めていたのだろう――この前、穂積に自分のことしか考えていないとひどいことを言ったが、今日の自分がそうだ。穂積という鏡に、自分の姿を見ていたのだ。自分にとっての高遠が、穂積にとっての自分だった。そこに差などない。

奇声を発しながら小学生らしい女の子が通路を走り抜けて行った。妙に楽しそうだ。後を母親が追っている。騒いじゃ駄目でしょと言っている。その母親はどう見ても響子より若かった。自分にもこれくらいの子がいてもおかしくない。最高裁事務総局などに勤めるより、普通の女としての幸せを死んだ父も望んでいたのではないか。そんなことを考えていた。

そんな時に携帯が鳴った。表示は「乃愛」となっている。響子は一度唇を噛《か》んだ。しばらくとらずにいたが、乃愛は鳴らすのをやめない。仕方なくデッキに移動すると、通話ボタンを押す。

「正木さん、助けてください」

響子はどうしたの、と訊《たず》ねた。我ながら薄情なもの言いだ。

「警察がわたしのところに来たんです、拓実を疑って」

「そう……じゃあ急がないとね。早い内に決着はつけるわ」

「決着？　どういう意味ですか。拓実を助けてやってください。今から連れて行きますから」

「しっかりしなさい、もうすぐ行くから」

一方的に通話を切った。響子は携帯をしまうと、力なくデッキにへたりこんだ。そのまましばらくじっとしていると、涙が出てきた。こんな時なのに忘れようとしても高遠のことを忘れられない。彼の優しさが逆に響子を苦しめる。どうしてこんなになってしまったのだろう。洟《はな》をすすりながらうつむいた。

「はい、お姉ちゃん」

気づくと目の前に女の子がいた。さきほどまで走りまわっていた女の子だ。ハンカチを差し出している。これで涙を拭《ふ》けということのようだ。

「ありがとう、でも大丈夫」

断ると響子は立ち上がった。無理をして笑う。お姉ちゃんか、もうとっくにおばさんなんだけど――くだらないことに少しでも喜びを見出そうとする。そうだ。まだ泣《な》いてはいけない。吉岡拓実との決着をつけるまでは。それが終わったら泣こう、涙が涸《か》れるまで。

3

コールセンターの仕事が始まる前、乃愛は一階の法律相談所に行った。

法テラス鯉城は一階が弁護士や司法書士のいる法律相談所になっている。関係者用入口から法律相談所に入ると、何人かの弁護士がいて、相談に応じていた。話からすると債務過払いの問題のようだ。よくある相談ごと。正木響子の姿はない。相談予定表を見ても、今日は弁護士相談の日程なのだがどうしたのだろうか。訊《き》きたいことがあったのだが。乃愛は手のあいたスタッフ弁護士に彼女はいないのかと訊ねてみた。

「ああ、正木さんか……今日は非番のはずだけど東京だってさ」

「そうなんですか、日帰りですか」

「らしいよ。休みなしじゃないの彼女……何か本当に仕事が恋人って感じだよ」

ありがとうございますと言って乃愛は法律相談所を出た。

やがて仕事が始まる。電話の応対にもだんだんと慣れてきた。怒られる回数は減った。何ごとも慣れだ。だがどうも集中できなかった。響子にチケットを渡してからしばらく経つ。それなのに彼女は何も言ってこない。おかしい、どういうことなのだろう。その思いが乃愛を不安にさせていた。

仕事を終え外に出ると、薄暗くなっていた。師走の街ははなやかに飾り付けられている。パルコ前には多くのカップルがいる。紙屋町に続く商店街の中もそうだ。シャレオ地下街もそう。家電量販店が軒を連ねる商店街を通る。オタク的な若者たちがいつものように通り過ぎていく。鯉城会館の中をショートカットして通り抜けると、原爆ドームが見えすぐに家についた。

門の前で二人の男が待っていた。

「すみません、高遠乃愛さんですよね。ちょっとお話を聞かせていただいてかまいませんか」

一人は五十前後でがっちりした体格。眉毛《まゆげ》が濃い。もう一人は痩《や》せていて、グレーのスーツを着た拓実より少し上くらいの若い男。二人とも表情には笑みがあった。身分証を二人は見せる。刑事だ。見覚えがある。しかしどうしてこんなところにまでやってきたのだろう。予感はあったが、それが当たらないことを願いながら乃愛は二人を家の中、居間へと招き入れた。母は祖母を病院に連れて行っているようでその旨の書き置きがあった。

「いやあ……すごいお屋敷ですなあ。中も綺麗《きれい》にされておりますし」

インスタントコーヒーを用意していると、年配の刑事が言った。乃愛はコーヒーを入れて二人の前に差し出す。

「一応、女子大生ですから。正確には法科大学院生ですけど」

若い刑事はニコニコしながら食いついてきた。

「お若いですよねえ、女子高生って言われても全然わかりませんよ。でもボクの彼女も若いですけど自分の部屋、無茶苦茶ですからねえ。もっと片づけろよって言うんですが、全然駄目なんですよ。その点高遠さんはきっちりされています」

「お前の彼女がズボラなんだよ。片づけられない女って流行《はや》ったじゃねえか」

「そうですかねえ、はは」

年上の刑事の突っ込みに、若い刑事は笑っていた。できるだけ話しやすい雰囲気を作ろうとしているのだろうか。乃愛は愛想笑いなどする気はない。さきほどから気になっていることをズバリと口にした。

「ここへは拓実のことを訊きに来られたんですか」

年上の刑事がコーヒーを一口飲んだ。

「そうです……よくおわかりになりましたねえ」

呆気《あっけ》なく返ってきた肯定に、乃愛は言葉に詰まった。当たって欲しくない予感が当たった。警察は拓実を疑っている。こうして乃愛のところまで訊きに来るということは、拓実は相当疑われているということだ。そうとしか思えない。年上の刑事は、コーヒーに角砂糖を大量に入れた。

「末永元判事殺しを調べていますと、無視できない事実がいくつか出てきましてね。あまり詳しくはご説明できませんが、どうしても吉岡くんやその関係者の方々に話を訊く必要が出てきたわけです。まあ隠しても無意味でしょうからはっきり言いましょう。彼は捜査線上に浮かんでいますよ。あなたにお訊きしたいのはあの日の彼についてです」

「あの日っていうのは……」

「当然、末永元判事が殺された日です。末永元判事はマツダスタジアムで午後九時前まで試合を観戦していました。竹丸洋と喧嘩《けんか》をしていたところも見られたでしょう？　末永さんが殺された時刻はその日の午後十一時前後と推定されているんです」

「アリバイ確認ですか。その時間拓実は……」

言いかけて言葉が止まった。乃愛が拓実と原爆ドームで話をしていたのは午後十時から三十分ほどだ。アリバイにはならない。それどころか自転車を使えば、末永元判事の殺された猿猴川辺りへは十分もあれば行ける。十一時過ぎまで一緒にいたと嘘の証言をしようかと一瞬だけ思ったが、それは出来なかった。

「ありがとうございます。たいへん参考になります」

年配の刑事はにやりと微笑むとそう言った。アリバイ確認というより、拓実の行動を正確におさえておくのが彼の問いの目的だったようだ。

「あの……ちなみに原爆ドームではどんな話をされていましたか」

若い刑事の問いだ。乃愛は基本的にはありのままに答える。ただ裁判員襲撃事件について問われたことだけは話さなかった。

「どうもありがとうございました。いやあ原爆ドームに猫がいるんですねえ。逃げないってのがいいですよね。ボク猫好きだから今度見に行ってみようかなあ」

くだらないことを言うなとばかりに年配の刑事は若い刑事を睨《にら》んでいた。二人はあらためて礼をすると、乃愛の家を出て行った。刑事たちが帰ると、乃愛は考える。ここまで警察が聴取に来るなら、拓実のところにも当然、行っているだろう。拓実は大丈夫だろうか。不安になって電話する。拓実は何度か鳴らすと電話に出た。

「どうしたんだよ」

乃愛は刑事が来たことを告げた。

「ふうん、そうか……わかった」

どこか他人事《ひとごと》のような答え方だった。乃愛はその言葉にかえって不安になった。

「俺のところにも来たよ。末永元判事が殺害された日のことを訊かれた」

乃愛を心配させまいとしている。それがはっきりとわかる答え方だった。

「知らないし、関係ないんだけどさ。まあ気にす……」

「もう嘘はやめて！」

その叫びに、拓実ははっとしたように言葉を止めた。乃愛はこれまで知ったことをぶちまけていた。十四年前に拓実の父が殺されたこと。その現場を拓実が自分の目で見ていたこと。それを訴えたのに判事たちは相手にしてくれなかったこと……。

「横川事件のこと、全部知っているから」

「そう……だったのか」

「わたしは拓実がそんなことするはずないって信じてる。だけどどうなるかなんてわからない。わたし、法テラスで働いているからすごい弁護士さん知ってる。だから早い内に会っておいた方がいい。知っているでしょ、正木響子さん。今から会えない？」

あえて彼女の名前を出した。犯人でないなら問題ないはずだ。

「それは……別にいいけど」

「わかった、じゃあわたしも行くからすぐに来て」

乃愛は待ち合わせ場所を指定すると電話を切った。そしてすぐ響子に電話する。彼女は移動中だったようだが、必死で訴えるとすぐに行くと答えた。ただどこか怒っているような口ぶりだった。一方的に通話を切られた。

拓実との待ち合わせ場所に選んだのはアリスガーデンだった。

ここではパフォーマンス広場でよくイベントが行われている。この前来た時はギターを弾きながら三十くらいの男性がオペラ調で歌っていた。京都からわざわざ来たらしいが、うまいのか下手なのかよくわからなかった。拓実はなかなか現れない。乃愛はスマホの時計を何度も見た。響子にも電話しようかと思ったができなかった。自転車を停めると不安げに歩き回る。一時間以上経ってやっと拓実の声が聞こえた。

「悪いな……待ったか、ノア」

文句は言わずに一緒に来てと言うと、乃愛はマツダスタジアム方向へとペダルをこぎだした。

やがてマツダスタジアムが見えてきた。拓実に会うのは久しぶりだが今日は不安だけが増幅していく。拓実は何も言わない。乃愛は心配だった。最高裁判所事務総長の娘だからあなたに近づいたのかもしれない――不意に響子が言った言葉が頭をよぎる。マツダスタジアムから二人で帰っていた頃に戻りたいがむなしいなと乃愛は思った。響子のマンションにはすぐに着いた。イオンモールの近くだ。明かりがついている。帰ってきているようだ。

「あがってくれる？　ノックするとすぐに扉が開いた。

響子は帰って来たばかりらしくスーツ姿だ。気のせいかもしれないが、どういうわけか彼女の目もとは腫《は》れぼったく見える。乃愛はすみませんと言った。一方拓実は無言で中へ入っていく。拓実にとって響子は特別な思いのある人物のはずだ。中川幹夫が父を殺害する現場を見たと証言したにもかかわらず、彼女たちは中川に無罪判決を下した。赦《ゆる》せない思いがあるだろう。もし本当に拓実が末永元判事を殺したのなら動機はそのこと以外に考えられない。父を殺した男を無罪にした人物に会う。どんな心境なのだろう。

ソファーに乃愛と拓実が並んで腰かけると、響子は少し待っててと言った。

沈黙がしばらく流れた。拓実は窓の外を見ている。やがて響子は何かを手に持って来た。本のようなものに見えたが、テーブルの上に置かれたのは大きめの封筒だった。そして封筒の中から札束が顔をのぞかせている。乃愛は驚いて響子の顔を見る。彼女はまるで無表情だった。

「最初にこれを吉岡くん、この五百万円を見て欲しいの」

拓実は無反応だった。一度テーブルの上を見ると、響子を睨んだ。

「これは十四年前、中川幹夫があなたの家から盗んだ現金。紙幣番号が一枚残らずすべて一致しているから間違いない。本当は一千万円だったはずだけど、半分しかないわ」

拓実は息を吐きだすと、札束を手に取った。じっとそれを見つめた。

「次に謝らせて欲しい……わたしは横川事件で、あなたの証言を無視して中川幹夫に無罪判決を下したわ。でも今、それは間違いだったと思っている。本当に、本当にごめんなさい！」

響子は腰を浮かせ、土下座した。

しばらく彼女は顔を上げなかった。拓実はその土下座をやめさせようとはせず、じっと彼女を見ていた。その瞳《ひとみ》にはこれまで見たことのないような鋭さがあった。息遣いも心なしか荒っぽい。怒りに満ちている。乃愛は不安になった。

「何であんたら……来なかったんだ？」

拓実の声に響子はゆっくりと顔を上げる。来なかったとはどういう意味だろう？　乃愛は意味がわからなかった。

「警察や検察官は来たぞ。有罪に出来ず悪かったって言って。けど無罪判決を下した末永やあんたらは全く来ない。それどころか末永は中川を無罪にした後も真犯人を捜す活動をしていた。どういうことなんだよ、どうしてここまで一方的に被告人の味方をするんだ？」

拓実の気持ちはわからなくもないが、これは言いがかりだ。

「正木さん、あんた本当に俺の親父にすまないって思っているのか。俺の家族なんかよ り自分の過ちを帳消しにしたいだけなんだろ？　俺のお袋は事件後、正確には無罪判決後、おかしくなっちまったんだ。首を吊《つ》って自殺した。あんたらは無茶苦茶にしたんだよ、俺たちの家庭を」

土下座したままの響子に、拓実は軽く舌打ちを返した。

「それにしてもいやな伝統だな。土下座ってよ……そんなことくらいで人の気持ちが変えられたら苦労しねえっての。ふざけんなって感じだ」

「拓実、正木さんはあの時も広島地裁刑事部でただ一人、有罪を主張していたのよ」

乃愛が横から言った。拓実はわざとらしい大きな息を吐く。

「で、正木さん、どうしたいんだ?」

横から乃愛が答える。

「もし逮捕されるようなことがあっても、正木さんが弁護人になってくれるって。あなたが無罪だって信じているから。だから今日はその話をしにきたわけ……」

「いいえ、そういうわけじゃないわ、高遠さん」

「え、じゃあ拓実は逮捕されないんですか」

乃愛は興奮気味にたずねたが、響子は首を横に振った。

「逮捕されるでしょうね。だって凶器の指紋とあなたの指紋は一致するでしょうし」

「そんな、どうして?」

乃愛は叫んだ。思わず口元を押さえる。響子はこちらを向くと静かに高遠さんと言った。

「あなたは吉岡くんの指紋のついたチケットをわたしに渡した。でもあれ、ニセモノよね……警察は吉岡くんを疑っている」

乃愛は呆然《ぼうぜん》と響子の冷静な顔を見つめていた。こちらの浅知恵など、とっくにお見通しというわけか。拓実をかばおうとしたことは無意味だったのだ。乃愛は不安げに視線を拓実に移した。拓実は何も言わず、うつむいている。響子はそんな拓実を黙ってしばらく見つめていた。

「あなたが今住んでいるのは横川じゃなく的場町よね、吉岡くん」

問いに拓実は答えなかった。だがその沈黙は肯定に等しい。どういうことなのだろう。以前拓実に案内された家は横川にあった。父と共に訪ねた。あそこに拓実は普段は住んでいなかったというのか。確かに記憶をたどればおかしなところはあった。あの家は綺《き》麗《れい》に片付いていた。掃除が行き届いているというよりは生活感がなかった。

「吉岡くん……わたしにはすべてわかっているわ。あなたはあの日、末永さんを的場町の家に招いた。事件のことで話があるって言われたんでしょ？」

依然として拓実は黙っていた。軽く首を縦に振る。認めた。拓実は横川には住んでいなかった。だがそれならどうしてそんな嘘をついたのか。不安が募り、問いかけたかったが響子が先に口を開いていた。

「あなたは事件後、高遠さんを横川の家に招いている。どうして普段住んでいない家に呼んだのかしら……確認は取ってあるわ、あなたは猿猴川近くの伊藤という家に住んでいる。伊藤家の所有する借家よね？　現場はすぐ近く。あなたはあの日、死亡推定時刻にそこで末永さんと会っていた。事件の真相を告げる目的が口論になって……」

響子はしっかりと拓実を見据えた。

「自首して欲しいの……まだ今なら自首扱いになるわ。それに乃愛さんが言ったことは嘘じゃない。わたしはあなたの弁護人になる。そして横川事件から中川幹夫の自白まで過去のすべてを明らかにするわ。証拠だってある。戦いましょう、わたしと一緒に」

響子の言葉は包容力と誠意に満ちていた。だが拓実は一言も言葉を返さない。体が小刻みに震えているように思えた。

「正木さん……あんた本気で俺がやったって思っているのか」

「残念だけど、それ以外に考えられない」

「違う、俺はやっていない！」

拓実は持っていた札束をつかむと叩《たた》きつけた。

「何故五百万しかないのか、もっとよく考えてみろ」

言い残すと拓実は外に飛び出した。乃愛は後を追った。マンションの外に出る。霧雨。拓実は走り去っているかと思ったが、立ち止まっていた。こちらを振り返ることもなく言った。

「ノア……お前もそう思うのか。俺が末永元判事を殺したと？」

乃愛はそうじゃない……そう答えたかった。少し前までならまさかとおどけてみせたかもしれない。だが今はわからない。それが正直な思いだ。拓実の無念の気持ちは、自分が考えていたよりもずっと深い。その深淵《しんえん》をのぞきこむことすらできないくらいに。

それがさっきの反応からわかった。拓実は純粋だ。それは間違いない。だがだからこそ確信犯になってしまうのではないか。その思いが言葉を発することを妨げている。

間を空けて乃愛は口を開いたが、言葉は出てこない。何をどう言えばいいのかわからない。嘘はつきたくない。いや、意味のある嘘ならいい。だが乃愛には嘘のつき方さえわからなかった。目の前の拓実は振り向いたが、その視線はこちらにない。拓実は乃愛の背後を見つめている。乃愛はどうしたのかと思い振り返る。黒い二つの影がいつの間にかあった。

「ちょっといいかな、吉岡くん」

身分証を提示したのはさっき乃愛の家に来た刑事だった。二人組。彼らの視線は拓実にのみ注がれている。

「ここじゃああれなんで、広島駅の方まで来てくれるかなあ」

警察まで来いという意味だ。拓実はマツダスタジアム方向を見た。若い刑事が鋭い眼《ま》差《な》《ざ》しを送っている。拓実は彼を睨《にら》むと大きく息を吐き出してから口元を緩めた。

「偶然じゃ……ないよな」

刑事たちはひょっとしてわたしを尾行していたのだろうか。それともまさか響子が警察を呼んだ？　そういえば現金をとりに行く時、間があった。あれは警察に連絡していたのだろうか。いずれにしてもここに刑事たちが現れたのは偶然じゃない。

「傘のことで少しばかり訊《き》きたいんだ」

若い刑事がそう言った時、拓実は眼を見開いていた。響子のマンションの方を睨んでいる。

「はめやがったな！」

拓実は叫んだ。それは憎悪に満ちた表情だ。こんな拓実は見たことがない。今までは無邪気な仮面をつけていただけで、不意の刑事の出現によりそれが剝《は》がれたように映る。若い刑事が背後から近寄った。だが次の瞬間、刑事は倒れていた。

拓実は意味不明の言葉を発すると駆け出していた。マツダスタジアムに続く道から小道に入る。年配の刑事はすぐに追った。殴り倒された若い刑事は顔を押さえたまま無理に立ち上がる。乃愛は彼らの後を追った。どうして？　言葉にならない思いを抑えるように口元に手を当てる。すがりつくように一度振り返った。響子の部屋の窓にはカーテンが引かれていて、かすかに動いた気がする。もう一度マツダスタジアムの方向を見ると乃愛は叫んだ。だがその叫びは山陽新幹線の音にまぎれて消えた。

4

法テラスでパソコンを操作していると、白髪の男が話しかけてきた。

以前忠告してくれたベテラン弁護士だ。裁判所から帰って来たばかりのようだ。響子は一服どうですかと言ってコーヒーを淹《い》れてやった。彼はすまんのう、と言うと椅子に座る。彼は今、国選弁護を担当しているらしい。その愚痴を響子は聞いてやった。

「なあ正木さんや、刑事事件で書類を準備する時、手間も暇も検事と弁護士ではどう考えても不公平じゃや、検察側が一方的に有利。そうは思わんか」

「それは……ええ、そう思います」

「あんたがおった事務総局もそうじゃが、穂積とかいう今度選挙に出るらしい奴。あいつは改革じゃ、世界一の裁判制度じゃとでかいこと言いよるが、わしは言いたい。こういうことを改革せんで何が改革じゃ、そうは思わんか」

自分の演説に酔っている感じだった。

「そう言えばあんた穂積とも知り合いじゃったか。今度会《お》うたら言うといたってくれ。ふざけんな。何でもアメリカさんのモノ真似かい？　裁判員制度も弁護士増員もあちらさんの命令じゃろう。このままでは訴訟社会になってまうわ。そうなったら泣くのは貧乏人と弱者のために真面目に働く弁護士じゃ。こんな不公平、弱者切り捨てはわしが赦《ゆる》さんってのう」

老弁護士の口調は末永によく似ていた。あるいは末永の方が彼に影響されたのだろうか。ただ穂積の主張とは少し違うように思った。

「今は何でもギスギスしとってかなわん。昔はよかったのう、わしが検察官になった三十年ほど前は犯罪行為ですらもっと人情があったわ。広島に昭和のねずみ小僧ってのがおった」

関心はなかったが、語りたがっているようなので響子は訊いてみた。

「何なんですか、昭和のねずみ小僧って？」

「義賊じゃよ、義賊。あの頃、金持ちの家によう空き巣が入った。それで盗まれた金や宝石が貧乏人のポストに何度か投げ込まれた。昭和のねずみ小僧って呼ばれとったんだわ」

「それで犯人は捕まったんですか」

「いいや、捕まっとらん。今頃、どこで何しとるんか。まあ本物のねずみ小僧はもっと単純な悪党だったらしいが、当時はええ時代だったいうことじゃ。カープも強かったし。ところで正木さんや、末永さんの事件だが、どこぞのガキに逮捕状がでたらしいのう」

響子はふと我に返った。

昨日、末永事件で吉岡拓実についに逮捕状が出された。

警察は長期間に及ぶ聞き込みから拓実をマークしていた。拓実に逮捕歴はなかったため警察に拓実の指紋データはなかった。だが凶器となった傘は拓実の物とすでに確認されている。任意同行を求めた際に拓実は刑事を殴り、逃走。行方不明になっている。殺人ではなく公務執行妨害罪での逮捕状だ。

あれは自分のミスだと思う。昨日、響子は焦っていた。高遠に思いを打ち明けるも断られた。何とかしたいという思いが焦りになって表れた。もし自分が警察を呼ばなければ拓実はあっさり任意同行に応じていたかもしれない。今思えば会って話したくらいで拓実の思いを変えられるというのは楽観的過ぎた。穂積の言うとおりなのかもしれない。

「どうかしたか？　元気ないようだが」

響子は大丈夫ですと言った。拓実のことについて考え続ける。確かに自分のミスだ。それは認める。だがそんなにネガティブに考えても始まらない。ミスを挽回《ばんかい》するなら、拓実のことを何とかすることしかない。とはいえ、逃走した状況で自分に何が出来る？警察は必死で拓実の足取りを追っているだろう。乃愛を含め、関係者から話を聞いても拓実の確保に役立つ情報を警察以上に得られるとは思えない。自分には何もできることはないのだろうか。

「わしでよかったら、何でも言ってくれ」

響子は顔を上げた。無理をして笑う。ありがとうございますと答える。気持ちはうれしいが、こんなことは相談できない。何とかして傷口の浅い今の内に出頭させたい。まだマスコミは気づいていないようだ。だがすぐに横川事件と拓実の関係は知られるだろう。無罪判決を下した裁判長を被害者遺族が殺した——裁判員襲撃事件の比ではない。恰好《かっこう》のネタだ。おそらくそうなれば大騒ぎになる。騒ぎになってからでは遅い。拓実を追い詰めてはいけない。追い詰められればどうするかわからない。確信犯というものは誰より危険なものなのだ。

法テラスで離婚問題の法律相談を終えると、外は暗くなっていた。

スイッチが入ったように響子の思考はすぐに事件に向く。やはり拓実のことが頭を離れない。何とか拓実に迫れないものだろうか。その思いがわき上がる。ただ警察と同じことをしていても拓実は見つけられない。自分にしかできない推理で拓実の居場所をつかみたい。

気になったのは拓実が去り際に響子に言ったことだ。

何故五百万しかないのか、もっとよく考えてみろ——拓実はそう言った。響子はあの時驚いた。それは彼が思いのほか冷静だったからだ。五百万を叩《たた》きつけながらも拓実には理性があった。それは彼が何かを深く考え、行動しているということの証明に思えた。本当に彼がこちらが思っていた通りの確信犯なら、あんなことを言うだろうか。俺はやっていない！　そう叫ぶだろうか。何かが違う。拓実に対する思いが揺らいだ瞬間だった。

拓実には金が五百万しかない理由がわかっているのだろうか。それがこの事件で大事なことなのだろうか。そしてもしわかっているというのならどうして拓実はあの時そのことを言わなかったか。あまりこのことにこだわり過ぎるのはよくない。意味のない言葉かもしれない。とはいえ気になる。完璧《かんぺき》だと思っていた推理に小さな穴が空いた感覚だ。

響子は広電で広島駅へ向かう。広島に来たばかりの頃は五十円玉を準備するのが面倒くさくて広電を使うのを避けていたが、最近はPASPYというICカードを使っている。広島駅に着くと、そこからJR西日本で呉《くれ》に向かう。正確な目的地は呉駅の一つ手前、川原石《かわらいし》という小さな駅。ここに会いたい人がいる。拓実の唯一と言っていい親戚《しんせき》がいるのだ。拓実の母方の祖父が独りで住んでいる。

拓実を匿《かくま》っているなどとは思わない。警察が足しげく通っているだろうからそんなことをしていればばれてしまう。だが今の自分に出来ること。それは警察がしないだろう質問をし、拓実に迫ることだ。どんな小さな突破口でもそこに賭《か》けてみたい。

ＪＲに乗り込もうとした時に携帯が鳴った。表示は広島市内からの番号で誰かわからない。響子ははっとした。まさか吉岡拓実？　そう思って慌てて人の少ないホームの端に移動する。電車を一本乗り逃がしたがかまわない。通話ボタンを押した。

「はい……正木ですが」

相手はすぐに返事をしなかった。どうしてためらう？　やはり拓実か。だが遅れて聞こえてきた声は決して若いものではなかった。

「正木さんですか。以前お会いしましたな。覚えとりますか。中川です」

ああと響子は応じた。中川勲。横川事件の被告人だった中川幹夫の弟だ。拓実ではない。正直なところ、ほっとする思いより落胆が勝っている。今は拓実に迫りたいという一心なのだ。

「どうかされたんですか、中川さん」

問いかけるが、どういうわけか中川は言い淀《よど》んでいる。

「末永さんの事件、あのガキに逮捕状が出たらしいですな」

やっと中川は口を開いた。拓実への逮捕状――それは公務執行妨害に関するものだが、当然その先には殺人罪での立件が視野に入っているだろう。

「それで中川さん、何の御用なんですか」

問いかけたが、返事はない。どうしたのだろう。中川は何を言いたいのだろうか。響子は考えるがはっきりとはわからない。しばらくしてから、中川は長い息を吐き出した。

「なあ、正木さん。真実ってものは、どうしても明らかにしないと駄目なんですかなあ……」

そこまで言って中川は口ごもる。真実……どういうことだろう？　よくわからない。彼の兄である幹夫が死ぬ前に自白したことだろうか。だが響子は中川幹夫の自白を限られた者にしか話していない。とはいえ彼は幹夫の弟だ。知っている可能性もある。響子は静かに問いかけた。

「どういう意味ですか？　中川さん」

だが中川は答えなかった。響子もそれ以上、問いを重ねることはしない。時間が流れ、ふたたび電車がやって来た。

「何かありましたら、またわたしの携帯にご連絡ください」

響子は強引に通話を切り、電車に乗り込んだ。

川原石は広島駅から行くと呉の手前にある小さな駅だ。

ホームにつくと高架下をくぐり、複雑に枝分かれした道を地図を見ながら歩いていく。

思ったよりは苦労せずに目的地に着いた。「伊藤板金（有）」という古い看板が出ている。暗闇に明かりが洩《も》れている。塗料の臭いがする。老人のてなぐさみで仕事をしているのだろう。

「夜分すみません。法テラスで弁護士をしている正木といいます」

半ば下ろされたシャッターの向こう側。小柄だが、締まった体つきをした色黒の老人が中にいた。これが拓実の祖父だろう。角刈りにしている。声をかけるとシャッターが上げられ、伊藤老人は無言でこちらを見上げた。塗料の臭いが体に染み込んでいて臭かった。響子は事件のことを調べているとはっきり言う。伊藤老人は露骨に嫌な顔をした。

「またかい。拓実のことは知らん」

「いえ、お聞きしたいのは横川事件の方です。吉岡政志さんはどういう人だったんでしょうか」

胸ポケットから老人は煙草を取り出して火をつけた。

「政志は頭良かったけえ。大学の頃から、司法試験の勉強もしとったくらいじゃ」

そうなんですかと響子は応じた。拓実の父、吉岡政志は工業大卒だ。司法試験とはあまり結びつかない気がした。

「だが途中でやめてしもうたんじゃ。何故かは知らん。まあ親父さんが死んで跡を継ぐことになったし勉強するのは無理だろうのう。苦労しながらもよう会社経営しとったよ」

「政志さんは好青年だったわけですね？」

「そりゃあな。会《お》うた人間はみんなそう言うじゃろ？　正義感の強いええ子じゃよ。じゃから背は小さかったが、明美も惚《ほ》れたんじゃろう」

明美というのは拓実の母だ。無罪判決後に首をつって自殺している。だがこの答えからは何も引き出せない。少し間を空けると、響子は問題の質問に移ろうとした。それ拓実が別れ際に言っていた五百万円に関する質問だ。ずっと前の事だが覚えているだろうか。

「横川事件の際、一千万円が盗まれました。あのお金はどういうお金だったんですか」

伊藤老人はいぶかしげな表情でこちらを見た。どういう意味じゃ、不正に手に入れた金とでも言うんか――顔にそう書いてある。ぶしつけすぎる問いだったと後悔するが今さら遅い。

「紙幣番号を控えてありましたよね？　どうしてそこまで」

「さあな、わしが覚えていることはあの金を使う気はない、政志がそう言うとったことくらいじゃ。何でかは知らん。バブル崩壊のあおりで会社が傾いとった時も決して使わんかった。わしも言うたんじゃよ、何で使わんのかって。拓実の教育資金にしようと思うとったんかのう……」

響子はしばらく考えた。盗まれた一千万が吉岡政志にとって特別な金であることは間違いがない。だがその意味するところは不明だ。一千万円を使わないと決めたとしても銀行に預けておけば利子がつく。家に置いておけば盗まれる危険があり、実際にそうなってしまった。とはいえ、伊藤老人が嘘をついているという感じはしない。それから何度も問いを発したがかんばしい答えを得ることはなかった。礼を言うと、響子は伊藤板金を後にした。

帰りの電車の中、響子は複雑な心境だった。

吉岡政志にとってあの金が特別なものであった以上、拓実が言った言葉には意味がある。それは確かなようだ。どうして吉岡政志は一千万を家に置いておいたのだろう。そして何故五百万だけを中川幹夫は遺《のこ》したのだろう。とはいえ、自分が今しなければならないのは拓実を見つけ出し、出頭させること。それがミスをした自分に科せられた直近の義務だ。

時刻はすでに午後十時を回っている。呉線には乗客は少なく、泥酔しているサラリーマンもいる。響子は疲れからついうとうととしていた。

眠りを破ったのは着信音だった。携帯にメールが入っている。そのメールは響子の睡魔を駆逐するのに充分だった。

『あんたに会いたい　アストラム白島《はくしま》駅　自転車置き場前に一人できてくれ　吉岡』

拓実からのメール。それは今までの思考をどこかに吹き飛ばしてしまった。衝撃があり、しばらく興奮が抑えられなかった。響子は一度大きく息をすると考える。拓実の意図はなんだ？　素直に考えれば出頭したいということだろう。乃愛ではなくわたしに会いたいと言ってきたのは逮捕後の弁護を相談したいということだろうか。

違うかもしれない。もしかしたら拓実に殺されるかもしれない。だが不思議とそんな恐怖はなかった。あるのはむしろ希望。もう自分にはこの事件しか残っていない。この事件に自ら幕を引けるという興奮が全身を包んでいた。

響子は天神川駅で降りず、横川駅で降りた。

広島駅と横川駅の間、やや横川駅寄りにアストラムラインの白島駅はある。響子は横川駅から東に向かった。吉岡拓実に会いたい。会って出頭させたい。その一心だけが自分をつき動かしている。きっと横川事件にはまだ秘められた謎がある。拓実は何か知っているはず。それを弁護士と被告人という立場で二人、解き明かしていきたい。

白島駅まではそれほど離れてはいない。歩いても行ける距離だ。速足になり、いつしか駆け足になった。夜なので交通量は少ない。信号を無視して可部《かべ》街道を横断。北大橋を東に渡った。そこから白島駅はすぐだった。アストラムラインは一部を除き、すべて高架式の駅になっている。駅の下には無数の自転車が停められていてそこが拓実の指定した待ち合わせ場所だった。しばらく待った。だが誰も来ない。

この白島駅周辺はマンションが林立する住宅街だ。時計を見ると零時を回っていた。昼間は人の往来がそれなりにあるが、夜はさみしい。一度犬を連れた老人が通っていっただけで誰も通らない。なるほどこれなら怪しい人影が見えたらすぐに退散できる。本当は近くまで拓実はすでに来ていて、こっちを眺めているのかもしれない。警戒しているのだろうか。

さらに十分ほど待っただろうか、一台のマウンテンバイクが新こうへい橋の方から近づいてくるのが見えた。無灯火だがわかる。響子はそちらの方向を見つめた。来た。その思いが強くなる。響子は停めてあった自転車のベルを鳴らす。その音にマウンテンバイクは反応し、こちらを見た。だが乗っていたのは眼鏡をかけ、太ったオタク風の青年だ。泥よけ部分に美少女アニメのステッカーが貼ってある。

だがその青年の姿が消えた瞬間、携帯が鳴った。知らない番号。響子は通話ボタンを押す。

「はい、吉岡くん？　約束どおり来たわ」

響子は自転車置き場から身を乗り出し、手を振った。これなら多少暗くてもわたしがいる場所がわかるだろう。

「わかる？　ここよ。手を振っているのがわたし。約束どおり一人で来たわ」

電話の相手は無言だった。響子は手を振り続けた。やがて小さな声が聞こえた。だがもごもごと言うだけでよくわからない。響子は興奮気味に言う。

「ここよ！　自転車置き場の近く」

その時だった。強い衝撃があって体が揺れた。携帯を落としてしまった。

響子は地面に倒れる。後ろから誰かに突き飛ばされたようだ。だがどうもそれだけではない。体がおかしい。立ち上がろうとしたのに力が入らない。遅れて強烈な痛みが背中を襲ってきた。どうしたんだろう。響子は背中に手を触れる。血がべっとりと付いていた。地面には大量の血液が流れ出している。わたしは刺されたの？　かろうじて振り返るとそこには今自分を刺したばかりの人物の姿があった。だが暗くてよく見えない。

その人物はゆっくりと近づいてくる。

何かが光った。洋傘だ。その先端は削ったように尖《とが》っていて、光を反射している。よく見ると血がついている。何とか立ち上がると、響子は数歩進んだ。だがそこで急に力が抜けた。アスファルトに手をつきながら必死で前に進もうともがく。だができない。

助けて！　響子は大声で叫んだ。だが誰の姿も見えない。響子は這《は》いながら落とした携帯を何とか拾い上げる。もう逃げられない。自分はきっと殺される。ただその前にこの事実を誰かに伝えたい。どこに電話する？　着信履歴から響子が選んだのは穂積だった。いや、選んだのではない。偶然そこに穂積の名前があっただけだ。

——穂積くん……早く、早く出て！

だがそこで再び衝撃が襲ってきた。二撃目。決定的な何かが音を立てて切れたように思えた。意識が飛び、目もかすんだ。痛みはなく、体は動かない。感じられるのは嗅覚《きゅうかく》。血とアスファルトの匂いが混じっている。こんなまま死にたくない！　心の中で叫ぶ。だがそれがもはやかなわぬことは明白だ。意識が薄れていく。それ以上、響子は何も考えられなかった。最後に響子の頭をよぎったのは、昔おんぶしてもらった父の広い背中だった。

第四章　共犯者

1

しめやかに行われているその葬儀には、涙がなかった。

正木響子が刺殺されて数日。彼女の遺体は検死を終え、実家のあった八王子市に運ばれてきた。今ちょうど、火葬場で遺体が荼毘《だび》に付されたところだ。涙がないというのは見渡した時の穂積の感想だ。確かに泣いているように見える者はいる。彼女が勤めていた法テラスの関係者、事務総局や地裁で一緒に働いていた者たちもそうだ。だがそれらは本当に故人の死を悼んでのものとは思えない。心の底から涙を流している者はいないのではないか。

参列者は決して多くない。独身、両親は他界。兄弟もおらず喪主となるべき人物が見つからない状況だった。従弟《いとこ》に当たる四十くらいの人物が世話をしていたが、彼も響子のことはよく知らないらしい。数年前までは司法官僚として順風満帆な日々を送っていたキャリアウーマン。司法権のトップにまで上りつめることも可能だった女性の葬儀にしてはあまりにもさみしい。

そのニュースを聞いた時、穂積は衝撃を受けた。

連続殺人が本当に起こるとは思わなかった。白島駅高架下で響子は刺殺されていた。これで中川幹夫に無罪判決を下した三人の裁判官の内、二人が殺されたことになる。しかも凶器は再び傘。先端を削って尖らせた洋傘が残されていたらしい。もはや疑う余地などない。やったのは吉岡拓実だ。三人の中で残ったのは自分だけ。さすがに恐怖が襲ってきた。

ただその恐怖を駆逐する感情が今はある。あの正木響子がこの世から呆気《あっけ》なく消えてしまうなんて信じられない。これは彼女が仕掛けた罠《わな》で、本当は生きているのではないか。そんなことさえ考えてしまう。あのしなやかな身体、美しい笑顔をもう見ることができないという現実が受け入れられないのだ。

「どうですか、あれから少し経ちますが落ち着きましたか」

背後から声をかけられた。振り返ると熊のような大男が立っている。高遠だ。

「おかげさまで何とか……娘は怖がっているようですが」

「以前話していた警護の者ですが、喜んでやってくれるそうです。ベテランで能力も高く、信頼できる男ですよ。こんなことしか出来なくて申し訳ない」

「とんでもないです。お礼の言いようもありません」

穂積は高遠を人のいないところに目で誘導した。高遠はこちらが何を言いたいのか察したようだ。さすがに頭の回転が速い。

「正木くんは横川事件について、かなり調べているようでした」

穂積はええと小声で応じる。

「殺される少し前に、事務総局に彼女は来たんですよ。そこで自分の調べた資料を見せ、横川事件は誤判だった、中川幹夫は死ぬ前に自白した、証拠もちゃんとある。そう話しました」

そこまで知っているのか。穂積はあきらめにも似た調子でこれまでのいきさつを話した。高遠は何度かうなずく。

「そうでしたか。ただ中川幹夫の自白についてはマスコミには流れないでしょう」

「どうしてそう思われるんですか」

「正木くんとは事務総局で長い間付き合いがありました。彼女の性格はよくわかっているつもりだからです。彼女は筋を通すんですよ。中川幹夫の自白という決定的証拠。そのことの影響力を考え、わたしのところに来たのもそのためです」

「自宅にはどうなんですか。証拠の類《たぐい》は？」

「わかりませんが多分、めぼしい証拠は残されていないと思います」

「そうですか、わかりました。それじゃあ事務総長、また何かありましたら連絡しますよ」

「ええ、お願いします。それと正木くんの仇討《あだう》ちみたいな無茶はされないように。司法改革のためにも穂積さん、あなたに倒れてもらっては困る」

ええと応じて高遠とはそこで別れた。

しばらくして、響子の亡骸《なきがら》が砂粒のようになって火葬炉から出てきた。その時、穂積は抑えようのない感情に襲われた。彼女は死んだのだ。響子は本当に死んでしまったのだ。その事実がやっと現実に思われ、嘔吐《おうと》したい気分にさえなった。自分を袖《そで》にし続けた最高裁の女。どうしてもつかめない蜃気楼《しんきろう》。あの女が本当に死んだ。やがて一人の初老の男が声をあげて泣き始めた。法テラスで同僚というベテラン弁護士だ。彼の嗚咽《おえつ》を契機に、数名が目頭を押さえる。参列者の多くが泣き始めた。日照り続きだった村に、ようやく雨が降ったようだった。

葬儀が終わると、穂積はマスコミの取材陣に取り囲まれた。

予想どおりだったので対策は考えていた。しかし自分が今、こんな感情でいることは想定外だ。いつもなら気のきいたコメントが出来るが、今日は厳しい。ただこうなっては仕方ない。覚悟を決めてカメラの砲列の前に身をさらす。

「すみません、逃げませんので一人ずつお願いします」

マスコミは末永と響子が同時期に広島地裁刑事部にいたことをすぐにつかんだ。拓実が吉岡政志の息子であり、横川事件の裁判で誤判を必死で訴えていたことをつかむのにも時間はかからなかった。拓実への逮捕状と正木響子殺害。おそらく響子殺害がなくとも拓実と横川事件の関係は遠からず明らかになっていただろう。

拓実と両元判事の関係が知られてから、世間は大騒ぎになった。父と母の無念を晴らすため、無罪判決を下した裁判官を次々と殺害していく青年。その行動には批判が支配的だった。逆恨み、ひとりよがりの行動として非難された。だが一部マスコミにはどこかそれを同情的に報じている部分も感じられた。例の裁判員襲撃事件の時と似ていなくもない。

もちろん、全体として見るなら拓実の行動は批判的な目で見られている。コメンテーターの中にはきつい調子で怒りをあらわにする者もいる。基本は批判。ただ批判しつつもどこかで同情のようなものもわずかに残す。それが冷たい人間と思われないためのバランス感覚だ。裁判員襲撃事件の時より批判を濃くするブレンド比でちょうどいい。

「穂積さん、犯人の吉岡拓実に言いたいことはありませんか」

「言いたいことというのはどういう意味ですか」

きつい口調の問いに、穂積は冷静に問い返した。

「末永元判事に続いて正木元判事までが吉岡拓実に殺されたわけです。当然あなたも狙われているわけです。横川事件の判決は正しかったと思われますか」

穂積はリポーターを軽く睨《にら》んだ。訊《き》き返す。

「彼が正木さんを殺したという証拠はあるんですか」

リポーターは少し意外な顔を見せた。

「吉岡拓実は裁判で有罪判決を受けたわけではない。君たちマスコミは軽々しく犯人という言葉を使いすぎる。知っているでしょう？　無罪推定の原則という言葉がある。有罪判決を受けるまで被告人は無罪とみなされるんです。まして正木さんの事件では凶器から吉岡の指紋は出ていない。彼の犯行と断定するにはまだ早い」

女性リポーターが横から穂積に訊いた。

「しかしどう考えても吉岡拓実の犯行でしょう？　そう考えないほうが無理がありますよ。しかも凶器となったのは両方とも傘。吉岡拓実の父親が殺された凶器です。こんな偶然がありえると思いますか？　復讐《ふくしゅう》の思いがそこに込められているとしか思えないじゃないですか。彼はお父さんの仇討ちのつもりで行動しています。彼に何か一言ありませんか」

そうだ。それ以外にない。末永の事件の時は衝動殺人のようにも見えたが、今回は違う。傘の先をやすりで削って尖《とが》らせてあったらしい。確実に殺せるように加工したのだ。完全な計画殺人だ。

「仮にそうならわたしに言えることは一つです。もうこんなことはやめて出頭して欲しい」

「復讐という行為は絶対に赦《ゆる》されるものではないということですね」

「ええ、どんな理由があろうとそれは確信犯です。絶対に確信犯は赦されてはいけない」

そこで取材は終わった。まだリポーターは訊き足りないといった感じだったが、高遠が警備員に言って早期に収拾してくれたようだ。警察関係者の姿も見える。最後でどたばたしたものの、葬儀は比較的つつがなく終了した。

帰りの新幹線の中、穂積は激した感情を鎮めるために窓の外を見ていた。だがすぐに暗くなってきて何も見えなくなる。もう今日は何も考えないでおこう。名古屋を過ぎ、視線を向こう側の席にやるとビジネスマン風の外国人が新聞を広げている。英字新聞だ。一面にはクライム何とかというタイトルが書かれ、一人の青年の顔写真が大きく載っている。吉岡拓実だ。そして厳しい表情で写った穂積の写真もある。対決させるようにレイアウトしてあった。

「A crime of conscience……確信犯ってこと」

横から麻耶がそう言った。彼女は小さな時から英会話学校に通わせていたので、穂積よりも英語は達者だ。ただしファッション感覚の英語だ。

「日本語で言う確信犯とは意味が少し違うわ。良心の犯罪……みたいな感じ」

「良心の犯罪か。日本ではもっとネガティブなニュアンスだが」

「最初に訳した人がへったくそだったのよ。でもすごいね、お父さんが言ったこと、もう記事になってる。確信犯……恰好《かっこう》いい言葉ね、おいしいわ」

今日はもう、政治的なことはいいんだ。そう思い、会話を打ち切ろうとする。麻耶はしゃべり足りないといった感じだったが、穂積は広島に着いたら起こしてくれと麻耶に頼んだ。だが麻耶はかまわずに話し続けた。

「今日のお父さんには花マルあげちゃう。確信犯のトコ、全国ネットで何度もやるわよ。扇情的な質問にも常に冷静に答えていた。特に良かったのがあそこ、吉岡拓実がまだ犯人と決まったわけじゃないって言ったところ。みんな興奮している中で超クールだったよ。しかも追い打ちをかけるように無罪推定の原則のこと持ち出しているし。それでいて正木さんにはしっかり哀悼の意を表している。殺人に対する怒り、憤りもばっちりだったわ」

「いいかげんにしないか、麻耶」

それは自然に出た怒りだった。麻耶はらしくない穂積に意外な顔を向けている。だがすぐに笑った。いつもの偽善者だな、これじゃあまるで。穂積はゆっくり首を横に振っていた。

広島に着いた時、時刻はすでに午後十時を過ぎていた。

穂積はマンションの一階にあるバーでキープしてあるボトルを注文する。肝機能の数値は最近、よくなっていたがたぶん今日一日で悪化するだろう。浴びるように飲む穂積に、バーの主人はやめるように忠告してくれた。だが穂積は逆に訊く。今日飲まずにいつ飲むというのか。

横に男が腰かけてきたのはそんな時だった。

すでに六十は過ぎているように見える。男は水割りを注文するとこちらをじろじろ見ている。話しかけたくて仕方ないといった感じだ。うっとうしい。まだ酔いは序の口だ。つぶれるまで飲むつもりだし邪魔をするな。

「なあ、あんたさん、穂積さんでしょう」

我慢しきれずに男は口を開いた。穂積はええと小声で答えた。

「用があるなら、要点だけ掻《か》い摘《つま》んでさっさと言ってくれませんか」

「そう邪険にしなさんな、選挙に向けて悪い評判が立ちますから」

知ったことか。そう吐き捨てたかった。

「そんなら言わしてもらいますわ。いえ、まずは名乗らせてください。わしの名前は中川勲といいます。あの暑い日、広島地裁であんたさんらに横川事件の無罪判決をいただいた中川幹夫の弟です。声以外、顔や背恰好など全然似ていませんから驚いたんと違いますか」

穂積は顔を上げる。中川幹夫の弟だと？　だがそれがどうしたというのだ。似ているかどうかなど覚えていない。それよりさっきからの酒で頭が少し痛くなってきた。

「末永さんは真犯人を捜す活動をしてくれていたんですわ。ところであんた、テレビで言っていましたなあ、吉岡拓実が犯人と決まったわけではないと。何か根拠があるんですか」

「そんなものはありませんよ。当たり前のことを当たり前に言っただけです」

「意外ですなあ」

中川勲は黙ってしばらく水割りを飲んでいた。穂積は彼が何も言わない以上答える義務はないと思い黙っていた。だが中川はやがて再び言った。

「穂積さん、真犯人に当てでもあるんですか」

あるはずがない。穂積は吐き捨てたかったがしばらく沈黙する。中川がしつこく同じ問いをしたので仕方なく問いに答えた。

「吉岡拓実だと思っていますよ、本心は……それ以外に考えられない」

「真実を明らかにする気はない……そういうことですか」

こいつ、何を言っているんだと穂積は思った。

「意味がわからない。言いたいことがあるならはっきり言ってください」

中川は口元を緩めた。苦笑いだろうか。何を言いたいのかわからないまま、彼はバーを出て行った。何をしに来たんだ――穂積は少しいらついたが消えてくれてほっとした。

泥酔すると本心をさらけ出してしまうかもしれない。それから一時間以上飲み続け、頭痛はひどくなっていた。眠気も混じっている。嘔吐《おうと》感もあった。

「……にしてもいい女だったよなあ、惜しい」

気づくといつの間にか何人かのサラリーマンが近くにいた。彼らは今回の事件のことを話題にしている。特に響子の容姿についてしゃべっていた。事件のことなどよりも、響子の容姿について面白おかしくしゃべっている。

「あの女とヤレるなら俺なら十万払うわ」

水割りを飲むサラリーマンの背後に穂積は立った。

「おい、あんたってまさか例の……」

グラスが床に落ちて割れていた。気づくと穂積はグラスを叩《たた》きつけていた。バーの主人は驚いて目を大きくした。穂積はそのサラリーマンを殴り飛ばしたかったが、すんでのところで思いとどまる。もうどうなってもいい――その思いと裏腹に、打算が自分の中に残っていることが、どこか腹立たしい。

穂積は頭をかきむしると意味不明な言葉を叫んだ。財布からありったけの万札を取り出すとカウンターに置いてバーを後にする。エレベーターに乗り込むとしゃがみこんだ。そうか、初めて裁判員を襲った奴の気持ちがわかった。奴もこんな感じだったのだろう。

三十一階に着くと、穂積はふらつきながら自室に向かった。自室の前に立つと麻耶がすごい勢いで飛び出してきた。顔面が蒼白《そうはく》となっている。ただごとでないその表情に酔いが一気にさめて行くのを感じた。どうしたんだ。そう問いかける。

「お父さん、今気づいたの……これ」

麻耶は震える手で一枚の手紙のような物をこちらに差し出した。黙って受け取る。穂積は背筋が凍りつくのを感じた。そこには新聞から切り抜いたような文字でこう記されていた。

――穂積直行、最後はお前だ、必ず殺す

2

ワイドショーの画面には、一本の傘が大映しにされていた。

それは何ということのない男性用の黒い傘だ。ただテロップが出ている。事件で使われたのと同じ種類の傘――司会者がその傘の先端をつまむ。ちょっとした仕掛けがついていて先が外れた。中から尖《とが》った先端が顔をのぞかせる。照明が当てられて鋭く光っていた。

「こういう感じで先が削ってあったそうなんですよ」

出演者たちはふむふむといった感じでそれを見ている。いつもは軽妙なトークで笑いをとっていく司会者だったが、今回は慎重に言葉を選んでいる。

「この番組でも何度も取り上げていますので、皆さんもう覚えられたでしょう。今回の正木響子弁護士殺害もその手口からある人物の犯行の可能性が高い。そう思われているわけです。しかも今回、当テレビ局宛《あて》にこういう手紙が来ました」

司会者は封筒から紙を抜きだした。そこには新聞を切り抜いたような不規則な文字が並んでいる。よく刑事ドラマなどで目にするものだ。塗りつぶしてある部分もあったが

「必ず殺す」という文字がはっきりと読み取れた。

「この文書はカラーコピーでして、警察、他のメディアにも同じものが届いているそうなんです。この伏せ字は犯人しか知りえない現場の様子を記したもので、どうやらこれは犯人からのもの。そう考えて間違いがないようなんです」

レギュラーコメンテーターのタレントが横から言った。

「つまり、いわゆる犯行声明文ってことですか」

司会者はええと言った。文書を手に取って読み始める。

「末永、正木……二人はわたしが殺した。誤判の罪は死をもって償わせる。あと一人、穂積直行は必ず殺す。わたしは目的を必ず果たして見せる……」

「犯行声明だけじゃない。殺人予告も含まれていますね」

レギュラーコメンテーターが発言した。

「そういうことなんです。消してある部分が多くて申しわけないんですが、本文は短いものです。そしてこの手紙の差出人は吉岡拓実。現在逃走中の青年です。ご存じの通り、彼はかつて父親を殺される現場を目撃しているんです。ですが判決は無罪。末永さんの事件で使用された洋傘は彼の物だと確認されています。そのことを聞きに行った警察を彼は殴って逃走、そして正木さんの事件、ううん、どう言えばいいのか……」

事件についてどう思うか問われて、毒舌が売りの女性タレントが苦しそうにしていた。いつもは何か事件があると厳罰に処すよう訴える彼女だが、今回の場合は歯切れが悪かった。ため息をついている。

「では次に穂積元判事のインタビューをお聞きください」

バックにはVTRが流れ、穂積元判事のインタビュー映像が映し出されている。自宅マンション駐車場のようだ。こんな所まで押し掛けているのだろうか。歩いて行く穂積を追いかけながらリポーターは大きな声で訊ねている。

「吉岡拓実から殺害予告文が送られてきた。穂積さん、そういうことですね」

穂積は端整で彫りが深く、ここだけを見ると映画の一場面のようだ。

「ええ……警察に届けました」

「どうなんですか。以前穂積さんは確信犯は赦《ゆる》されてはいけないとおっしゃいました。ですが今お気持ちは変わりましたか」

その質問は無遠慮なものだった。質問をした記者を穂積は軽く睨《にら》んだ。

「いいえ、同じです。復讐《ふくしゅう》という行為は赦されてはいけない。美化してはいけないんです」

「吉岡拓実とは徹底的に戦うということですか」

問いに警護の人らしい大男が割って入った。もうやめてくれということらしい。穂積は一度息を吐き、ここは法治国家ですから。そう慎重に答えた。やがて穂積の姿は消えた。

代々木上原《よよぎうえはら》にある官舎。乃愛はテレビを消した。

見ていられない。正木響子殺害以降、テレビや週刊誌は拓実のことばかりだ。日本の犯罪史上に残る事件として注目を集めていた。ゴールデンでも特集が組まれ、高視聴率を叩きだしているらしい。ネットでは吉岡拓実くんファンクラブというコミュニティが作られ、彼を応援しようという呼びかけがされている。無論、面白半分だろう。本当に拓実が殺したのならもうこれで二人。死刑も充分にある状況だ。同情の声が意外と強いようだが司法への挑戦としておそらく待っているのは極刑だ。情状を酌量されることはない。

行こうかと父が声をかけてきた。乃愛はうなずく。タクシーで東京駅に向かった。

「一人になって大丈夫かい？　わかるよ、彼のことが心配でたまらないんだろう」

乃愛は黙って小さくうなずく。

「穂積さんが以前テレビで言っていたが、まだ彼の犯行だと断定するのは早い」

気休めはいい。同一犯である可能性が高いとニュースで言っていた。末永殺害の犯人が拓実なら、正木響子殺害犯も同じく拓実だ。元広島地裁刑事部の二人が偶然連続で殺害されるなんてあるはずない。しかも凶器は同じ傘。どう考えても同一犯だ。そして末永殺害で使用された傘は拓実の物と確認されている。この状況で不安でいるなという方が無理だ。

父は真剣な表情だった。司法行政の専門家、裁判しない裁判官の代表格。そう思われているが、実際には違う。東京地裁刑事部、札幌地裁刑事部時代に画期的な無罪判決をいくつも出している。有罪率99・9パーセント、判検交流という事実が持ち出され、裁判官と検事はベッタリ。無罪判決が書けないとまことしやかに言われているが間違いだ。父は無罪判決を書いて上から評価された。そんなことで干されたりはしない。父の刑事事件を見る目、その評価は非常に高いのだ。以前、検事総長が家に来た時にそう言っていた。そんな父が断定するのはまだ早い——そう言ってくれるのは希望に思えるが、この場合は素直にそうだと思うことはできない。

「乃愛、こんな犯行声明文はでっち上げかもしれない。気にすることはない」

父の言葉はさらに続いた。だがどこかむなしい。要するに父は乃愛が極端な行動に走ってしまうことが怖いのだろう。本当は自分の手元に置いて監視したいと思っているはずだ。

「お父さん、気休めはいいよ」

「そういうつもりで言っているんじゃない。気をしっかり持つんだ」

乃愛は長い息を吐き出す。自分は報道されている以上のことを知っている。これは父にも言っていない。拓実が逃亡したあの日、乃愛と拓実は響子の部屋にいた。帰り道、拓実は刑事に任意同行を求められて逃走した。刑事を殴る寸前、拓実はものすごい形相で響子のマンションを睨んでいた。裏切られたという思いだったのだろう。あの時の叫び、刺すような視線は忘れられない。拓実が犯人であることはやはり動かしがたい事実なのだ。そう思うと叫び出したい。

広島に帰った乃愛を待っていたのは、度重なる刑事の訪問だった。

尾行、盗聴されているのかもしれないと思うことも何度かあった。それにしてももう一ヶ月以上になる。拓実はどこでどうしているのだろう。テレビでも連日とりあげられている。髪形くらいは変えられるだろうが、以前整形手術をした逃亡犯は整形後の顔写真が出るとすぐに見つかった。こんなに刑事が何度も来て聞き込みをするということは、手掛かりがないのだろうか。

拓実には知人が少ない。かくまってもらえるところは限られている。よく指名手配犯が海外に逃亡したりするがそれはないだろう。金があるようにはとても見えない。

「そう言えば、あのお金はどういうことだったの」

コールセンターでの仕事を終え、自宅に戻る際に考えた。正木響子のマンションで拓実は彼女から五百万円を渡され、それを叩《たた》きつけて言った。何故五百万しかないのか、もっとよく考えてみろ――何のことだったのだろう。五百万しかない理由を拓実は知っているような口ぶりだった。

乃愛は家に戻ろうと相生通りを渡ったが、足を止めた。旧市民球場が目に入った。福井出身のカープ選手は活躍する。覚えとき、これ鉄板じゃ――末永の言葉が浮かんだ。末永も、響子も元判事でありながら自分が関わった事件を追った。そうだ、このまま泣いていてはいけない。絶望に負けてはいけない。強がりだろうがかまわない。前に進もう、そう思った。

乃愛は踵《きびす》を返し、広電に乗ると広島駅へと向かう。

県警本部に着くと、特別室のようなところに通された。かなり待たされたが、以前乃愛の家に押しかけて来た若い刑事がやって来た。乃愛は五百万円のいきさつについて話す。これはこれまで言っていなかったことだ。

「正木さんの部屋は物色されていなかったんですか」

刑事は少し困った顔を見せた。

「わたしは拓実のことを色々知っています。何でも言いますからこっちの質問にも答えて」

強い口調に刑事は少し考え込んでいた。

「そうですか……うぅん、物色と言えるものではないんですが、正木さんは殺害された時、自宅マンションの鍵《かぎ》を持っていなかったんですよ。ですから鍵を奪った犯人が侵入したかもしれません。はっきり荒らされていたとかならともかく、慎重にやればわかりませんからね」

「五百万円はなかったんですか。必ずあったはずです」

「ありませんでした。それは確かに気になることではありますね」

「じゃあ拓実じゃなくただの物盗《ものと》りかもしれない、そうでしょ」

大声に気づいたのか眉毛《まゆげ》の濃い年配の刑事が入って来た。

「本当にあったとしても逃亡資金のために奪ったんでしょうよ」

「だからそれはありません。拓実は叩きつけたんですから」

「そこに大金があることを吉岡は知っていたわけでしょう？　行きがけの駄賃……よくあるパターンです。それに単純な物盗りが彼女の家を知っているというのは考えにくい。計画的なもんですわ」

「行きがけの駄賃にしては距離がありませんか。白島駅から正木さんのマンションまでかなりありますよ」

横から若い刑事が口を挟んだ。珍しく抵抗している。

結局それ以上のことはわからないまま、乃愛は県警本部を後にする。だが五百万がなくなっていたことは重要に思える。あの金は特別な金だ。犯人が持ち去ったと考えた方が自然だ。ただ刑事の言っていたことも説得力はある。拓実が逃亡資金として持って行った――叩き返すのを見ていたからこんな単純な発想も出てこなかった。

自転車にまたがると、大きくため息をつく。考えているのは拓実のことだ。まだ連絡はない。

それにしても拓実の発した言葉の意味はいまだにわからない。何故一千万ではなかったのだろう。どうして半分の五百万になっていたのだろう。その時、乃愛ははっとした。自分の頭に浮かんだ言葉にひっかかった。それは五百万という数字の方ではない。「半分」の方だ。

そうだ、どうしてちょうど半分になっていたのだろう。中川幹夫が使ってしまったというならもっと切りの悪い数字になるのが自然だ。もっとも、これ以上は使わない――中川がそう決めていたのならそれまでだが、半分になったことの意味、それはもっと単純に元々横川事件には共犯者がいて、一千万円を山分けしたということではないのか。

中川幹夫は足が不自由だった。拓実の家は門構えがしっかりしていて、塀が高い。彼が侵入することは難しい。だがその共犯者が塀を乗り越えて侵入し、門扉を内側から開ければ中川は侵入できる。拓実が言っていた言葉の意味は、横川事件には共犯者がいる――これだ、これに違いない。そうすると末永と響子殺害の真犯人もその共犯者の可能性が高い。理由はわからないが、その共犯者が残りの五百万をも持ち去ったのだ。

じゃあ共犯者とは一体誰？　わからなかった。どうやって聞きこめばいいのかもわからない。ただ幸い大学院の試験も終わり、時間には余裕がある。拓実は無実だ。信じたい。真犯人を見つけ出したい。

乃愛はどうすべきかを考えた。父に相談したかったが、事務総長の仕事は多忙だ。特に今、父は最高裁判所長官らと協議し、国選弁護制度改革のために動いている。事務総長直属の諮問機関を廃止し、自分ですべてを背負《しょ》い込んでいる。邪魔することはできない。自分が何とかしなければならないのだ。仮に頼るなら信頼できて、事件に詳しい、そして絶対に共犯者とは思えない人。

浮かんだのは穂積元判事だった。

彼は自分が狙われているかもしれないのに、テレビで拓実をかばってくれている。時の人で忙しいだろうが、彼しか今のところ頼るべき相手が思い浮かばない。乃愛は中央通りを八丁堀交差点方向に下った。交差点を通過して十階建てのグレーのビルに入る。法テラスからは広電の一駅分くらいの距離だ。

エレベーターで七階の司法試験予備校の事務室に向かった。事務室はフロアの一番奥にあり、穂積がモデルになったポスターがあちこちに貼られている。書籍コーナーでも目立つのは穂積の著書だ。「官僚批判はもういらない、これが本当の司法改革だ！」と帯に書かれた『真・司法改革』という書籍が山のように積まれている。少し見ただけで事務員に話しかけた。

「高遠という者ですが、穂積講師にお会いしたいんですが」

女性事務員は困った顔を向けた。

「アポイントはとられているでしょうか」

「いいえ、ありません。直接会いに来たんです」

やれやれという表情だった。少々お待ち下さいと言うので椅子に腰かけて待った。だがなかなか呼ばれない。そうこうしているうちに答案練習会予約の列が出来て、事務員はそちらにかかりっきりになった。列が切れても呼ばれない。結局三十分以上経って声をかけると、やっと事務員はこちらにやってきた。

「もうしわけありません。穂積講師は明日朝から高田馬場《たかだのばば》校で講義予定でして移動が……」

「わたしは高遠乃愛、最高裁事務総長高遠聖人の娘です。穂積講師にそう言ってください！」

叫ぶと驚いて事務員は控え室に向かって行く。参考書を見ていた青年が口を開けていた。

3

舗装されていない山道を黒塗りの外車が走っていく。

穂積は久しぶりに島根県との境にある故郷に向かっていた。選挙に備えて話し合いに行くのだ。運転しているのは高遠に紹介してもらった警護の男。寡黙だが実直で高遠に負けない立派な体をしている。後部座席には麻耶がいてスヤスヤと寝息を立てている。穂積は麻耶の横に座っていた。時間を有効に使うため、普段は移動中も仕事をするが今日はそんな気はない。

自分は精神的にタフだと、ずっとそう思ってきた。失敗を重ねながらも、屈辱をバネにここまで這《は》い上がってきた。それは順風満帆なエリートコースを歩んできた連中にはないものだ。失敗は逆に打たれ強さとして自信に変わった。だが今回ばかりはこたえている。本当に駄目になってしまった。いや、元々自分はこんな人間であって、これまでの失敗が知れたものだったのかもしれない。

いつものようにマンションに戻り、玄関の扉を開ける。だが出迎えてくれる麻耶の姿はない。どうしたのかと思い、部屋の中を見まわる。どこにもいない。声をかけるが返事はない。穂積は捜す。そしてリビングで発見する。麻耶が血まみれで倒れているのを。死んでいるのは誰が見ても明白だ。麻耶！　考えられない状況に絶叫する——そんな夢を一度ならず見た。

それだけではない。響子の死——あの女は自分のすべてだった。この空虚さが証明している。殺害予告と響子の死、恐怖と悲しみ。精神はボロボロだ。情けない。よくもまあこれだけボロ雑巾《ぞうきん》のようになってしまったものだ。そう思うとおかしな笑いがこみあげる。うつむいた時に車は停まった。外を見ると後援会の人々が出迎えに来ていた。

穂積は苦笑いを浮かべながら、そのポスターを見つめた。まだ正式な出馬表明はしていないが、出馬の意はすでに伝えてある。後援会の人たちは穂積の帰郷に合わせて選挙ポスターを勝手に作っていた。

「麻耶ちゃんも綺麗《きれい》になって、お姫さんみたいじゃのう。穂積くんが引退したら後継者じゃ」

「やだ、まだお父さん出馬表明さえしていませんよ」

地元行脚を終え、後援会の人たちに見送られながら車に乗って広島市内へ戻る。麻耶は疲れたのか後部座席で再び眠っている。国会議員になるため、すべては順調に進んでいる。恐怖に駆られながらもマスコミ対応だけは優秀だ。穂積の態度は好感を呼び、知名度も爆発的に上がっている。必勝の形は完成した。後は出馬表明のタイミングだけだ。だがこんなものに意味などあるのか。殺されてしまっては何にもならない。しかも響子はもうこの世にいない。

麻耶を自宅に送ると、やがて車は八丁堀に着いた。今日は択一講座の打ち合わせのため、一度予備校に戻ることになっていた。打ち合わせが終われば、夜の内に移動して明日は朝から東京で講義。相変わらず多忙だ。穂積は警護の者と一緒にエレベーターで七階にある控え室に向かった。

「しばらく休みたい。紅茶を頼む、アールグレイで」

事務員に言うと、穂積は長椅子に腰かけた。だがすぐに事務員の女性が声をかけてきた。

「すみません、先生……お会いしたいという女性が」

「悪いが少し一人にしてくれないか。打ち合わせまでは時間がある」

「それが彼女、最高裁判所事務総長の娘だと。高遠乃愛という方なんですが」

高遠の娘？　うっとうしい。一体何の用だろう。仕方なく穂積はお通ししてくれと言った。やがて扉は開き、おさげ髪をした子供のような女性が強張《こわば》った表情で中へと入ってきた。

高遠乃愛は紅茶をすすりながら、少し緊張した面持ちで座っていた。

父親にはまるで似ていない。挙動も何となく落ち着きがなく、どこか背伸びしている。就職活動で初めてリクルートスーツを着た田舎の女子大生といった雰囲気だ。早く帰れと思いつつ、穂積はいつものように本心と表情を一致させることなく優しげに切り出した。

「お父さんとは親しくさせてもらっています。どうかなさいましたか」

「それは、あの……」

乃愛は視線を微妙に穂積の目から外した。

「お力になっていただきたいと思いまして。どうでしょうか、協力していただけますか」

「申しわけないのですが、何のことでしょうか」

彼女は今気づいたように手を口に当てると、ごめんなさいと言った。

何だこいつは――そう思ったが穂積は優しく微笑む。気軽に何でもおっしゃってくださいと言った。安心したのかやがて乃愛は真剣な表情でこちらを見つめ、話し始めた。

最初は要領を得ず、わかりにくかったが次第にその内容がこちらにも伝わってくる。乃愛が拓実のガールフレンドであること。響子との関わり。中川幹夫が自分の罪を認めたこと――彼女も事件にかかわっているようだ。

「ごめんなさい、うまく説明できなくて。でも一言でいいます。わたし、穂積先生に正木さんの代わりをお願いしたいんです。拓実の無実を証明して欲しいんです」

何を言っているんだというのが、正直な感想だった。

「お願いします。無茶な頼みだとはわたしもわかっています。でも穂積先生以外、頼める人がいないんです。お願いだから拓実を救ってください！」

泣き出しそうな表情で乃愛は訴えた。そうか、やっとわかった。彼女は吉岡拓実に心底惚《ほ》れている。奴のためになら何でもするという視野狭窄《きょうさく》に陥っているのだ。高遠の娘の割にどうしようもない。だが無下に追い返すのは下策だ。

「早期に出頭することをお勧めします。逮捕状が出ている以上、自首にはなりませんが出頭すれば判事の心証は違ってきます。最悪のケースはおそらく回避でき……」

精一杯譲歩して話しかけた穂積を乃愛は大声でさえぎった。

「違います。拓実は犯人じゃないんです」

「気持ちはわかりますが、客観的状況から考えれば」

「正木さんだって最後に言っていたんです。拓実は間違いなく無罪だって」

その叫びに、穂積は初めて口ごもった。響子がそんなことを？

「殺される少し前のことでした。それまで正木さんは拓実が犯人だと思っていたそうです。でもお金のことに気づいてから変わったんです」

穂積はしばらく口を開くことが出来なかった。吉岡拓実が犯人じゃない？　テレビカメラの前では慎重論を唱えたが実際はそうは思っていない。正直、犯人が誰かなどどうでもいい。誰であっても赦《ゆる》すことなど出来ない。いや、正確にはそうではない。赦せないという思いと単純な恐怖、その二つが自分の中で綱引きをしている感覚だ。

「他に響子、いや正木弁護士は何か言っていたのかい？」

乃愛は一千万円のことを話した。盗まれた金が五百万になっていたのは中川が共犯者と分けあったからだ。横川事件には共犯者がいるのだと主張した。

「じゃあ横川事件の共犯者が真犯人。そう正木弁護士は言っていたんですか」

乃愛はうなずいた。共犯者の存在。それは横川事件発生当時においても考えないでもなかった。合議で響子はその可能性を主張していた。だが結局それは可能性止まりだった。あだ花。響子もその意見には固執せずひっこめた。当時中川には親しい者はいないように思えたからだ。

「実はわたしにも思い当たる節がある。彼女はボイスレコーダーを持っていた。中川幹夫が死ぬ前に自分の犯行を自白したボイスレコーダーだ。それをわたしは持っている」

「そのボイスレコーダーをどうやって正木さんは入手したんですか」

乃愛の問いに穂積は矢口という弁護士からだと素直に答えた。彼は横川事件の真犯人を挙げようとしていた。そういえば末永が殺された日、彼もマツダスタジアムにいた。あの後、高遠におさげ髪の売り子は自分の娘だと告げられた。ただあの時は拓実の出現で上の空だったが……。

「君がＣＣダンスを踊っていた時、声を出していた白髪の男だよ」

乃愛はえっと声を出した。穂積は矢口について知っていることを乃愛に告げた。彼女はしばらく押し黙っていたが、やがて静かに言った。

「穂積さん、共犯者についてですが……怪しい人が何人かいます」

「怪しい人？」

「一人目は竹丸洋。最初に疑われた人です。マツダスタジアムによく来ていたのでこの人のことをわたしは知っています。飲んだくれでどうしようもない人でした。あの日も末永さんともめていたし、彼なら強盗や殺人を犯すかもしれません」

穂積は息を吐き出すと質問を発する。

「横川事件とその竹丸はどうつながるんだい？」

問いかけると、乃愛は少し混乱した様子だった。吉岡部品に勤めていたことがあるんじゃないですかと言っている。調べてもいないようだ。穂積は苦笑いを浮かべる。

「もう一人が中川勲という人物。中川幹夫の弟、球場職員です」

穂積は顔を上げた。その人物なら知っている。先日、穂積のマンション一階のバーに現れた。ただ言っていることは意味不明だった。響子の推理が正しく、共犯がいるなら勲である可能性が高いかもしれない。動機もある。兄が殺人犯だと知られたくないはずだ。

「最後の一人は矢口幸司。そのボイスレコーダーを正木さんに渡した弁護士です」

「矢口が？　どういう根拠なんだ」

「竹丸さんに先生と呼ばれています。矢口は末永さんと共に横川事件の真犯人を捜す活動をしていたんでしょう？　だけど中川が自白してしまうと自分の弁護士としての経歴に傷がつくと考えたのかもしれません」

何だその推理は——呆《あき》れながら穂積は矢口と横川事件との関連を問いかけてみた。だが乃愛はちゃんと答えられない。無茶苦茶だ。自分があの日、マツダスタジアムで見た人間を挙げているだけ。明らかに吉岡拓実以外の人間に罪をなすりつけたいだけではないか。

「正木弁護士はその中で誰が怪しいと言っていたんだい？　理由は？」

「それは……よく知りません。でも正木さんもマツダスタジアムに来ていた人の中に真犯人がいるって言っていました」

「そうか、わかった。共犯者についてはわたしも考えておくよ」

連絡先の番号を交換すると、二人は別れた。

乃愛が帰った後、穂積は控え室にしばらく閉じこもった。さきほど乃愛が言ったことを考えている。

そこに電話がかかってきた。何度かテレビ局で顔を合わせた有名プロデューサーからだ。犯人追跡の報道特番に出て欲しいとのことだった。

「すみませんね、穂積先生。今や時の人である先生がご出演でしたら数字もいけると思いまして」

　本音を隠そうとしないプロデューサーの言葉に穂積は苦笑する。時の人。こんな形でそうなるとは思わなかった。

「もちろん重要な事件ですから社会的意義は大いにあります」

　こんな番組に出ても仕方ないと思ったが、了解し、再び思考に入る。乃愛の推理は根拠のない言いがかりのようなものだった。だが響子が共犯者がいると言っていた事実は無視できない。一緒に仕事をしていたからわかる。彼女の目はたいてい正しい。横川事件においても響子はちゃんと真実を見通していた。実際、一千万円を共犯者と分け合ったという推理はなるほどと思った。そんな響子が真犯人がいると言っていたのなら看過できない。

　穂積は立ち上がると、スマホを手にした。連絡したのは広島県警本部だ。

　実は警察に呼ばれている。これまでは忙しいと断って来た。自分が話しても無意味だという思いがあった。ただ今は違う。やがて刑事の声が聞こえ、穂積は問いかけた。

「穂積です。少し時間がとれたので連絡しました。どういうご用件だったんでしょう？」

「お忙しいところすみません、穂積先生。実は正木弁護士の携帯の履歴の件でして」

「わたしの着信履歴はいっぱいあったでしょう？　容疑者ですか」

　冗談めかして言った。刑事はやや困った様子だった。

「まさか……違うんですよ、穂積さん。発信履歴です。正木弁護士の死亡推定時刻、あなたに正木弁護士は電話をしている。だから連絡したんです。どういうことだったのかと」

響子が死ぬ直前、俺に……目の前が白くなった。

「もしもし、穂積さん。聞こえていますか」

やっと穂積は反応する。そうか、あの時使っていたのは別のスマホだ。穂積は刑事との通話を終えると控え室にあるもう一つのスマホを取り出した。着信履歴を見る。そこには「正木響子」という名前が残っている。その時刻、自分は何をしていたのだろう。そうか、選挙のことで党幹部と飲みながら話していた。そんな時響子は一人で……。

涙が頬を伝っていた。泣くことなどいつ以来だろうか。

「すまない、響子。俺は……俺は何ということを」

しばらくそのまま時が流れた。穂積は顔をあげて心の中で誓った。響子、やっと決心がついたよ。俺が事件を解いてやる。吉岡拓実が真犯人かどうかなどどうでもいい。奴のためなんかじゃなく、裁判官の良心というわけでもない。俺が事件を解く理由は単純だ。響子、お前だけのために。

4

穂積に相談してよかったと、心から乃愛はそう思った。

あの人は噂通りの人格者のようだ。自分が不利になるかもしれないのに、拓実が無実であることを証明する手助けをしてくれるという。本当は穂積も横川事件については心にずっと引っ掛かるものがあったのだろう。正木弁護士と同じように頼りになりそうだ。

乃愛は穂積に嘘をついた。それは正木弁護士のことだ。彼女は拓実の他に真犯人がいるなどとは一言もいっていなかった。普通に協力を願い出ても断られるのは目に見えている。賭《か》けだった。そして自分はそれに勝った。しかし何か悪いことをした気がする。

父は嘘をついてはいけないといつも言っている。普段は温厚だが子供の頃から嘘をついた時だけは怒る。拓実の時もそうだった。だがそれはカッコつきだ。どうしても必要な場合以外はと。今日の場合、どうしても必要な嘘だった。こうでもしなければ拓実のことを誰も信じてくれない。

穂積に相談した後、家に戻り、乃愛は自転車に乗った。目指す先は、響子が住んでいたマンションだ。

しかし彼女の部屋のネームプレートには違う名前が入っていた。何か手掛かりはないかと思いやってきたが無意味だった。彼女の遺品は警察が持って行ったはずだ。

帰り道、久しぶりにマツダスタジアムの近くを通りかかった。けっこうな人出がある。どうしたのだろうと思った。イベントが行われているわけではない。三月になり、広島カープのオープン戦が始まっているのだ。そういえば去年の今頃は売り子の講習を受けていた。有名な振り付け師がやってきてＣＣダンスの指導を受けたのを覚えている。あの頃から自分の人生は変わった。引っ込み思案だったが、働き始めて少しは明るくなった。そしてここで拓実に会った。そう思うと懐かしい。自転車の横をカップルが通り過ぎて行く。メガホンを持ちユニフォームを着てとても楽しそうだ。乃愛はその様子を目で追っていた。そして自転車を停めると、吸い込まれるようにしばらくマツダスタジアムを見上げた。

背後からややしわがれた声が乃愛を呼びとめた。振り向くとそこにはカープのユニフォームを着た五十くらいの男がいた。竹丸洋だ。

「もう売り子はやらんのか。みんな残念がっていたぞ」

「すみません、他のところで働いているんです」

しばらく二人は話した。それはとりとめのない会話だ。今日は会社をサボってオープン戦を見に来たらしい。だが途中で乃愛は思った。そうだ、この竹丸は最初に疑われた。拓実に疑いが行ってうやむやにされたが、この竹丸が真犯人である可能性もある。

「じゃあまたな。気が向いたら臨時で売り子やってよ。わしから話つけておくわ」

言い残すと、竹丸は立ち去ろうとした。乃愛は追いかけると呼び止めた。

「どうかしたんか、ノアちゃん。こっちは若手選手のチェックで忙しいんだわ」

冗談っぽく問われて乃愛は言葉に詰まった。

だが真剣な眼差《まなざ》しの乃愛にやがて竹丸は目を瞬《しばたた》かせる。乃愛は一度うつむいてしまったが、素直に今までのことを話す。自分は口下手だ。隠そうと思っても態度に出てしまう。こうして本音で接しなければちゃんとした回答は引き出せない。だがこれでは何のために穂積に相談に行ったのかわからない。竹丸を警戒させ足を引っ張っているだけではないか、そんな気もする。

「実は末永、正木両元判事殺し事件のことが知りたいんです。末永さんが殺された日、竹丸さんは彼ともめていました。あれはどうしてだったんですか」

吐き出すように言うと、竹丸は意外そうな顔を見せた。

「なんじゃったかのう……刑事にも言ったことじゃが酔っていたからよう覚えとらん」

「わたしには拓実が犯人だとは思えないんです。何か知りませんか。拓実のお父さん、吉岡政志さんや中川幹夫さんに関係していた人で、幹夫さんの有罪が公になると困る人とか」

乃愛が今、怪しいと思っているのは矢口だ。矢口と横川事件のつながりは見えない。だが疑うのには理由がある。矢口は末永と一緒に真犯人を捜す運動をしていた。矢口にとっても中川の自白はショックだったはずだ。自分がやってきたことが否定されかねない。その肉声を公表すると言いだした末永ともめた矢口は末永を殺害。卓越した推理でこの真実に気づいた響子も消された――こんな推理、ありえないだろうか。

「矢口さんはどうなんですか。あの人なら弁護士という立場を守るために……」

途中で竹丸がさえぎるように笑った。それは決して馬鹿にするような笑いではない。

無知な乃愛に事情を知らしめるような笑い。それでいてどこか淋《さび》しげな笑いに思えた。

「あの人はええ人じゃ、苦労人じゃけえ貧乏人の心がようわかる」

乃愛はやや不満げに黙って聞いていた。

「けどもう事務所がやっていけんそうじゃ。賃料が払えん、借金もあるらしい」

「どうしてそんなに借金が？　いっぱい仕事はあるんじゃないんですか」

「あの人は弁護士報酬も分割とかで受け取っているんじゃ、払える時に払って欲しいって感じでな……わしもあれでどれだけ助かったか。じゃけん悪い連中もいて報酬払わずにとんずらすることもあるらしい。人がよすぎるんじゃ、このままじゃと失業かのう」

弁護士が失業？　あまり聞かない言葉に乃愛は少し意外な思いがした。

「法科大学院生のくせに知らんのかい。弁護士が増員されて苦しくなっとるんじゃ。大手の法律事務所ならともかく、先生の年収しっとるか」

乃愛は小さく、一千万くらい？　と言った。

「マツダスタジアムで去年聞いた。二百八十万や言うとった。わし以下じゃ」

「え、それ月収じゃないんですか」

「年収に決まっとるじゃろ。月収ってどんな感覚じゃ？　あんたのとこはそんなにもらっとんのか。わしの知っとる悪徳弁護士はベンツ乗り回しとるが、先生はボロい中古の軽トラじゃ。ようわからんが、弱者のために頑張る弁護士が泣くような世の中ではいけんのう」

矢口のことについてその後もしばらく話すと、竹丸は去っていった。乃愛はそれ以上問うことも、追うことも出来ずにじっとしている。楽しそうに人々が入場口に向かって行く。マツダスタジアムからは歓声と、球春の到来を告げるラッパの音が聞こえた。

竹丸に教えてもらった矢口の法律事務所は向洋にあった。

二階建てだが、新聞の販売店のような小さな事務所だった。一階は駐車場で古い軽トラックが停められている。郵便受けの横を見ると「2F矢口法律事務所」と控えめな文字で書かれている。隣が工場で、トラックが出入りする音がやかましい。乃愛は二階に上った。中をのぞく。工場の音でかすかに震える硝子《ガラス》戸の向こうに矢口と相談者らしき人がいた。

二人はしばらく真剣に話し合っていた。待っているとやがて相談者であろう五十過ぎの男性が腰を上げる。祈るような恰好《かっこう》をして笑顔でこちらにやってきた。矢口も続く。乃愛は隠れることも出来ずに横に避《よ》けた。

「ありがとう。ホンマ助かったわ。この恩は忘れんよ、先生」

男性は軽やかに階段を下っていく。矢口は手を振っていた。

「ありゃ、ノアちゃんかい？　どうしたんだい」

矢口はこちらに気づくと言った。ピーピーという音とバックしますという合成音が混じっている。疲れた顔だ。それなのに笑っている。乃愛は沢山用意してきた問いを浴びせようと思ったが出来ない。少し間があいたが、乃愛は意を決すると訊《き》く。

「事件のことが訊きたいんです」

矢口は事件という言葉をなぞった。

「末永さんや正木さんの事件のことかい？」

「違います。横川事件のことです。当時、矢口さんは吉岡部品にいたんじゃないですか」

矢口は目を瞬かせた。

「いいや、悪いがいたことはないし、知らない。あの頃は食うにも困っていた。お金がなくてね。何とか司法試験に受かりたい一心だった」

「知っています。当時、新聞配達をしながら司法試験の勉強をしていたんでしょう？」

矢口は微笑むだけで答えずに階段を下りていく。乃愛も後に続いた。矢口は軽トラが一台だけ停められた駐車場を指さすと、変わらない調子で答えた。

「ここは昔ね、わたしが勤めていた新聞販売店だったんだ。店長が死んでからわたしが法律事務所にするために借り受けたんだよ」

「あなたは大学にも行っていない。どうしてそんなことをしようと思ったんですか」

「わたしの家、いや長屋と言った方がいいかな。近所に住んでいた人たちは貧しくてね。手形の下らない不備に気づかなかったり債権が時効になっていたのに払っちゃったり、おかしな弁護士や司法書士に食い物にされたり……法律知識がないばかりに色々と困る人を見てきたんだ。わたしの死んだ両親もそうさ。連帯保証債務の名義貸し。それがどれだけ重要な行為かわからずに印鑑を貸していたんだ。後でわたしは泣いたよ。だからそんなことで苦しむ人を無くしたいと思ったんだ」

乃愛は複雑な思いで聞いていた。偽善者という言葉も浮かんだが、矢口の弁護士としての評判はいい。年収は三百万以下……そういう思いで聞くとやりきれない。一方、自分はそこまでの真摯《しんし》さで法科大学院に通っているわけではない。父も祖父もそうだったから――その言葉に飲み込まれてしまうくらいの動機だ。

「でも司法試験を受けるきっかけは別にあったんだよ。弁護士になりたいって夢はあっても大学にさえ進めなかったんだ。仕事に追われるだけの毎日。情報もない。途中まで司法試験は大学の法学部を出ないと受けられないって勝手に思っていたんだ。今でいう法科大学院みたいな感じだとね」

「きっかけ？　それは、何だったんですか」

「新聞販売店の幹部候補だった二十代半ばの頃の話だ。わたしは野球観戦に行っていた。広島市民球場で偶然出会った人に教えてもらったんだよ。大学を出ていなくとも司法試験は受けられるんだってね。それで目指そうと思ったんだ。でも厳しい道のりだった。今ならきっと諦《あきら》めている。あんなに金がかかっては無理だ。刑事弁護っていうのは、公正さこそが重要なんだがこれでいいのかねえ。何か全てがアメリカ式になっていく気がするよ」

それは法科大学院に通う乃愛、あるいは司法改革を推進する父への皮肉にも思えた。お前たちは恵まれている。弱者切り捨て、競争万能主義批判。金持ちの道楽だと言っているようにも聞こえる。

「竹丸さんに聞きました。ここの事務所って苦しいんですよね」

矢口は苦笑いを浮かべた。

「まあね、ちょっと……でもへこたれるわけにはいかない」

「法テラスのスタッフ弁護士になったらいいじゃないですか。国からお給料が出ますよ」

「法テラススタッフか、それは考えたよ……でもね、法テラスはまだすべての困窮者に対応しているわけじゃないんだよ。民事扶助のお金も予定した予算以上に必要になって苦しいんじゃなかったかな？　法テラスにも現状、限界があるんだ。わたしは今、多くの困窮した顧客を抱えている。この人たちを放っておくわけにはいかない。スタッフ弁護士じゃなくここでやりたいんだ。まあ本当は僻地《へきち》で地道に弁護士活動したいんだけどね」

乃愛は言葉が出なかった。この人は本気で弱者のことを考えている。もう疑う余地などなかった。いい人。竹丸の言うとおりだ。自分が苦しくなるのを承知であくまで弱者のために……駄目だ、思考が鈍る。質問が横道にそれて行きそうだったので乃愛は針路修正を試みた。

「矢口さんが正木弁護士に渡したボイスレコーダーってありますよね？　中川幹夫の自白が録音された物。あれは今、穂積さんが持っています。公表してもいいですか」

「いいよ、わたしは別に。なにせ渡したのはわたしだから」

あっさりとした肯定に、乃愛は口ごもった。それから乃愛はいくつか質問をしたが、これといった答えは得られない。乃愛の質問が途切れたのを見て矢口は軽トラをポンポンと叩《たた》きながら笑った。

「何なら送っていくよ、狭い車だし恰好悪いけど」

「いいえ、わたし自転車ですから」

「そっか……積んで行ってもいいんだけどね、後ろにさ」

「結構です。寄るところがありますから」

嘘だった。わざと冷たく言った。矢口の優しさにこれ以上触れているのがつらかっただけだ。乃愛はありがとうございましたと言うと、逃げるように自転車にまたがった。

広島駅まで戻ってきた乃愛には、疲れだけが残っていた。

辺りは真っ暗だ。矢口に話を聞いたが、この推理は的外れなのではないか。そんな思いが湧き起こってきていた。穂積が乃愛の考えに耳を傾けたのは、正木響子のことで嘘をついたからだ。嘘をつかなければ穂積も相手にしてくれなかったかもしれない。矢口でなければ誰が真犯人だと言うのだ。中川勲か？　いやあの人の良さそうな人がそんなことするだろうか。無理に自分は疑おうとしている。そうなると自然と浮かぶのは拓実の顔だ。

これが現実なのかもしれない。拓実はやはり末永と響子を殺したのかもしれない。浮かんだのは響子のマンションを睨《にら》んだ拓実の目だ。殺意。そう言えるものがみなぎっていた。そんなのいや！　広島駅前にある噴水の前で乃愛は思わず声を出した。何人かがこちらを見た。だが恥ずかしさなどない。こんな気持ちのまま、帰れない――乃愛は自転車を停めると広島駅の中に入る。自棄《やけ》になったように呉線に乗り込んだ。

拓実の祖父のところに行くのだ。拓実の祖父の家なら逃亡先の第一候補だ。当然警察は調べているだろう。はっきり言って期待できないが、他に向かう所は思いつかない。消去法。何とかしたいという思いから乃愛は川原石へと向かった。川原石駅に着くと道を訊《たず》ねながら進む。伊藤板金という会社の横、ようやくたどり着いた伊藤という表札の家の前に立つ。インターフォンもないので扉をノックする。だが返事はない。開き直った乃愛は扉を叩きながら大声で叫んでいた。

「夜分すみません。どうしてもお話が」

しばらくして扉が開かれる。ジャージを着た老人が睨みつけていた。

「ええかげんにせいよ、なんじゃ」

小さな声ではあるが、怒気をはらんでいる。当然だ。乃愛は何度も謝りながらお話を聞かせて下さいと頼んだ。自分は決してマスコミや警察関係者じゃない。だがそう言っても老人は聞く耳を持たない。殺された正木響子の同僚だと言ってもダメじゃ駄目じゃの一点張りだ。こんなに頼んでいるのにどうして──涙が出てくる。乃愛は必死で涙ながらに訴えた。

「わたしは吉岡さんの恋人なんです。将来を誓い合った仲なんです。だからこの命に代えても拓実さんの無実を証明したいんです」

叫びにようやく老人は反応した。しばらく沈黙すると、小声で言った。

「……お嬢ちゃん、わかった。こっちじゃ、こっちきんさい」

乃愛はありがとうございますと言って老人の後に続く。通された部屋、そこはふすまで仕切られた鍵《かぎ》もなにも掛けていない部屋だった。古い少女雑誌やフランス人形がいくつか置かれている。

「娘の部屋じゃ……昔のままにしてある」

優しげな声だった。拓実の母親は拓実の父が殺害されてから自殺している。父親としてはやりきれない思いだろう。中川幹夫を恨むのと同様、拓実の父親にも恨みを覚えていたのかもしれない。それがこの部屋に表れている気がする。

「政志の血は純情な娘を惑わせるのかのう……あんたも娘にどことなく似とるわ」

乃愛は少し赤面する。老人は最後につぶやくとふすまを閉めた。

「ここにあの子のすべてがある。気が済むまで見んさい」

ありがとうございますと言うと、乃愛は拓実の母親の部屋を探し始める。だがこれと言って目立つ物はない。ここに事件につながる何かがあるという期待は次第に消えて行く。ただの子供の思い出があるだけだ。

そんな中、乃愛はアルバムを開いた。そこには小さかった頃の拓実の母親の写真が数多く貼られている。だんだん成長していっているのがわかる。この女性がかわいそうな死に方をしたと思うとやりきれなくなる。だが乃愛は心を鬼にしてアルバムをめくった。そこには吉岡政志の写真がいくつかあった。拓実の両親、その若かりし日の思い出が詰まっている。彼女が拓実の父親を好きだったことがひしひしと伝わってきた。

アルバムのある一ページを開いた時、乃愛は違和感を覚えた。それは吉岡部品の工場前で拓実の父親と母親が一緒に写っている写真だ。二人ともまだ若く、結婚前なのかもしれない。だが違和感とはそんなことではない。二人の後ろに写っている男性が誰かに似ているように思えたからだ。吉岡政志は小柄だがそれとは対照的に背が高く、筋肉質な体つきだ。その人物を乃愛は凝視する。そして思わずえっと声を出していた。そこに写っている人物は素朴で優しげな微笑みを乃愛に送っている。

「そんな……どうして」

紛れもなくその人物は父……高遠聖人だった。

第五章　確定判決

1

けたたましいカメラの砲列が穂積を襲っていた。

穂積は少し緊張した面持ちで微笑んでいる。東京にあるホテルで行われた記者会見。熱烈なラブコールを受け、満を持して穂積は出馬表明した。多くのマスコミが訪れ、質問を浴びせてくる。ちなみに緊張した面持ちは演技だ。テレビ慣れしているものの、こうした方が新人らしくていい。

「出馬の理由をお聞かせください」

質問に穂積はうなずきながら丁寧に答える。

「世界一の裁判制度を作りたい。それが直接的な理由です。司法改革は確かに急ピッチで進んでいます。ですがわたしから見ると問題点も多い。そこを指摘し、正しい道筋で改革を成し遂げて行く。これがわたしが今回出馬した理由の主たるものです」

「世界一の裁判制度と言われますが、具体的にはどうされるおつもりですか」

「裁判員制度を意味あるものにするためには弁護士の質を充実させないといけません。有能な人材がその能力をいかんなく発揮できるよう、法テラスをパワーアップさせます。また司法予算は国家予算のわずか0・4パーセントしかありません。これを変えていきます。弱い立場の人に優しい制度を作りたい」

「穂積さんの昔の論文を読むと、今の主張と温度差があるように感じるんですが」

「まあ、人は変わるものです。わたしも官僚批判ばかりしていましたがこれではいけない。色々と学びました。他、細かい部分では数えきれない改革案があります。そのあたりはわたしの近著『真・司法改革』をお読みください……すみません、つい宣伝しちゃって」

軽く笑いが起こった。場が少し和む。つい、と言っているがこれも計算どおりだ。甲田人権会館で老人に手を握られ出馬を要請されたことも話した。相変わらず自然と口だけは回って行く。ちなみに以前書いた論文はもはや論外だ。支部まわりで捨て鉢になっていたところへ出版社から依頼されたものだ。事務総局の内情も知らずに吠《ほ》えていただけ。今宣伝した著作はその点が違う。実質高遠が書いているようなものだから当たり前だ。

ただ正直、心はこもっていない。今の穂積にとって重要なのは響子の無念を晴らすこと、それだけだ。記者の質問に答え終わると麻耶からよかったよ、と賛辞をもらった。

自分でもいい出馬表明だったと思う。だが何かむなしい。晴れ舞台なのに上の空だ。

真犯人の目星がつけられないまま、時間だけが無駄に流れて行く。

すでに四月。プロ野球のペナントレースも始まった。ホテル近くの東京ドームではナイターで巨人戦が行われている。あまり関心はなかったが、いつの間にか巨人はまた強くなっていたようで、巨人が嫌いな高遠はさぞや不快だろう。

東京に出てきたのは出馬表明のためだけではない。今日は久しぶりに高遠と会う約束がある。ホテルから穂積は車で外に出る。事件のことを考えた。吉岡拓実はいまだに捕まらない。毎日のように報道されている。外国に逃亡するってもなかろう。そんな状況下、これだけの期間逃げおおせるとは予想外だった。例の五百万を奪って逃亡資金にしているのだろうか。もし拓実以外に真犯人がいると仮定してみても、よくわからない。

やはり吉岡拓実が犯人なのだろうか。

――誰なんだ響子、お前を殺したのは？

彼女は犯人を見たはずだ。自分は今、そいつが現れたならたぶん恐怖は感じない。あるのは怒りと憎しみ。殺してやりたいと思うだろう。真犯人が吉岡拓実か否かに興味はない。誰であっても赦《ゆる》せない。だが自分には真犯人がさっぱりわからない。一生懸命考えてはいるんだよ、だがわからない。頭のいいお前なら解いていたのかもしれないな。すまない、だが自分なりに必死でやるつもりだ。

午後八時過ぎ。ドーム横の観覧車を見ながら穂積は後部座席でスマホを取り出した。

かけた先は高遠乃愛。彼女はあれだけ必死で頼み込んできたにもかかわらず、最近はあまり連絡を寄こさなくなった。どういうつもりなのだろうか。なかなか出なかったが、しつこく鳴らし続けると乃愛はようやく電話に出た。

「忙しかったかい？　すまないね、でも最近連絡がないから」

「こっちの方こそすみません。でも穂積さんもお忙しくなってきたようだし」

乃愛はなんとなく、取り繕うような感じだった。

「気にすることはないよ。正直に言おう、わたしはもう選挙などどうでもいい。この事件を解決することがすべてだ。わたしは中川幹夫は有罪、横川事件は誤判という真実が知られて叩《たた》かれるようになっても、もうどうだっていいんだ」

「そこまで拓実のことを……」

そんなわけないだろうと思いながら穂積は言葉を続けた。今度報道特別番組に出演し、そこで中川幹夫の自白のことを公表しようと思っている。

「わたしはどうしても真犯人をつきとめたい。そのためには何だってするつもりだ」

響子の顔がふと浮かんだ。

「君のお父さんにも相談してみようと思っている。何と言っても優秀だからね」

「それは……無理です」

「どうしてだい？　わたしは君のお父さんとも親しいんだ」

「あ、いえ、父は事務総局の仕事が今すごく忙しくて」

高遠が忙しいことなど百も承知だ。だがその合間を縫って色々と連絡を取り合っている。高遠は理想実現のためにこちらを利用し、こちらは野心のために高遠を利用する。ギブアンドテイクの関係が出来上がっているのだ。

それから穂積は乃愛としばらく話した。だがどういうわけか恋の熱が冷めてしまったように乃愛の反応は鈍かった。おかしい、何かを隠しているのか。穂積は通話を早く終わらせたがっているように映る乃愛に、ずばりと切りこんでみた。

「どうしたんだい？　今日の君はおかしい」

「そんなことは……」

「何か隠しているんじゃないのか？　拓実くんの件は君の方からの依頼だ。依頼主がそんな態度じゃこちらも困ってしまう。重大犯罪被疑者の国選弁護のようなもの。どんなことでも隠しごとをせずに言って欲しいんだ！」

強く言うと、乃愛は口ごもった。この娘はすぐに態度に出るからわかりやすい。何かがあったのだ。言いたくない何かが。穂積は推理する。おそらくは拓実から何らかの連絡があったのではないか、そしてそれは彼にとって不利になるような内容だった――そんなところじゃないのか。

「あの……穂積さん」

小声で言った乃愛に、穂積はなんだい？　と優しく答える。穂積があえて黙っていると、やがて乃愛は絞り出すような声で答えた。

「カルネアデスの舟板についてどうお考えですか」

意外な質問だった。カルネアデスの板については当然知っている。船から海に投げ出された者が板につかまっていて、その板にすがろうとやってくる人間を払いのけるような行為。それをどう評価するか。法律をかじった者ならまず知っている。刑法、緊急避難を学ぶ時によく引き合いに出される。だがそれがどうしたと言うのだ。

「お父さんや穂積さんは司法制度を改革したいんですよね。そのことによって困る人々も出てくるんじゃないですか。そういう人たちのことをどう考えているんですか」

今さらというような問いだった。どこかピントがずれている。こんなことをおそらく乃愛は訊《き》きたいんじゃない。そう思ったが優しく答えた。

「切り捨てていく気はない。最善は尽くす。ただどうしてもどちらかを選択しなければいけない場合にはそうせざるをえないだろう。司法改革の問題点は予算だ。綺麗《きれい》ごとでなく改革に金はつきものなんだ。高遠さんもいくらでもいい制度は考案するがそこで苦しんでいる。現状では……」

「ごめんなさい。本当はこんなことどうでもよかったんです」

乃愛はさえぎった。穂積は間をあけると優しく語りかける。

「カルネアデスの舟板という言葉で君が何かを言いたいことはわかる。話せないのかい」

「すみません、穂積さん……今はわたし、これ以上考えられなくて」

少し涙声だった。穂積はいつでもまたかけてくれと言うと通話を切った。

どうしたというのだろう。言いたいが言えないという感じだった。もし拓実にとって不利な情報を乃愛がつかんだというのなら正直に言えばいい。カルネアデスの舟板などを持ち出してくる意味はない。どちらかを犠牲にせざるを得ないということか。だが何を言いたかったのかわからない。乃愛の思いがつかめないまま、車は高遠との待ち合わせ場所である高級レストランのあるホテルに着いた。

「未来の法務大臣誕生に乾杯しましょうか」

夕闇の中、東京の街並みを見下ろしながら高遠はグラスを上げた。

穂積は苦笑しながらグラスを合わせる。高遠は少し疲れたような顔つきだった。だが機嫌は悪くない。二人は選挙の話を続け、司法改革案についてしばらく議論する。ただ正確には議論ではなく一方的にこちらがレクチャーを受けているというべきだろう。

「いい出馬表明でした。文句無しです」

「そうですか、お褒めにあずかり光栄です」

高遠は上機嫌だった。だが正直なところ、高遠との連携はもういい。今穂積の中にあるのはどうやって響子の無念を晴らすか、それだけだ。穂積が司法改革の話にあまり乗り気でないのを即座に感じ取って高遠は不審げに言った。どうしたのかと。こいつはすぐに心を読む。穂積はもう演技するのがばからしくなってきて本音を吐いた。今までのいきさつをすべて話す。そしてもう政界進出に興味がないことをそれとなく匂わせた。

高遠は珍しく、刺すような視線を穂積に送った。

「それじゃあ穂積さん、あなたはテレビで誤判を認めるというのですか」

穏やかではあったが、激しい批判だった。今までお前にさんざん協力してきたのは何だったのか。日本の司法をどうする気だ？　そう言いたいのが伝わってくる。

「高遠さん、わたしは出馬表明をしましたが、中川の自白を入手して考えたんです。これは公表すべきだとね。もちろん今さらどうにかなる問題ではありません。でももしこれを吉岡拓実が知れば彼も出頭するかもしれない。そう思ったんです」

高遠は静かに息を吐き出す。だが怒りが彼の中で燃え上がっているのがわかる。

「わたしも命が惜しいです。殺されたくない。いえ、まだわたしだけなら平気です。でも娘も怯《おび》えている。こんな状況が続くと思うと耐えられなくてね。嫌がらせの電話も多くかかってきて、娘の心労は限界に達しているんですよ。こんなことだったら公表して楽になった方がいい、そう思っているんです」

高遠はテーブルを叩いて立ち上がった。

「冗談ですよね、穂積さん……わたしは今日、あなたはすべてをふっ切ったと思った。そんなことをすればあなたは終わりだ。同情票が集まったとしても批判の方がたぶん圧倒的に多い。だいたい普通にやれば勝てる選挙でしょう？」

「いえ本音です。かいかぶりですよ、わたしは小物だ」

穂積は微笑みながらお手上げのポーズを作る。

「辞めていなければ、あなたが司法改革で作った下級裁判所裁判官指名諮問委員会、あの長ったらしい名前の委員会で首にされていた無能判事ですよ」

「あなたはそんなやわな人間ではないでしょう」

高遠はそこで初めて表情に怒りをあらわにした。当然だろう。自分の行為は裏切り以外の何物でもない。とはいえ高遠も見誤った。こんなどうしようもないダメ人間、ただのいかれたストーカーに自分の理想を託そうとした罰だ。

「そういえば今日、巨人が勝ったようですね」

さきほどラジオで流れていたことを言った。巨人が嫌いな高遠にあえて言ってやった。

「野球のことなど今はいいんです。問題は司法改革です。日本の司法をどうするのか。わたしがあなたにどれだけ期待していたと思っているんですか」

高遠は珍しく興奮していた。

「信じています。あなたは賢明な人間だと」

言い残すと、高遠は食事もとらずに去っていった。これまでは喧嘩《けんか》のようなことは一切なかったのに初めてだ。まあ今日はこちらが一方的に悪い。だがこの違和感は何なんだろう。穂積は黙って一人で夕食をとりながら夜景を眺めた。たしか特番は来週の金曜日だったな。本当にこんなことをぶちまけていいのか。何年もかけた政治家への布石は無駄になる。一時の感情で人生をフィにする。それで本当にいいのか、そんな問いが起こってきていた。

電話が鳴ったのはホテルに戻ってからだった。表示は「乃愛」となっている。

「はい……穂積だが、何だい?」

スマホの向こうの乃愛は意外としっかりしていた。

「決心がつきました。穂積さん……今から一枚の写真を送ります。これはわたしが拓実のおじいさんのところで撮った写真です。不鮮明ですけど見てください」

「どんな写真なんだい?」

「見てくれればわかります。わたしもこの写真を見て色々考えました。憲法第七十六条三項、裁判官の良心をもって判断して下さい。わたしもまだ法科大学院生ですけどそのつもりでいます。予断なく客観的に。ではまた連絡ください」

あっさりと通話は切れた。

穂積は大げさな言葉に呆然《ぼうぜん》としていたが、すぐに画像が送られてきた。そこには吉岡部品の看板を背景に若い男女三人が写っている。一人は吉岡政志、もう一人は彼の妻らしき人物、そして最後の一人は……穂積は呆気《あっけ》にとられた。高遠……彼は間違いなく高遠だ。高遠がどうして吉岡部品に? 記憶をたどる。だがわからない。高遠と吉岡政志はどんな関係だったのだろう。

耐えきれずに穂積は乃愛に電話した。

「見たよ、君のお父さんだね。間違いなく」

「そうです。父は拓実のご両親を知っていたんです。どういうことなんでしょう」

わからないというのが率直な感想だ。偶然かもしれない。だが高遠は出身が広島だ。大学の夏休み、地元でアルバイトをしていてもおかしくはない。それに吉岡政志も司法試験を目指していた時期があったという。何かきっかけがあったのではないか。それならそれは高遠しかいない。彼の存在が吉岡政志を変えたのか。

「お父さんと吉岡さん、漫才コンビみたいに体格が全然違いますね。仲良さそう」

そうだなと気のない返事を穂積はした。思考は高遠と吉岡の関係、そこに集中している。

「でも何となくだけど顔は似てる。どっちも素朴で」

「そうかい？　そう言われればそうかもしれないが……」

「関係のないことを言ってごめんなさい。この写真が事態を変えるかもしれないのに」

乃愛は謝った。穂積はいいよと応じて、通話を切った。

しばらくして興奮が収まってきた。今の写真には驚いたが、これだけでは何とも言えない。穂積はメモ用紙に、ボールペンで考えを書き留めて行く。怪しい人物の一覧表。拓実以外の真犯人がいるなら響子殺しはメインではない。響子は気づいていたんだ、真犯人に。響子は末永殺しで犯人に迫っていた。その正義感ゆえに逆に襲われたのだ。つまり真犯人は末永が迫っていた横川事件の関係者と考えるべきだろう。おそらくその線はぶれない。それならば真犯人と呼べる人間は……穂積は途中で思考をやめた。くそ、これでは乃愛の思考と同じだ。今までの思考をなぞるものでしかない。どいつも決め手に欠けている。

メモ用紙を丸めてゴミ箱に放り込むと、穂積はボイスレコーダーを取り出した。これは響子の遺品とも言えるものだ。穂積は深い考えもなく再生する。かすかに時計が時を刻む音と、咳《せき》ばらいが聞こえ、やがて中川幹夫のしわがれた声が流れ始めた。誰なんだ？　響子を殺した犯人は誰なんだ？　穂積は何度も再生した。だがわからない。繰り返す。十回以上聞いたがまるでわからない。ちくしょうと大声で叫ぶと穂積はボイスレコーダーを叩《たた》きつけた。

「そうなると……やはり拓実か」

少し経ってから小さくつぶやく。自分にとって憎むべき相手は誰でもいいのだ。もちろん拓実でもかまわない。だが誰であるのかははっきりさせなくては駄目だ。この思いを誰かにぶつけたい。犯人がわからないというのはこんなにつらいものなのか……被害者団体の集会で何度かその思いは聞いた。だが彼らの気持ちはわからなかった。人の思いがわからなくても、その思いを理解しようと努めるのが裁判官——それは響子の言葉だ。自分はお題目と言って相手にしなかったがそれは真実だった。穂積はボイスレコーダーを拾い上げると再生する。中川の声が聞こえる。その声を聞きながら思った。もう覚悟は決めた。特番の日、自分はこの肉声を公開する。万策尽きた今、もはや穂積にはその選択肢以外には何も見つけられなかった。

2

法科大学院を出ると、乃愛は自転車で法テラス鯉城に向かった。

新旧司法試験受験を控えた人たちは追い込みにかかっている。来年は乃愛も受験をする。来年の今頃、どうなっているのだろうか。だがそんなことを考える余裕などない。事件のことが気になって仕方なかった。拓実はどうしているのか、そして青天の霹靂《へきれき》のような父の過去、どうすればいいのかわからない。

乃愛が考えているのは父のことだ。拓実の祖父の家で見た写真のことをずっと考えている。どうしてあそこに父が写っていたのだろう。あれは間違いなく父だった。父と吉岡政志はどういう関係だったのか。父に直接訊《き》けばいいのだがどこか怖かった。父も当然横川事件のことは知っている。どうして拓実の両親のことを話した時に自分から言い出さなかったのか。拓実の父と知り合いだったのなら話すのが普通だろう。

やがて法テラスが見えてきた。自転車を停めてコールセンターに入る。明るく挨拶《あいさつ》をすると席に着いた。すぐに電話がかかってきて、先輩のオペレーターが受けた。だがすぐに彼女は受話器を置く。ただの間違い電話だったようだ。そのオペレーターは乃愛に言った。

「ふう、また例のパチンコ店と間違えた電話だったわ」

「そうなんですか。何かその間違い多いですね」

「末尾一桁《ひとけた》違いだからよく間違えるみたい。でも最近異常よ、やんなっちゃう。ああそうだ、あたしちょっと化粧室行ってくるから高遠さんお願いね」

オペレーターはそう言って席を外した。

乃愛はため息をついた。仕事には集中できそうにない。父は基本的に東京の官舎住まいだ。広島に戻ることは少ない。だから父に気づかれないように過去を調べることはたやすい。こうして考え込んでいてもむなしい。やはりもう少し踏み込んで調べてみよう。

そう思った時に電話が鳴った。

乃愛はいつもどおりマニュアルに合わせて明るく応対する。相談相手はしばらく何も言わなかった。乃愛は相談者に優しく問いかける。だが返事はない。もう一度法テラスコールセンターですがと言うと、小声が漏れた。

「ノア……俺だ、拓実だよ」

乃愛は目を大きく開けた。声が出そうになったが必死で抑えた。拓実の行方はまるでわからなかった。一番怖かったのは自殺してしまっていること。だがこれでその可能性はなくなった。今までどうしていたの？　今どこにいるの？　訊きたいことは山ほどある。だが言葉が出てこなかった。

「ごめん、ノア。こんな形でしか連絡できなくて。何とか自然に対応してくれないか」

一番近くのオペレーターはまだ戻ってこないが、コールセンターには他のオペレーターもいる。息を吐き出すと乃愛ははい、わかりましたと元気よく対応した。

「お前につながるまで何度か間違い電話の振りをしたんだ。ごめん、家やスマホに連絡しちゃあまずいだろうと思ってさ。でもどうしても言っておきたいことがあった」

「はい、どういうご用件でしょうか」

こんな感じでいいだろうか。

少しだけ間をあける。拓実は大声ではないがはっきりした口調で言った。

「末永元判事を殺したのは俺じゃない。正木元判事もそうだ。俺は誰も殺しちゃあいない。穂積に恨みはあるが殺す気はない。マッダスタジアムで驚かせてやって気は済んだ。犯行声明文も俺が書いたんじゃない。信じて欲しい。それがどうしても言いたかったことだ」

毅然《きぜん》とした言葉を聞いて、乃愛は複雑な思いだった。ほっとしたという思いが片方にある。きっと少し前までならその思いだけで胸がいっぱいだっただろう。その言葉だけで生きていける――そう思ったかもしれない。だが今、乃愛の中にある思いはそんなものではなかった。大切な一人が助かれば大切なもう一人が沈んでいく感覚だ。

「わかりました。他にご用はございますか、ご資金の方は？」

手慣れた調子で乃愛は訊ねた。訊きたいことはいっぱいあるがまずはお金のことを訊いた。

「正直言って苦しい。だから助けて欲しいんだ。来週の金曜日、マツダスタジアムに来てくれ」

「マツダスタジアム……ですか」

「ああ、カープ帽にSUENAGA51のユニフォームを着ていく。五回裏終了後に会おう。一塁側内野自由席だ。あんまりきっちり決めると融通がきかないから場所はアバウトでいい」

ずいぶん目立つところを指定してきたものだ。だが自分はひょっとすると警察に尾行されているかもしれない。人が大勢いるところの方が安全、拓実はそう考えたのだろうか。万が一の場合、同じような恰好《かっこう》の群衆に紛れようという計算なのかもしれない。

「ノア、俺は末永が殺された後、傘が盗まれているのに気づいた。だからそのことを警察に言おうかとも思ったんだ。だけど裁判なんて信用できない。逆に俺が犯人にされちまうかもしれないと思った。だから俺はこんな状態でもずっと真犯人を追っていた。そしてやっと真犯人がわかった。それを知らせたかったんだ」

乃愛は言葉を発することが出来なかった。ただ逃走していたのではなく、真犯人を追っていたというのか。どうやって拓実は真犯人にたどり着いたのだろう？　誰なのだろう？　そしてそれはまさか……唖然《あぜん》としながら続く言葉を聞いている。

「近い内に必ず、そいつとけりをつけるつもりだ」

乃愛はその言葉にすぐには反応しなかった。静かな声で訊く。

「その方のお名前を教えていただけますか」

「お前の知っている人間だ」

拓実は犯人の名前を言いださない。少し沈黙が流れた。

「いいから誰なのか教えてください！」

我慢しきれずに乃愛は叫んでいた。しまったと思ったが遅かった。興奮が冷静な判断力をかき消している。手が震えている。乃愛は周りのオペレーターを見渡す。こちらを向いている者はいないが不審に思われただろう。

「話せば長くなる。だから端折《はしょ》って言う。親父はかつてある人物と出会い、司法試験を志した。真剣に勉強していたんだ。択一だったら百回受けて百回通る自信があるっていうくらいに」

確かに拓実の父の書斎は法律家顔負けだった。本気で司法試験を目指していたということもうなずける。だが百回受けて百回通るというのは大袈裟《おおげさ》だなと乃愛は思った。試験など何が起こるかわからない。父でさえ択一に一度だけだが落ちている。アクシデントはあるのだ。そんなことより、ある人物とは誰なのだ。はっきり言って欲しい。

「俺は十四年前、事件をこの目で見ていた。間違いない。だがずっと考えてきた。あの足の不自由な爺《じい》さんはどうやって侵入したのかって。それでたどり着いたのが共犯の線だ。そしてその共犯者はそいつしかいない。動機もわかっている」

化粧室に立ったオペレーターが戻ってきて椅子に座った。乃愛は受話器を持ったまま黙り込んだ。

「俺はその共犯者こそが真犯人だと思っている。実はあの夜、俺は末永の爺さんに会う約束があったんだ。あの爺さんは誰かを連れてくる様子だった。それが誰なのか俺にはわからなかった。だが言えることは真犯人がそいつだということ。末永の爺さんが俺の家に来ることを知らなければ、殺すことはできない」

だったらやはり真犯人は父ではないだろう、乃愛はそう言いたくなった。末永とはいわば対立関係にあった。親しいとは言えない。それとも拓実、やっぱりあなたが……。

「動機について詳しく教えてください」

「過去を消すためだよ、自分と横川事件のつながりをな。知っているか、ノア。三十年ほど前、広島市内では窃盗事件が相次いでいた。そしてどういうわけか俺の親父は一千万を持っていた。これがポイントだ。悪いな、もう時間がない。頼む、証拠をつかむにはもう少しだけ時間がいるんだ。その間だけでいい。逃げる金が欲しい。あと少しあれば俺は証拠を見つけてみせる。頼む、金曜日、五回裏終了後にマツダスタジアム一塁側内野自由席にいる。カープ帽にSUENAGA51だ」

「待って。まだ切らないで！」

「ごめん、俺を信じてくれ。信じているなら来て欲しい」

通話は切れた。隣のオペレーターの視線をよそに、乃愛はしばらく呆然《ぼうぜん》としていた。

仕事が終わり、乃愛はコールセンターを出て家路につく。

思考は拓実と父のことに集中している。拓実は真犯人がわかったと言っていた。拓実が疑っているのは父なのだろうか。乃愛は拓実との通話を頭の中で何度も再生している。だが決定打はない。適当なことを言ってわたしから逃走資金を得たいだけという可能性もないではない。わからない、もう誰を信じればいいのかわからなくなった。

「おかえりなさい、乃愛ちゃん」

車椅子に乗った祖母が出迎えてくれた。今日は母がいない、祖母と二人きりだ。乃愛は部屋に戻りたかったが祖母につかまってしまった。

「乃愛ちゃん、最近彼氏とは会っていないのかい」

不意に祖母は質問する。足は不自由だが頭はしっかりしていてその辺りの機微は心得ている。言いたいことがいっぱいあったが、どうかなあとはぐらかす。

「もう長いこと会ってくれないし、振られちゃったかも」

「そうなのかい……まあ若いし気にしない方がいいわ。素敵な男性はいっぱいいるし」

会話中に乃愛は思いつく。ここを突破口に自然な形で父の過去を聞きだそう。乃愛は祖母の部屋の引き出しから古いアルバムを持ってくると言った。

「ねえおばあちゃん、お父さんは最高裁判所局付になってお母さんにプロポーズしたんだよね？　それまで好きな人とかいなかったのかなあ」

訊《たず》ねながら乃愛は真剣になって父の写真を見ている。何度か見たはずの写真だが、当時は拓実の両親のことなど知らなかった。仮に彼らが写っていたとしても気づかなかっただろう。ここに何か手がかりがないのだろうか。

「あの子は真面目だからよく勉強していたわ。たぶんいなかったんじゃないかねえ」

「東大にいた時とかもよく勉強していたんだよね？　アルバイトとかは？」

祖母はううんと言って少し考えた。乃愛は緊張のあまり、少し息づかいが荒くなっている自分に気づいた。鬼が出るか蛇が出るか。アルバムのページをめくる手が少し震えている。

「生活費は自分で工面すると言い張ったのよ。こちらが出してあげるって言っているのに、それじゃあ庶民の苦悩はわからないって働いていたの。自動車部品工場じゃなかったかねえ、たしかそのアルバムにも何枚か載っていたはず。夏休みの間だけ、広島に戻ってきていた時に」

「ふうん、そうなんだ。わたしと同じ。わたしも今は法テラスで働いているし」

心ここにあらずと言った返答だった。広島の自動車部品工場？　吉岡部品に違いない。

乃愛は口元を引きつらせながらアルバムのページをめくる。だが吉岡部品にいる父を撮った写真はどこにもない。逆に写真をはがした跡が残っていた。

「たしかここだったと思ったんだけど……はて」

乃愛は言葉を発することが出来なかった。ここに数枚の写真があったことは間違いない。しかも祖母の口ぶりからすると、それは吉岡部品で撮った写真だったはずだ。これを抜きとれる人物はほとんどいないし、その人物は父以外に思いつかない。どうして父は吉岡部品でアルバイトをしていた時の写真を抜き取ったのだろう？　まるで吉岡部品で働いていた過去を自分の中から消去したいと言わんばかりではないか。何故そんなことをしたのだろうか。

自分の部屋で横になっていると、スマホが鳴った。取り出す。かけてきた相手は穂積だ。もう信じられる人がいない。誰を信じていいのかわからない。金はある程度用意できるだろうが、本当にこれでいいのだろうか。乃愛はカルネアデスの舟板がどうとか自分でもわけのわからないことを口走っていた。穂積も困っている様子だった。

その夜、乃愛は気になって眠りに就くことができなかった。

起きだしてもう一度アルバムをめくる。何度探してもそこには父が吉岡部品で働いていたことを示す写真はなかった。やはり父が持ち去ったのだ。それは動かない。父は何故吉岡部品にいたことを隠そうとしているのだろうか。拓実の父親と父はどんな関係だったのだろうか。

乃愛は渡り廊下を渡って、古い方の家に移動する。こちらには誰も住んでいない。父が子供の頃に使っていた部屋に入った。そこには父がかつて書いた論文の類《たぐい》がある。めくると、司法制度に関して昔から父が真剣に考えていたことがわかる。「司法権の独立と三権分立について」。タイトルは平凡だが、当時の父と同じ二十三歳の自分が今、書こうとしてもとても書けない内容がそこには書かれていた。

とはいえそれ以外にめぼしいものは見つからなかった。それはそうかもしれない。仮に父が拓実の父と何らかの関係を持ち、それを隠そうとしているならここに何かを残して行くはずがない。乃愛が拓実の祖父の家で父の写真を見つけ出せたのは偶然に過ぎない。父は吉岡部品で働いていたことを隠すことで、別の何を隠そうとしていたのだろうか。

三十年ほど前、広島市内で窃盗事件が相次いでいたこと、そして何故か一千万円を自分の父が持っていたことがポイントだと拓実は言った。どういうことなのだろう？　乃愛は居間に戻ると、パソコンを立ち上げてネットで情報を探った。検索してみると、たしかにそれくらいの時期に市内で窃盗事件が何件か起きている。頻発？　この程度なら、例年並みではないか。そう思おうとした時、一つの記事が目に入った。そこにあるのは「昭和のねずみ小僧」という文字。何軒かの貧しい人の家の前に金が置かれていた。犯人は捕まっていない。

義賊を肯定する精神は日本人に染み込んでいるように思う。だが義賊とは要するに確信犯だ。そんな時、ある考えが浮かんだ。それは父と中川幹夫、吉岡政志が窃盗の共犯というものだ。若かりし日、父は道を踏み外していた。それも普通の踏み外し方ではない。義賊……拓実の推理はこれ以外にない。父と吉岡政志、中川幹夫は義賊だった。そして盗んだ金について意見が衝突した。そして後に父と中川は共謀して拓実の父を殺した。窃盗犯だったことがばれるのを恐れて父は拓実の父との関係を闇に葬ろうとしたのではないのか。

「まさか……ね」

あの父がそんなことをするとは信じられない。それに父は拓実をかばうようなことを言っていたではないか。父がそんなことをしたのなら、拓実が犯人であってくれた方がいい。拓実をかばうのは自分の首を絞めるような行為だ。それに正木響子はどうなる？　彼女を殺害する理由がない。いや、彼女は末永と親しい。真実を聞かされていたのかもしれない。

そういえば彼女は非番の日に最高裁事務総局までわざわざ足を運んで父に会っている。あれは何のためだったのだ？　拓実の失踪《しっそう》直後に彼女は殺されたが、あれは東京で父と会った翌日だ。言いかえるなら父と会ってすぐに殺されたともいえる。考えれば考えるほど、父への疑惑が乃愛の中で連鎖的に増幅して行く。乃愛は体が震えるのを感じた。

「あら残念、泥棒さんかと思ったら乃愛ちゃんかい」

不意に背後から声がかかった。振り返ると車椅子に乗って祖母がそこにいた。独特の言い方に普段なら笑ってしまうところだが今はそんな余裕はない。祖母はにこにこと笑いながらこちらを見ている。その素朴な表情は父とよく似ている。

「どうしたんだい？　こんな時間に乃愛ちゃん」

問われて乃愛は口ごもる。こう見えても祖母は鋭いところがある。頭がよく、女子高等師範学校をでている。父の鋭さは祖母譲りなのかもしれない。乃愛は言い訳をすることなく黙っていたが、少し経ってから口を開く。

「偉い政治家がよく悪いことしてるけど、お父さんは絶対に悪いことしないよね」

意外な問いだったのだろう。祖母は少し言い淀《よど》んだ。だがすぐに優しげな表情を取り戻す。居間に飾られた二枚の遺影を見つめる。青年と老人、青年は軍服姿だ。

「不正や悪に対してあの子ほど潔癖な人間はいないんじゃないかねえ。あなたのおじいさんもそうだったけど、あの子は絶対に自分が正しいと思ったことしかしない。おじいさんの弟さんはエリートだったのにお国のために志願して特攻隊に入って亡くなってる。そういう血筋なのかしらねえ。この日本を愛し誰よりもよくしようと思っている。命をかけてでもやりとげる。そういう覚悟にも能力にも恵まれている。きっとあなたにもそういった血は濃く流れているはずよ。苦しんで、迷って、でも最終的には正しい義の道を行く。地味であってもその志は決して折れない。間違ったことは死んでもしない、そう思うわ」

乃愛はうなずく。そうだよね、こんな心配なんて取り越し苦労なのかもしれない。拓実の祖父の家で見つけた写真、そして今日の拓実の言葉から、自分は馬鹿馬鹿しいことを考えているにすぎない。そうであればいい。

「でもね、乃愛ちゃん……」

祖母はそう言って言葉を切った。乃愛は出かかった言葉を押しとどめる。

「そんな人間だって間違うことはある。聖人はあなたのおじいさんを能力的にはずっと前に超えたと思うけど、それだって完璧《かんぺき》じゃない。あの子も人間なんだから」

乃愛は言葉を発することなく黙っている。少し不安にさせられる言葉だった。カーテンを少し開けると、祖母は月が綺麗《きれい》だねえと言った。

「善悪の判断、有罪無罪の決定、結局それは自分で決めるものよ。誰かにすがるものじゃない。裁判官っていうのはそういうもの。身内だろうが恋人だろうが一人の人間として公平に見なければいけない。場合によっては自分や自分の大切な人にだって死刑判決を下す。それが出来る者が本当の裁判官なんじゃないかねえ、わたしはそう思うわ」

祖母の顔を差し込む月の光が照らしていた。その顔には笑みがある。乃愛はその言葉を聞いてはっとした。そうだ、そのとおりだ。それが裁判官。憲法第七十六条三項を守る者に課せられた使命だ。乃愛は祖母の優しげな顔を見て笑みを返した。

「うん、そうだよね、ありがとうおばあちゃん」


翌日、乃愛は広島県警本部を訪ねていた。

少しだけためらったが中に入る。自分は父を疑いたくない。拓実も疑いたくない。だが拓実か父か――その選択はついた。わたしはどちらも選ばない。法律上、忌避事由や起訴状一本主義など予断を排除するシステムがある。だが本当はそんなこと関係なく自分の決定に命をかけられなければいけない。それが裁判官。父だからとかボーイフレンドだからとかそんな予断は持たない。すべては公平な法の下、裁かれるものだ。

昨夜遅かったが穂積のスマホにかけた。メールで例の写真を送った。これで穂積にも知られた。あえて自らの退路を断った。もう引き返すつもりはない。真実を明らかにする。その結果がどんな悲劇を生もうが受け止める。それが高遠の血をひく者の矜持《きょうじ》だ。

少しお待ちをと言われ乃愛は別室に通された。

やがて若い刑事が急いでやってきた。どうされましたと問われた。ためらいはない。拓実の逃走に加担する気はない。真実――この事件のすべては法の下で明らかになる。いや、自分が明らかにする。この決断は父を信じているから選んだ道ではない。わたしの裁判官としての矜持がそうさせたものだ。乃愛の口からその言葉は意外とあっさり出た。

「来週の金曜日、吉岡拓実がマツダスタジアムに来ます。逮捕してください」

3

土曜日の午後九時。自宅マンション三十一階から穂積は広島市内を展望していた。

このマンションからは広島市内が見渡せる。無数の明かりが点滅を繰り返している。島根県との境の小さな村で育った穂積にとって、百万都市はあこがれだった。その中心部にある高級マンションに住むというのは子供の頃から考えれば大成功だ。

「いいのか……本当にこんなことをして」

そうつぶやいた。まだ自分には響子殺しの真犯人がわからない。竹丸や矢口には乃愛が話を訊《き》いた。どうも違うということだった。せめて拓実を早期に逮捕させて何らかの情報を得たいという思いがあった。そのために自分は人柱になる。今度の金曜日、自ら破滅の道を選ぶ。積み上げてきたものはすべて崩れる。この夜景ともおさらばだろう。麻耶にもこのことは話していない。きっと悲しませることになる。乃愛のもとに拓実から電話があり、金曜日、マツダスタジアムに行くと告げたらしい。穂積はその日、テレビ局だ。報道特番に出演する。この番組が最後の舞台になることだろう。いいのか、本当にいいのか、誰かがそうささやく。

スマホに着信があった。表示は高遠だ。

穂積はあえて少し鳴らしてから電話に出た。丁寧な口調が聞こえた。

「穂積さん、近くに来ています。少しお話が」

以前はケンカ別れ。だが今日の高遠は冷静だった。

穂積は断る理由もなく了承した。どうして広島にやってきたのか――そんな思いがあり、恐怖があった。だが逃げたくはない。マンションのラウンジに向かう。やがて大柄な男がやってきた。穂積は背筋を伸ばす。深々と礼をした。

「先日は失礼なことを言って本当に申し訳ありませんでした。殺人予告に麻耶が怯《おび》えてしまいましてね、これ以上やっていく自信がなくなっていたんです」

高遠は満面の笑みで応《こた》えた。

「そうでしたか。今までと環境が変わった時、人はパニックになることもあります。あなたは出馬表明された直後だった。仕方ありませんよ」

穂積は自室へと誘う。ウィスキーを用意したが、高遠は肝臓の数値が悪くてねと拒んだ。穂積はグラスにウーロン茶を注いで差し出した。

「穂積さん、あなたは中川の自白を公表するんですか」

「金曜日に決行します。事務総長、期待をかけていただいたのに本当に申し訳ありません。ですが真実を明らかにする。これはわたしの判事としての矜持、いや意地です。わたしのこの行動で拓実くんを出頭させたいんです」

「残念です……あなたはいい政治家になれた人材だ」

「そうですね、高遠さん。でもわたしは誤判で彼に迷惑をかけました」

「でもやめた方がいいです。それで拓実くんの良心に訴えることが出来ても真犯人を捕まえられる望みは薄い。それに司法が混乱しかねません」

「でもわたしはやるつもりです」

「そうですか。実はわたしは吉岡拓実が犯人ではないとずっと前から思っていたんですよ。乃愛のボーイフレンドだからというわけではなくね。わたしは探偵ではありませんが、今回の事件を推理してみたんです。こうなのではないかという自信もある。ただ証拠が弱い。聞いていただけますか」

穂積は顔を上げる。

「引っ掛かっていたのは傘の件です。同じく洋傘が使われたということばかりが注目され、その違いが語られない。末永事件と正木事件とは全く別のものです」

「どういうことでしょうか、高遠さん」

高遠は立ち上がった。

「末永事件では傘の先は削られていない。だが正木事件では削られている。ここがこの事件の重要なポイントです。決定的と言ってもいい。この意味の違いがわかりますか、穂積さん」

黙ってかぶりを振った。

「犯行声明文も不自然です。どうしてあんな形式をとったのか。何故後者の事件の後にだけ送られてきたのか。また正木弁護士が遺《のこ》したボイスレコーダーの件、これが決定的に一人の人物が犯人であると指し示しています。内容について聞きましたか」

「ええ、でも何度聞いてもさっぱりわからなかったんです」

「レコーダーを持っているんですよね、穂積さん。聞かせていただけますか？」

不意の申し出に、穂積はええと応じる。

どうするつもりなのだろう。わからないがレコーダーを自分の部屋から持ってくると、高遠に渡した。流れてきたのは中川の声だ。今まで何度も聞いたが何もわからなかった。やがて中川の肉声は最後まで再生されたが、高遠は最初からもう一度聞き始めた。不審げに見つめる穂積をよそに高遠は繰り返し何度も聞いている。

最初こそ一緒に聞いていたが、穂積は疲れてきて席を外した。飲み物を取りに行く。だがウーロン茶をグラスに入れて戻ると、高遠はこちらを見つめながら微笑んでいた。

「わかりましたよ、犯人が……まず間違いない」

その言葉に穂積はえっと漏らした。驚く穂積に高遠は自分の推理を丁寧に語っていく。高遠は一人の人物を名指しした。それは説得力のあるもので、穂積は言葉が出なかった。

「ただこれだけでは決定的な証拠とは言えません」

高遠はひかえめだったが、自信に満ちていた。穂積の中ではその人物が真犯人だという思いが高まっていく。そしてもう一つの考えも浮かんだ。高遠の推理どおりなら、やり方によっては真犯人を追い詰められるかもしれない。無茶をすることになるが、可能だ。穂積はその方法を高遠に話した。

「それは無茶ですよ、穂積さん……」

高遠はやめた方がいいと言った。だが穂積は頑として聞き入れない。

「これで真犯人を必ず挙げてみせます」

強い調子で言う穂積に、高遠は大きく息を吐き出す。去り際に小さく残念ですと言った。

数日後、穂積は法テラス鯉城に向かっていた。

すでに予備校講師はやめた。今は選挙に向けての活動で各地を転々としている。だが選挙のことなど二の次になっていた。

心は金曜日だけに向いている。とはいえそれほど入念な工作が必要なわけではない。竹丸、矢口、中川……数名と連絡を取り、準備はほぼできているのだ。やがて車は法テラス鯉城に着き、事務局長の女性と少し話をした。乃愛は仕事中らしい。

「……ここで響子は働いていたのか」

話が終わり、一階のフロアに来た時に穂積はつぶやいた。誰にも聞こえてはいない。中川の自白を公にすることは、響子もやろうとしたことだ。だが本当にいいのかという単純な問いがしつこく何度も浮かんでくる。たとえ真犯人を挙げたところでもう響子は戻らない。そんなものは自己満足でしかない。この生活をどぶに捨ててどうするんだと自分でも思う。

そんな時、小太りな老人が早足でエレベーターに向かって行くのが見えた。確か響子の葬儀で見た男だ。穂積は立ち止まって横目で見ていたが、彼はこちらを一度睨《にら》んだようにに見えた。彼がエレベーターに乗り込むと、穂積は再び歩き出した。

選挙は普通にやれば普通に勝てる。それどころか下手を打たなければもっと上が望める。今、自分は四十三歳だ。もし今回選挙に大勝すれば将来、それこそ日本の頂点までもが望めるかもしれない。そんな未来図が現実的なものとして射程に入っている。政治家になることは自分にとって、ガキの頃からの夢だったのではないのか。そんな問いがからみついてくる。

車に戻ると、忘れていたスマホを手に取った。高遠から着信があったようだ。穂積は連絡をとる。何の用でしたかと問いかけた。

高遠は確認ですよと応じた。

「もう一度だけ確認させてください。穂積さん、お気持ちは変わりませんか」

少しだけ間を置いて、穂積は答えた。

「変わりません。拓実くんが逮捕された後に真犯人を追いつめる。高遠さん、わたしがマツダスタジアムで真犯人を追いつめるところをぜひ見に来てください」

「……そうですか、わかりました」

決戦の日を数日後に控え、二人の最後の通話はそこで切れた。

穂積はスマホを見つめながらあらためて思う。もうここまで来て後には引けない。万全を期したはずだが、忘れたことはなかったかと思い返す。そう言えば以前、乃愛が送ってきた写真があった。取り出して何の気なしに見つめてみた。だが写真を見ていたその時、一つの閃《ひらめ》きがあった。少し遅れて鳥肌が立った。まさか……こんなことが本当にありえるのか。穂積は思わず声を出していた。運転手の男が無言で振り返る。穂積は何でもないと体を震わせながら答えた。

金曜日が来るのは意外と早かった。

運命の日は晴れ。マツダスタジアムで試合も行われる。穂積は机の上に置いてあるボイスレコーダーを見る。ここに中川幹夫の証言がある。これが切り札であり、自分の政治家生命を絶つ凶器にもなる。そう考えると複雑な思いだ。

穂積はこの日、夜の勝負に備えて昼間は休養をとった。今は広島市内のテレビ局にいる。東京のテレビ局が全国ネットで放送する。中継の形で穂積は出演する予定だ。報道特番は午後七時スタートだが、局にはもっと早く入っておく必要があった。トイレに行くと言って席を立つと、人のいないところで穂積はスマホをとりだした。マツダスタジアムにいる乃愛に電話をする。

「はい、穂積さんですね。もう試合は始まっています」

やや聞き取りにくい声だった。だが声援が声をかき消していただけですぐに音声はクリアになった。ドンドンという太鼓の音。パフォーマンスシートからトランペットの音も聞こえる。観客の喧騒《けんそう》もだ。マツダスタジアムの雰囲気がスマホを通じて伝わってくる。以前は自信なさそうだったのに、今の乃愛の声には自信がみなぎっている。

「今日、すべての決着がつく。君の決断のおかげだ」

「そうですか、わかりました」

乃愛の受け答えは、どこか大人びている。響子の話し方に似ていた。

「拓実くんが約束どおり現れてくれれば、あっさり逮捕されるだろう。だが勝負はその後だ。わたしは拓実くんの弁護人になる。人生をかけて真犯人を追いつめる。もうその計画は出来ている。わたしは政治家への夢は捨てた。ただの復讐者《ふくしゅう》になる」

「穂積さん、わたしの覚悟はすでについています。思う存分やってください」

わかった……小さな声、だが力強い声で穂積は答える。

「うまく……行くとお思いですか」

乃愛が今日初めて見せた不安げな問いだった。気持ちはわかる。不安と決意、完全に割り切ることはできない。そんなものだ。よくここまで彼女は来た。

「わからない。だが可能性がある限りやるしかない。わたしはそう思っている」

そうですかと応じて、乃愛は黙り込んだ。

最初はそう見えなかったが、芯《しん》の強い娘だと思う。よくこの状況下でこんな冷静な判断を下せるものだ。親の七光りではない。この娘は情に流されず、公正な判断が下せる。判事に向いている。

ありがとうと言って通話を切ると穂積はスタジオに向かった。スタッフに言われて所定の席につく。生放送が今から始まる。モニターを見ると東京のスタジオには警察関係者が何人かゲストに呼ばれていた。進行役は番組の司会を多くこなしている五十前のタレントだ。キューが出て放送が開始された。

今回の番組がどういう内容なのかというあらましが紹介されていく。拓実の顔写真や拓実の父親、吉岡政志の写真、あるいは生前の末永元判事の動画、正木元判事の現職時代の写真、最高裁判所の様子が映し出されている。響子は凜《りん》とした表情で映っている。会場内には揃いの服を着た百人にも上るオペレーターがいて、情報をお待ちしていますというテロップが流された。

この事件以外にも数件の事件が紹介されていたが、それらはあくまでつなぎという感じだった。スタジオに掲げられた拓実の大きな顔写真と、その背後にある父親政志の写真、それに相対するように配置された二人の元判事の写真がどうしても目立つ。拓実の事件を中心に展開していきたいという意図が良くわかるセットだった。

番組紹介のＶＴＲが終わると、司会者は真剣な表情で語りかけた。

「皆さんもご記憶に新しいでしょう、去年発生しました元判事連続殺害事件。この事件は当初、単純な殺人事件と思われていました。吉岡拓実というマツダスタジアムでビールの売り子として働いていた青年に疑いがかけられたのです。ですが後に意外な事実が発覚します」

画面が替わった。拓実の父親の顔が映し出されている。

「青年には父親がいました。十五年前に殺害された吉岡政志という人物です。吉岡拓実は被害者遺族でした。この事件で拓実少年は被告人が父を殺したところを見たと主張。ですが証言は採り上げられず無罪。母親はその後、自殺しました。そして被告人に無罪判決を下した判事こそ、殺害された末永、正木両元判事だったのです。この事件は裁判官二人への復讐劇という、前代未聞の様相を呈して行くのです。吉岡拓実は両親の無念を晴らしたいという一心で行動する悲しい青年なのか。それとも最近話題の確信犯なのか……テレビの前のあなた、どう思われますか」

司会者がそれでは情報の受付を開始しますというと、一斉に電話が鳴りだし、オペレーターたちは対応に追われ始めた。司会者は出演者を紹介していく。

「最後に、今回はスペシャルゲストに中継で出演していただくことになりました。殺害された末永、正木両元判事と共に被告人に無罪判決を下した元判事、穂積直行弁護士です」

穂積は一礼をした。言葉は発しない。勝負はまだ少し先だ。時間は充分にある。場が盛り上がってきてから一番効果的なところで仕掛けてやる。

「この事件では吉岡拓実にどうしても注目が集まります。ですがこの事件で犠牲となられた末永、正木両元判事について我々はあまり知らないのではないでしょうか？　それではここで両元判事の生い立ちや経歴をご覧ください」

末永の経歴をまとめたＶＴＲが流れ始めた。若い頃の写真や人柄がインタビューなどを通じて紹介されていく。明日の司法を考える会という最高裁事務総長直属の諮問機関がある。末永も委員の一人。ある委員会で裁判員制度に毅《き》然《ぜん》と反対する末永元判事の映像が流された。

「わしが言いたいのは矜持《きょうじ》なんです。最近は野球なんかでＶＴＲ判定の導入とかが言われとりますな。技術的にはストライクボールの判定も機械で可能かもしれません。それでも審判は必要でしょう？　ましてや人が人を裁くということ。これは絶対に機械には任せられません！　矜持がないからです。人が人を裁くためにはその裁かれた人間の一生をも背負うっていう矜持が必要なんです。わしは死んでもこんな制度は認められませんわ!」

かなり強い口調だった。顔が紅潮している。主張はやや古いが、判決に命をかけているといった強い思いが伝わってくる。次に正木元判事のＶＴＲが流され始めた。苦労しながら勉学に打ち込む姿、エリートとして順調に出世していく過程が紹介されていく。その美しさが心の傷に少し触れた。

そんな時だった。慌てた様子でスタッフの一人が司会者に近づいてきた。耳打ちをする。司会者は努めて平静を装っていたが、動揺が見て取れた。どうしたのだろう。吉岡、吉岡と小声で誰かが言っているのが聞こえた。まさか拓実がスタジオに電話をかけて来たというのか。計算が狂った。だが穂積は意外と冷静だった。こういうこともあり得る。それにこれは好機だと思った。司会者はスタッフから渡された受話器を手に取る。モニターには「吉岡拓実と電話中!」というテロップが出ている。やがて司会者は話し始めた。

「もしもし、本当に吉岡くんなんですね?」

受話器の向こうからああという返事が聞こえた。

「言いたいことがある。だから電話した」

スタジオ内にその声が流れた。聞き覚えのある声だ。あの日、マツダスタジアムで話しかけてきた声。吉岡拓実。おそらく間違いない。

「それではどうぞ、おっしゃってみてください」

「横川事件は誤判だ。絶対にな。俺はこの目で見たんだから」

司会者はモニター越しに一度穂積の方を見た。

「吉岡くん、君の気持ちはわかる。赦《ゆる》せないという思いはね。だがだからと言って殺人は……」

「あんたら、俺のことを確信犯だとか面白おかしく騒いでいるようだな」

言葉を遮られた司会者は何も言わない。拓実はすぐに言葉を続けた。

「だが間違いだ。俺は誰も殺しちゃあいない」

「殺していない？　あなたは犯人じゃないというんですか」

「そうだ、待っていろ！　俺がもうすぐ真犯人をあぶり出してやる」

意外な主張に司会者は言葉に詰まった。だがさすがにプロで、すぐに落ち着きを取り戻した。

「もしもし、吉岡くん。どういうことなんですか」

拓実は何も言わなかった。すでに通話は切れているようだ。しばらくしてスタッフから何かを告げられると司会者は言った。

「いや、まさかこんなことになるとは思いもしませんでした。まだ本物と決まったわけではありませんが、広島市内の公衆電話からのもののようです。どうですか、広島の穂積さん」

穂積は即答を避けた。その間《ま》は効果的だったと思うが狙ったわけではない。ただ言うのをためらったからだ。この事を言ってしまえばもう後には引けない。そういう思いが邪魔をした。それでも結局穂積は口を開いていた。

「言いづらいことですが、吉岡拓実の主張は本当です」

「え……どういう意味なんですか」

「横川事件は誤判です。わたしはそれを認めます。被告人の中川幹夫は殺人を犯しました。今からその証拠をお聞かせしましょう」

司会者は驚きのあまり、言葉を発することが出来ないようだった。言ってしまったな、もう自分は終わりだ。だが言った以上、最後までしかける。勝って終わらそう。この戦いに終止符を打とう。どうなるかはわからない。響子、力をくれ。

穂積はボイスレコーダーを取り出した。テーブルの上に置く。

何なのだという面持ちで皆それを食い入るように見ていた。

「このレコーダーが事件のすべてを語ってくれます」

注目の中、穂積は再生ボタンを押した。

4

約束の日、乃愛はマツダスタジアムにいた。

久しぶりのスタジアム。そのコンコースには売り子の女性がビール補充のために並んでいた。二十キロ近いビールサーバータンクを背負った新米のようだ。売りきれず、鮮度保持のための補充だろう。スタジアムの雰囲気は変わらない。一塁側内野指定席には竹丸洋がいる。外国人選手に野次を飛ばしている。以前と同じだ。だが今日はこの球場が何故か怖い。

乃愛は自分を奮い立たせるように心の中で言った。ここは法廷だ。わたしは裁判官、わたしは自分の目で真犯人を見つけ出す。その人物が誰であっても後悔などない。乃愛はコンコースを歩いた。球場を一周するコンコース、楽しそうに行き交う大勢の観客たちの笑顔も、今日はどこか遠いことのように映る。

「やあ、久しぶりだね」

コンコースから内野自由席、父のもとに向かおうとした時、後ろから声をかけられた。振り返ると四十代半ばの男性がいる。矢口幸司だ。矢口はこのスタジアムで弁護の相談や弁護料返済の相談を受けていたこともあるらしい。

「穂積さんから連絡を受けた。今日、ここに吉岡拓実が来るらしいね」

乃愛ははっとした。穂積は矢口にもこのことを言っていたのか。

「大丈夫だよ、誰にも言わないよう頼まれている。だがわたしは拓実くんが犯人だとは思っていない。穂積さんと同意見だ。どうなるのか、その顚末《てんまつ》を見届けたい。彼が逮捕されたなら、わたしが弁護人になりたいと思っている」

乃愛はそうですかと応じた。矢口はこう言っているが、彼が真犯人ということもある。だが違うなら、逮捕後、拓実にとってはいい協力者となるだろう。正木響子のように。そこで二人は別れる。バックネット裏の内野指定席には法テラスで働いている弁護士の姿もあった。乃愛はやがて階段の近くに来た。キャラメルポップコーンの甘い香りが鼻をくすぐる。その時、自由席入口付近に青年が歩いて行くのに気づいた。

青年はカープ帽を目深にかぶり、ユニフォームを着ている。

乃愛はえっと心の中で叫んだ。思わず振り返る。声が漏れそうだった。SUENAGA51――拓実が着てくると言っていたユニフォームだ。拓実……声をかけるとその青年はこちらを見た。だがニキビ面をした全く違う顔だった。青年は不審げにこちらをじっと見つめる。乃愛は誤魔化すようにうつむいた。顔を上げると視線の先には私服刑事が数名いる。こちらをしっかりと監視している。試合開始から一時間以上、まだ拓実は現れない。刑事がいることに気づいているのではないだろうか。そんなことを考えた。

コンコースのカープうどん屋近くを歩いていると、若者が数名、騒いでいるのが見えた。スマホを見ながら言葉を交わしている。

「おい、マジですげえことになってるぞ」

ユニフォームを着た若者がのぞき見る。

「指名手配犯から電話だってよ」

「どうせやらせじゃ、やらせ。視聴率のためには何でもやるけえ」

そんなことを口々に言っていた。乃愛ははっとしてスマホを取り出す。そう言えばもう報道特番の時間だ。そこには「吉岡拓実と電話中！」というテロップが出ていた。拓実が報道特番に電話を？　乃愛は啞然《あぜん》としながら見ていた。そしてしばらく司会者がしゃべった後、中継先の穂積が言った。

「言いづらいことですが、吉岡拓実の主張は本当です」

「え……どういう意味なんですか」

その問いは司会者が発したものだ。

「横川事件は誤判です。わたしはそれを認めます。被告人の中川幹夫は殺人を犯しました。今からその証拠をお聞かせしましょう」

乃愛はただ黙ってスマホを握りしめた。

「このレコーダーが事件のすべてを語ってくれます」

ボイスレコーダーを穂積は取り出し、その再生ボタンを押す。

やがて咳払《せきばら》いに続いて、ボイスレコーダーからはしわがれた声が流れ始めた。

「前置きはええですやろ。遺言や思うて聞いてください。わしが吉岡政志さんを殺したんです。間違いありません、あの日、わしは彼を傘で刺し殺したんです」

攻撃の方法、被害者の様子など、犯人しか知りえないことをボイスレコーダーの中川は次々にしゃべっていく。命の炎は消えかけていても頭はしっかりしている。全国の人間がこれを聞いているだろう。傍聴人は全国の人々をふくめれば数千万。コンピュータを迎える。

抽籤《ちゅうせん》などない、世界最大の法廷だ。ボイスレコーダーの再生は続き、それはやがて最後

「わしは本当になんということをしたんかと……三〇四号法廷での拓実くんの怒りも忘れられません。拓実くんの言うた通りなんです。すんません、本当にすんませんでした

……わしです。社長を殺したんは間違いなくわしです。すんませんでした！」

穂積はボイスレコーダーの再生を止めた。顔を上げる。妙にすがすがしい表情に見えた。今の肉声を流したことは穂積にとって自殺行為だろう。

「わかりました、穂積さん。でもこの自白が本物かどうか検証する必要が」

「すでに検証は済ませていますよ。被告人はすでにこの世にいません。声紋も残っていません。ですがこの肉声の録音には立ちあった人がいる。さらにわたしは唯一の親族の方に確認をとっています。これだけの詳細な供述をしている以上、無視はできない。あの頃に法廷でこの証言があったら完全に有罪でした。わたしは彼が横川事件、その犯人だったと今は確信しているんです」

「穂積さん、それではご自身が殺人者を野に放ったと？」

「認めます。わたしは過ちを犯しました……」

穂積は長い息を吐き出した。

「ここで先ほど電話をくれた一人の青年に言いたい。吉岡拓実くん、君の言うとおりだった。君の証言は正しかった。わたしは自分の過ちを認める。もし君がこの放送を見て

いたら、これ以上逃亡することなく出てきて欲しい！」

スマホの中で穂積は呼びかけていた。彼は約束を守った。自分の誤判を認め、拓実に出てくるよう説得している。やがてCMになった。そしてCMが明けると司会者が穂積の退席を告げた。乃愛はスマホをしまうと大きく息を吐き出した。

笑顔のひしめくコンコースから乃愛は内野自由席に向かった。内野自由席は料金が一番安い席。だが熱気は他の席に負けない。みんな一生懸命にスクワット応援をしている。ビールの売り子が手を振っているのが見える。グラウンドとは逆方向、最上段近くには父がいてビールをおいしそうに飲んでいる。父の元に乃愛は向かった。階段をゆっくりと上る。父の横の席にはカープの赤いタオルが置かれ、席が確保されていた。父の側に来ると、乃愛は明るく話しかけた。

「お父さん、自由席だけどどうかな。楽しんでる？」

「いいねえ……テラスシートもいいけどわたしはこういう雰囲気が好きだ」

ビールを飲みながら父はメガホンを手にした。

乃愛は何も言わずにその横顔を見ている。最高裁判所事務総長、司法官僚のトップと恐れられる父だが、少年のようなつぶらな瞳《ひとみ》だ。この澄んだ瞳が悪人のものだろうか？いや違う。そんなわけがない。そういう思いがわき上がってきた。駄目だ、予断が入る。今回の決断も自分の思い込みだけなのかもしれない。裁判官の良心と言いながらまだためらいがある。

「今、スマホで見たよ、穂積さん、思い切ったことをした」

小声で父は言った。乃愛はそうだねと応じた。

「それだけ拓実くんに出てきて欲しいと思っているんだな」

「……うん」

席を立って乃愛はコンコースに向かった。その時歓声が起こった。チャンスで広島の選手が痛烈な当たりを放った。振り返ると父は立ち上がっていた。しかし打球は抜けて行かなかった。惜しい、と父は残念がった。事情を話しているのによく野球を楽しめるものだ。

その直後にスマホが鳴った。乃愛ははっとして表示を見る。拓実なのか？　そう思ったが表示は穂積になっていた。大きく息を吐き出す。乃愛は複雑な思いで通話に出た。

「そっちの様子はどうだい？　まだ拓実くんは来ていないか」

問いに乃愛はまだですと言った。

「そうか、今わたしもタクシーでそちらに向かっている」

「え、テレビはもういいんですか」

「ああ、途中で抜けてきた。これからが勝負だ。五回の裏までに到着するのは少し厳しいかもしれないが……様子はどうだい？」

穂積の問いに乃愛は暗くなってきたと答えた。

「ちゃんと来ているのかい、みんな」

「ええ、竹丸さんは内野指定席で野次を飛ばしています。矢口さんもいました。中川さんは姿が見えません。さっきまではいつものように入場口で半券チェックをしていたんですが。それと……父は内野自由席に来ています」

「そうか、わかったよ。ありがとう……拓実くんはきっと近くにいる。すぐに向かうよ」

通話は切れた。乃愛は内野席からコンコースに向かった。バックネット裏のコンコースには大勢の観客がいた。コンコースにあふれるカープのユニフォーム、そのいずれもが拓実に見える。カープ氷を食べている人が誰かとぶつかってこぼしていた。だがもめごとにはならず、笑っていた。みんな楽しそうだ。

乃愛はコンコースを一塁側外野席に向かう。ポール、バックスクリーン辺りも見て回ったが拓実の姿はない。それ以外もいつもと変わらない。球場職員の中川の姿は見えないが、いつものマツダスタジアムだ。やがて一周して元のバックネット裏に戻ってきた。仕方なく乃愛は内野自由席に戻る。父の横に腰かけた。

「拓実くんはまだ来ないか？　もうすぐ五回が終わる」

静かな声で父は言った。乃愛はうんと小さく応じる。拓実との約束では五回の裏もツーアウトになっている。もうすぐだ。拓実との約束では五回の裏終了時に一塁側内野自由席で会うということだった。ただ一塁側内野自由席といっても広い。この席も条件には合うが、父と一緒では拓実がこちらに気づいても会いに来づらいだろう。

やがて地をはうような打球がセカンドに飛んだ。セカンドは捕球するとノーステップで送球する。打者走者は必死に走っていたが間に合わない。ファーストがキャッチし、塁審が右手を上げた。スリーアウト、チェンジだ。

「お父さん、五回が終わった……行ってくる」

父はこちらを向かずにああと答えた。

「内野自由席って言ったけど、わたし少し目立つ所にいるね」

「わかった。それと乃愛、無理はするな」

乃愛は席を立つ。内野席入口の方へ向かった。通行人の流れが出来ていて邪魔になるので、やむを得ず内野自由席入口付近の壁にもたれかかっていた。ここなら通行人の邪魔にはならない。乃愛は内野指定席の方を見た。ビールの売り子たちがCCダンスに備えてグラウンド方向に下りて行く。グラウンド整備が始まろうとしていた。意味もなくバックスクリーンを見る。アストロビジョンにはスラィリーと有名な振り付け師が映り、音楽が流れている。

内野指定席最下段ではCCダンスが始まっていた。竹丸の野次は聞こえない。どこかへ行ったようだ。スタジアムはいつもの五回裏。変わらないな――そう思ったその時だ。

乃愛の横にユニフォーム姿の青年が立っていた。

そのユニフォームはSUENAGA51――乃愛は声が出ない。

見上げると、青年は親指でカープ帽のひさしを上げた。帽子の下からは、懐かしい顔が見えた。精悍《せいかん》というより少し痩《や》せすぎの浅黒い顔。拓実……声にならず乃愛はしばらく黙っていた。

「久しぶりだな、ノア」

拓実ははにかむように微笑んだ。乃愛は訊《き》きたいことが山ほどあった。だが言葉が出ない。拓実は笑顔を引っ込めてこちらを見た。横目で見ると、こちらに向かって私服刑事がやって来る。乃愛は拓実に逃げて！ そう叫ぼうとした。だがその叫びを自分の中の誰かが必死で抑えた。拓実は優しげな声で言う。

「無茶なことを頼んですまなかったな」

乃愛はまだ言葉を発することが出来なかった。ただ無理をして笑う。息を吐き出すと、やっとの思いで声が出た。裏返りかけたが何とか抑えた。

「さっき、テレビ局に電話したんだよね。びっくりしちゃった」

これは時間稼ぎだ。刑事はすぐ近くまで来ている。拓実は気づかない。もう一度乃愛は息を吐く。そうだ、これでいい。わたしは裁判官になる。絶対に公私混同はしない。

「ああ、穂積の奴があんな物を持ち出すとは思わなかったが」

「もういいでしょ？ みんなあなたのお父さんの事件は誤判だってわかった。だから出頭して！」

思わず大声を出した。だが拓実は軽くかぶりを振る。

「まだ終わってはいない。俺には真犯人がわか……」

再び乃愛が私服刑事の方に視線を向けた時、ようやく拓実は気づいた。

拓実は振り返る。だが時すでに遅かった。拓実は三、四人ほどの刑事に飛びかかられた。もがいている。放せ、クソ！　そう大声で怒鳴っている。その様子に内野自由席の人々はすぐに気づいた。拓実は意味不明な声を出しながらもがき続けた。騒ぎに気付き、何人かが近づいてくるのが見えた。一人は球場職員、中川勲だ。矢口もこの騒ぎに気づいた。竹丸もいつの間にか自由席に回ってきている。父もスマホを手に、ゆっくりと下りてくる。

叫ぶと、裏切り者を見るように拓実はこちらを睨《にら》んだ。

乃愛は見つめ返した。だが声は発しない。ごめん、拓実……そう言いたい。だがどれだけ謝ろうと無意味だ。自分は裏切り者だ。わかっている。だが逃亡などしないで、法廷で戦えばいい。わたしは今、何も後悔などしてはいない。だがそれは開き直りではない。まっさら。すべての感情が消えて行く感覚だ。判決を下した後の裁判官は、こういう心境なのだろうか。

人だかりが出来ている中、一人の刑事が乃愛の前にやってきて礼を言う。ありがとうございましたと言っている。だがそんな礼などいらない。それよりこれからどうするかだ。これからが本当の戦いになる。拓実が真犯人かどうか――それは裁判所が判断すること。それが法治国家だ。法廷で戦えばいい。

内野自由席には大きな人だかりが出来ていた。拓実は裏切り者の乃愛に恨み事を言わなかった。人だかりに邪魔だと言いながら刑事たちは拓実を階段から下に移送していく。拓実は一度こちらを振り返った。口をあけたが言葉は飲み込んだ。そしてそれを最後に視界から消えた。

それからしばらく時間が流れた。やがて人だかりは消え、グラウンド整備も終了した。六回表の攻撃が始まろうとしている。だが拓実の逮捕劇があった一塁側内野自由席入口付近には数人が残っている。どうしたんだと球場職員の中川が乃愛に訊ねた。乃愛は拓実が逮捕されたことを正直に言った。竹丸と矢口もこちらを見ている。乃愛は自分が関わっておきながら、今さらのように力が抜けた。

「あれでよかったんだよ、乃愛」

乃愛を支えたのは父だった。

「つらかっただろう。だが真実は法廷で明らかにするものだ。席に戻ろうか」

父の言葉に、乃愛はうんと言った。だがよかったのだろうか、本当にこれでよかったのだろうか。そんな問いが何度も浮かんでくる。乃愛はしばらくじっとしていたが、やがてこちらを呼ぶ声がした。その声は内野自由席入口方向から。振り返るとそこには穂積がいた。

「あれ、穂積さん。来ていたんですか」

穂積はええ、とうなずく。

「吉岡拓実が今、逮捕されました」

父の言葉に、穂積はそうですかと応《こた》えた。乃愛は複雑な心境だった。拓実は真犯人ではないかもしれない。そう思いながら逮捕させてしまった。これでよかったのだろうか？　また同じ問いが頭の中を駆け巡る。裁判官失格だ。

「とりあえず、これで終わりましたね」

穂積は何も言わず、ボイスレコーダーを取り出した。

「いいえ、始まるのはこれからです」

抑えた声に、竹丸と矢口、中川がこちらを見た。

「どういうことなんですか、穂積さん？」

父の問いに、穂積は腕時計に視線を落とした。

「ここは人目があります。みなさん、少しだけお時間をください」

穂積は乃愛たちにこちらに来るようにと手招きした。それに中川や矢口、竹丸、そして父も反応する。乃愛も後に続いた。穂積が向かったのは入口近くにあるロープの向こう、人気の少ない通路だった。グラウンドとは逆方向で試合は見えない。ここまで来る観客は少ない。穂積は立ち止まると、こちらを見てからボイスレコーダーをかざした。

「これは先ほど、テレビで流した中川幹夫の肉声です。あなたが正木弁護士に渡したボイスレコーダー。そうですよね、矢口さん？」

「ええ、確かにそうです」

矢口の回答にうなずくと、穂積は再生ボタンを押す。最大音量で中川の自白が流れ始める。皆黙って聞いている。乃愛も口を半開きにしながら聞いていた。やがてテレビで流したのと同じところまで再生すると、穂積は再生を止めた。

「わたしは最初、この証言を最後までテレビで流すつもりでいました。でもそれはやめました。最後まで聞けば末永さんと正木さんを殺した真犯人が誰であるかわかるからです。そこまでやるのは本意じゃない」

「じゃあそのレコーダーの中に真犯人の名前が？」

「そのとおりです。横川事件の共犯者こそ、この事件の真犯人だったんです。その人物は確かに横川事件で直接被害者を手にかけたのではありません。やったのは証言どおり中川幹夫です。ですが彼にそうさせてしまった人物がいる。その人物こそ両元判事殺害事件の真犯人なのです。その人物は自分が横川事件の共犯者であることがばれるのを恐れてこんなことをしたのですから」

「それで、誰なんですか穂積さん、真犯人とは？」

興奮気味の乃愛とは対照的に穂積は冷静に言った。

「それはこの証言の続きを聞けばわかります」

穂積は再生ボタンを再び押した。もう一度、しわがれた声が聞こえ始める。

「……それとですな、さっきも言いましたが、あの事件には共犯者がおったんです。その人物がいないと、足の悪いわしは吉岡さんの家には入れなかった。その人物が忍び込んで内側から鍵《かぎ》を開けたんです。わしはそれで入れた。でもよう言われんかったんです……すんません」

乃愛は瞬《まばた》きもせずに中川の証言を聞いていた。

「次です、ここから中川幹夫は真犯人の名前を言います」

静かな穂積の声に、誰も口を開こうとしなかった。乃愛の視線の先にいるのは竹丸だ。竹丸は呆然《ぼうぜん》と穂積を見ている。その近くには矢口がいて、黙って穂積に視線を送っていた。中川もそちらを見ていた。乃愛は最後に父を見た。うつむいている。心が読めない。まるで感情のこもっていない表情だった。誰だ？　誰が犯人だと穂積は言うのだ？

六回の表は始まっている。カーブの攻撃ではないとはいえ、ここだけは切り離されたように静かだ。誰もが息をのむような空間がここにはある。乃愛は本当は耳をふさぎたい思いだった。だができない。抵抗できない。吸い込まれて行く。自分は裁判官、どんな意見も公平に聞く。誰もひいきなどしない。再生はさらに続き、ついにその名が明かされた。

「その人物の名は……矢口幸司といいます」

乃愛は大きく目を見開いた。穂積は淋《さび》しげな表情に見えた。名指しされた矢口は蒼白《そうはく》な面持ちだ。虚を突かれている。父はいつの間にか顔をあげている。その口元にはかすかに笑みが浮かんでいるように見えた。

「末永さんは死の淵《ふち》にいる中川幹夫からこのことを聞かされました。そしてレコーダーに録《と》った。それがこれです。矢口は末永さんを殺してこのレコーダーを奪いました。自分が横川事件の共犯であることがばれるといけないからです。これをわたしは死んだ正木弁護士から譲り受けました。そして彼女は矢口から譲り受けています……」

「え、穂積さんちょっと待ってください」

途中で乃愛は穂積の話をさえぎった。

「では矢口さんが、自分が不利になるようなレコーダーを渡したんですか」

「ええ、ただし共犯のくだりは消去してね。ですが消し切れていなかった。本人は消したつもりだったのでしょうが、わたしは専門家に頼んでその録音内容を修復させました」

録音内容の修復……乃愛は呆気《あっけ》にとられていた。

「ここからは推理になります。あの夜、末永さんと矢口は的場町にある拓実くんの家の前に来ていた。中川の自白を彼に知らせるために。だが拓実くんを待つ間、彼の家の前で末永さんはこの自白を矢口に聞かせたんです。たぶん、家の前に置かれた傘を見ながら……」

矢口は無言で下を向いている。穂積はさらに続けた。

「困った矢口はパニックになりました。拓実くんの傘で末永さんを突いた。殺意の有無は不明です。加えた攻撃は一撃のみ、殺人というより正確には傷害致死。そしてレコーダーを奪った」

通路は静まり返っていた。誰も声を発しようとしない。

「ですが末永さんは死ぬ間際に言った。コピーしたデータが他にもあると。それはハッタリでした。でも矢口は本気にしてしまった。それが第二の犯行、正木元判事殺害につながっていくわけです。あの日、末永さんと正木元判事は一緒にいた。それを矢口も見ていた。その後、正木元判事と何度か接触することで矢口は彼女が自分を疑っていると思い込んでいく。こちらは計画殺人。拓実くんの犯行に見せようとした卑劣な殺人です。先を尖《とが》らせた傘は強力な凶器になる。そしてそのことを裏付けるように正木元判事殺害事件については最近になって警察も矢口を怪しいと睨《にら》んでいるようです」

矢口は急に力が抜けたように壁に手を突いた。うなだれている。それは自分の罪を認めたというポーズだ。乃愛は父の顔を澄んだ瞳《ひとみ》で見つめていた。父はこちらを見ることもなく、矢口のすぐ側まで近づくと言った。

「矢口幸司さん……恨むなら穂積さんでなくわたしを恨むことだ。彼の言った推理、そのすべてはわたしが導き出したことです。令状が出たならあなたの家を捜索することになる。紙幣番号のわかっている現金があるかどうか知らないが、証言も出てきています。終わりです」

父は次に竹丸と中川の方を見た。

「竹丸さん、中川さん……そうですよね？」

竹丸も、中川勲も黙ってうなずいている。先に口を開いたのは竹丸だ。

「悪い、先生……末永さんの事件が起きた日、わしはコンコースで末永さんに言われたんだ。矢口はもうすぐ弁護士を辞めると。わしはどういうことだと詰め寄った。だが詳しくは話してくれんかった。あの日もめていたのはそのことだった。だがまさかあの後、末永さんが殺されるとは思わんかった。だから驚いた。このことを警察に言おうかとも思ったが、先生、あんたはホンマにええ人じゃ、世話になった。だから黙っておこうと思った。しかし穂積さんがやってきてすべてを明らかにした……」

矢口は親友の証言に顔を上げることはなかった。父は次に中川の方を向く。

「中川さん、あなたは病院に見舞いに来ていて兄である幹夫さんの自白を聞いていた。あの自白の録音内容は違っていた。一部が消されていた。そうですよね？」

中川勲はうなずいてからああ、と応じた。

「アニキは社長殺しを白状していたよ。ただアニキは自分の罪だけでなく、共犯者のことも言っていた。だから末永さんが殺された時、矢口さんが怪しいと思った。だがその理由を警察に言えばアニキの犯罪もばれてしまう。言おうか言うまいか迷い、横川事件の裁判官でもあり、家を訪ねて来てくれた正木さんに電話した。だが結局、言いだせなかった……」

中川は穂積の方を向く。

「正木さんの死後、わしは穂積さんに近寄った。相談する人物などいない。仕方なく横川事件と関係のあるこの人に相談しようと思った。だが今度も言いだせなかった。卑怯《ひきょう》者だわ。その後わしは穂積さんに強く説得されて、初めて自分の身勝手さに気づいた。

矢口さんは自白の共犯部分を消していた。わしはアニキの犯罪を隠すために、正木さんを殺してしまったのかもしれん。はっきりと正木さんに録音内容について白状していれば少なくとも第二の殺人は防げた」

最後、中川は感情を込めていた。中川が話し終わってから、父は再び口を開いた。

「これだけじゃない。懸賞金目当てで正木くん殺害の犯人について証人が出てきています。真犯人の特徴は矢口さん、あなたに酷似しているそうですよ」

父の説明を、矢口は魂が抜けたように黙って聞いていた。

「傘で元広島地裁刑事部の二人が殺される。その衝撃的なニュースから誰しもがこの事件の共通項ばかりを追っていました。だがわたしは両事件の違いが気になって仕方がなかったんです。末永事件は普通の傘で一撃のみ、正木事件は先を削って尖らせた傘で数撃。しかも後者の場合は事件後に犯行声明文に加え殺人予告があった。前者は無計画な殺人、後者は計画殺人。両者は全然違っています。同一犯ではあってもそこには犯人の心境の違いがはっきり見えます」

乃愛は口を半開きにしながら父を見ていた。

「最初から怪しいのは矢口さん、あなただとわたしは思っていたんですよ。総長室で正木くんから中川の肉声を聞かされた時、わたしは違和感を覚えた。その違和感は肉声の途中、中川が沈黙する直前にあった。拓実くんが階段を下りてきた時、中川は顔を上げたと言っている。ここにひっかかったんです。吉岡政志は外に向かって倒れている。一方、拓実くんが下りてきた階段は家の奥だ。それなら中川は顔を上げた――ではなく、振り返った――そう言うべきだからです」

父は一度言葉を切った。乃愛は言葉が出なかった。

「これだけでは中川さんの表現ミスという可能性もある。だが顔を上げたという中川の言葉の後、しばらく沈黙がある。わたしはこれは沈黙ではなく、消されたのだと考えました。穂積さんの家で何度も聞いて確信したんです。かすかな音だからよく聞かないとわからないが、レコーダーからは規則的な小さな音が聞こえている。これは当時、病室に置かれていた84年カープ優勝記念の置き時計の音です。そしてこの沈黙部分だけ時計の音が聞こえない。明らかに自白は一部分消されている」

父はさみしげなまなざしを矢口に送った。

「では何故消されたのか。注目すべきは直前にある足音という表現です。普通に聞けば拓実くんの足音と思うでしょう。だがそうではありません。顔を上げれば視線は玄関の外に向く。足音とは外にいた共犯者の足音です。その部分を矢口さん、あなたは消したんです。共犯であった自分の存在を消すために。呆然《ぼうぜん》とする中川と拓実くんの登場をあなたはうまくつなぎ合わせた。この空白部分については録音内容をあえて修復しなかった。テレビで放送するためです。だがあなたの名前がそこにはあった。こんな録音内容の改ざんを行えるのはあなたしかいない。あなたが怪しいということはすぐにわかりました」

父はそこまで見抜いていたのか……あの正木響子ですら気づかなかったのに。矢口は何も言い返さない。だが父の言葉が深く突き刺さっていることは確かだ。

「レコーダーを破壊せず、中途半端に残していたことが仇《あだ》になりましたね、矢口さん。あなたは場合によってはこの自白をゆすりの材料に使おうと考えていたのでしょう。危険ですがあなたの事務所は火の車だ。だが正木くんの訪問でその計画はつぶれました。わたしは彼女に中川の自白を聞かされ、あなたが怪しいと思っていました。それなのに殺人を止められなかった。だからやりきれない思いでいた。だがわたしは仕事で動けない。人を雇ってあなたを徹底的に調査させました。アリバイから何からね」

父は親指でコンコースを指さす。

「矢口さん、あなたはもう逃げられない。警察関係者がまだスタジアム内に何人もいる」

乃愛は指さされた方を見た。見覚えのある私服刑事が数名残っている。

矢口は父を睨んだ。次の瞬間、父へ殴りかかって行く。悲鳴が起こった。だがその悲鳴は矢口のものだった。矢口は父に取り押さえられている。父は身をかわし、大きな体で矢口を押さえつけていた。可哀そうなくらいの体格差がある。すぐに刑事たちがやってくる。

それを見て乃愛は少しつらい気持ちになった。ただ父の目はあくまで冷静だった。一方、警察に捕まった矢口は振り返った。父を見上げている。もう観念したのか穏やかな声だ。

「高遠さん、よくわかりましたね。そのとおりです。証拠はそれだけじゃない」

矢口は顔を押さえた。髪が千々に乱れている。

「吉岡社長から奪ったお金は司法試験受験のための勉強と事務所開設で使ってしまいました。でも正木さんの家から奪った五百万円は使えなかった。まだ家にあります。調べられればすぐに見つかってしまうでしょう。早く処分すればよかったんですが、急に惜しくなってね……」

矢口の目から地面に涙がぽたぽたと落ちた。父は黙って矢口を見つめた。その瞳には同情がいつの間にか忍び込んでいるように思えた。

「弁護士になるために、そんなに金が必要だったんですか」

やっと矢口は顔を上げる。大きく息を吐きだした。

「横川事件の動機はそういうことです。そしてそのことがばれればわたしは終わりです。今回の事件は今の生活を守るためでした。あの日、わたしと末永さんは約束より少し前に拓実くんの家の前にいました。そして高遠さん、あなたの推理どおりそこで中川の肉声を聞かされたんです。末永さんはわたしに自首しろと言い残してマツダスタジアムの方へ向かいました。末永さんは時間にうるさい。まだ約束の時間前なのに拓実くんを見に行ったんです。わたしは頭が真っ白になりました。目の前の傘を見つめている内に、この傘がすべてを狂わせて行くように思えたんです。わたしは傘を握ると末永さんの後を追い、彼を刺しました」

　矢口はため息をつく。

「ただ末永さんはすぐには死ななかった。死ぬ間際に予備のレコーダーが貸し金庫に隠してあると言ったんです。わたしは焦った。でも凍結中でどうしようもない。凍結が解けた時、正木さんはいち早く金庫からお金を取り出し、わたしに犯人はお前だ、自首しろと言いました」

「そんなこと、正木さんが言うはずないです。だってあの時正木さんは拓実を……」

　乃愛が言おうとしたが、途中で矢口はそれを止めた。

「いえ、わたしが勝手にそう思っただけなんです。後で思えばあの人はあの時、わたしを疑っていたのではなかった。勘違いでした。末永さんにも自首を勧告されていたので、そう思い込んでしまったんです。わたしは焦り、ふと悪魔がささやきました。彼女はおそらく誰にも言っていない。今なら間に合う。彼女を殺せば拓実くんのせいに出来ると。そしてわたしは彼女を殺しました。家に忍び込み、レコーダーを盗み出そうとしたんです。わたしは正木さんの家でレコーダーを見つけました。でも正木さんが遺《のこ》したレコーダーやデータは、わたしが録音内容を消したのをコピーした物でした。わたしはそれらを一応持ち去り、ついでに五百万円も盗んだんです。その後、犯行声明文や殺人予告もわたしがやりました。拓実くんのせいにするために」

　矢口は上空を見る。大きく息を吐き出していた。

「末永さんや正木さん、拓実くんにはすまないと思っています。でもわたしにはこの生活がすべてだった。わたしには家族や顧客がいる。法テラスはまだ完ぺきじゃない。だからわたしを頼ってくれる困った人のために弁護士としてこれからも働きたい。どうしても彼らを救いたい。本心です。そのことによって少しでも償いたいと思ったんです！」

「人殺しを家族や困窮者のせいにするつもりですか」

父は怒気をにじませながら言った。

「そんなつもりはないですよ、高遠さん。わたしは悪だ……わかっています。弁解のしようのない悪、確信犯じゃない。金持ちのエリートであるあなたにはわからないでしょうがね」

矢口は自虐的に笑う。

「あなたからすれば五百万円は端金《はしたがね》、でも貧乏な弁護士にとっては目がくらむ大金なんですよ。わたしと中川幹夫さんは広島市民球場で出会った。その時に司法試験のことを彼から聞かされた。高卒でも受けられると。彼は吉岡社長から聞いたそうです。ただわたしたちは共にお金に困っていた。だから中川さんの誘いをわたしは断れなかった。だけど言っておきます。中川さんは根はいい人なんです。あの人はわたしと違って盗んだお金を使ってはいない。吉岡社長に悪いと後で思ったからです。お金は人を変える……高遠さん、あなたはわたしの事を調査するためにどれだけお金を使ったんですか」

「かなりとだけ言っておきます。だが人の命がかかっている。金には替えられません」

「ふ……そうですか、たいしたものですね。その優秀な頭脳でどうか世界一の裁判制度を作ってください。悪徳弁護士、いえこんな殺人弁護士を生まないように」

その言葉はおそらく皮肉だった。黙れと言うと、刑事たちは矢口を連行して行く。やがて矢口が去ってから父は真面目に「ああ、必ず作るよ」そう小さく答えていた。

父は矢口が消えた階段方向を見つめながら言った。

「わたしの推理、そのもう一つの重要な部分は動機にあったんだ」

乃愛は父を見上げた。父はこちらを見ずに言葉を続けた。

「拓実くんが疑われていたが、わたしには彼の動機がまるで見えなかったんだよ、乃愛」

意外な言葉だった。乃愛はどういうこと？　そう問いかける。

「なぜなら彼が復讐《ふくしゅう》すべき相手は中川幹夫だ」

「それはわかっているわ。でもその人が死んで復讐する相手がいなくなったから矛先が当時の判事に向くこともあるでしょ？　裁判員襲撃事件だって被害者遺族の矛先は裁判員に向いたし。しかも拓実は犯人が自分の父親を殺すところを見ている。それを必死で主張したのに刑事部の三人は却下した。復讐は充分ありえた話だと思う。末永さん殺害は中川幹夫が死んですぐだったし」

「そこがおかしいんだよ、乃愛」

父はこちらの意見を予想していたのか当然のように否定した。こちらを向かず、遠いところを見ている。父は軽く微笑むと、諭すように乃愛に訊ねた。

「拓実くんが復讐したいのなら、どうして中川幹夫が生きている間に殺さなかったんだい？　機会はあったはずだ。相手が病床に伏していても復讐に燃える人間なら殺しているよ。そうしなかったのは殺すまでもないと思っていたか、復讐の炎が消えたかのどっちかだ」

「でもその死によって炎が再燃することは？」

「ないね。やりきれない思いは残るだろうが……裁判員襲撃事件の場合は判決後の裁判員の行動が火を点《つ》けている。同視されがちだが拓実くんの事例とは全然違うんだ。自分の犯罪行為を否定したその時、すでに彼は確信犯ではなくなっている。確信犯というのは自分の正義に命をかける者なんだ。彼が復讐という正義に命をかける確信犯なら、絶対にそんな嘘はつかない。むしろ自分の行為を公にしたいと思うはずだ。犯行声明文も同じ。拓実くんが確信犯なら絶対に自筆で書くはず。自分の存在を隠すことはしない。正義を声高に叫ぶはずだ。彼は確信犯ではない」

　乃愛は言葉を発することが出来なかった。父はここまで考えていたのか。わたしたちが必死で事件を追う中、父は総長室で椅子に座りながら事件を解いていた。

「矢口は中川が裁かれる法廷にもいた。わたしは覚えている。真剣に裁判を見ていた」

「え、どうしてお父さんがそんなところに？」

「黙っていたが、わたしは吉岡部品で働いていた時期があるんだよ。大学の夏休みだった。お前がコールセンターで働いているのと同様、アルバイトでね。わたしと吉岡政志は親友と言っていい間柄だった」

「知ってる。でもアルバムにはその時代の写真ないよ。どうして写真がなくなっていたの？」

以前なら怖くて口に出せない問いだった。だが今は自然に出た。緊張はない。父は少し言葉に詰まったが、やがて恥ずかしそうな顔をすると、口を開いた。

「それはね……お母さんには内緒にすると約束してくれるかい？」

乃愛はうんと言ってうなずいた。

「あの写真に写っていた吉岡の奥さん、明美さんにお母さんが嫉妬《しっと》したんだよ。綺麗《きれい》だったからね。これは吉岡の女房、わたしとは無関係だと言っても信用してくれない。だからお父さんは家庭平和のために当時の写真を処分せざるをえなかった」

意表を突かれ、しばらく乃愛は黙っていた。だがぷっと吹き出した。そんなこと？心の中の霧が晴れて行くようですがすがしい。ただわからないことはまだあった。

「どうして吉岡政志は一千万円という大金を手元に置いていたのかな？」

「一千万円か……ううん、あれはわたしにもわからない」

「お父さんにもわからないことがあるんだね」

「ああ、それどころかわからないことだらけだよ。これからの司法改革のゆくえなんかもそうだ。ただ言えることがある。それは横川事件から連なるこの事件は法律についての無知が原因になっているということだ。横川事件は中川幹夫の多重債務がなければ起きていない。中川の債務は本来なら、相続放棄で簡単に消えていたものだった。おそらく矢口は自分の両親と同じ連帯保証債務に苦しむ中川に同情したんだろう」

「そこまで調べていたんだ、すごい」

「当時中川が弁護士相談を受けられれば横川事件は起こらず、矢口も連続殺人など起こす必要はなかった。これは偶然じゃない。矢口は基本的にはいい人間なんだ。増員に伴い着手金稼ぎをするような質の低い弁護士が増えている中、矢口は仕事に関しては清廉だった。殺人は言うまでもなく悪だが、彼の弱者を助ける弁護士としての活動は評価できる。文句なく有能な弁護士だよ」

「これまでは気軽な気持ちで弁護士相談なんてできなかった……そういうことだよね」

「ああそうだ。当時、法テラスがあったならこの一連の事件は起きなかった可能性が高い」

乃愛はうなずく。そうだ。改革はまだ道半ばだ。世界一の裁判制度を父ならきっと作ることだろう。矢口が最後に言った皮肉に父は必ず作ると真面目に答えた。やり遂げる気だ。こんな悲劇を二度と引き起こさないためにも。

「行こうか、乃愛……穂積さんも」

父の声にわたしは従った。穂積はええと答えてこちらに来た。父と穂積は最初からこうするつもりだったのか。穂積はこれからどうするのだろう。あんなことをしてしまっては政治家への道は閉ざされるだろうに。だが今、そんなことは考えていられない。今日、自分は拓実にひどいことをした。もう赦《ゆる》してくれないかもしれない。だけどわたしは裁判官として生きて行くと決めた。この決意は変わらない。どんな困難でも越えていける気がする。父と穂積は内野自由席入口からコンコースに向かって行く。乃愛は父の後を追った。

父の背中は大きかった。いつもよりも大きく感じた。これが長年にわたって日本を陰で支えてきた男の背中——とてつもなく大きい。自分には越えられそうもない。だがそんなことを考えても仕方ない。自分にできることをやるだけだ。そう……志半ばで倒れた正木さんのように一途《いちず》に真実を追い求めたい。末永さんのように裁判官の矜持《きょうじ》をずっと心に秘めながら。

5

すべてが終わり、一塁側外野席近くのコンコースから穂積は試合を見ていた。

隣には高遠親子がいる。高遠は何ごともなかったかのように試合に興じていた。穂積は達成感と喪失感でいっぱいだった。マツダスタジアム——ここが自分の最後の舞台になった。一方、今日の放送は全国ネットだ。何千万もの人々が自分の告白を聞いた。もう撤回はできない。終わったのだと思う。自分の過ちを告白することに同情する者もいるだろうが、そんな同情は空《むな》しい。ああやって派手にテレビでやらかすことには批判が多く寄せられるだろう。スマホの電源を入れると、すぐに鳴った。選対委員長が怒っていた。

「どういうつもりなんだ。穂積くん」

「ああ、テレビのことですか。すみませんでした」

「すみませんじゃない、どうするつもりだ。同情票でも狙うつもり……」

一方的に穂積は通話を切った。後援会の人たちには悪いと思うが選挙など知ったことか。そんな気分だ。どこか吹っ切れていて気持ちがいい。矢口の逮捕と引き換えに、自分の政治家への道は今日で終わった。そう言わざるをえない。麻耶はどうしてこんなことをするのと泣いていた。あの後は質問責めだった。特番は午後九時までの予定だったが、穂積は途中で抜けた。契約違反だ。

「これでよかったんだろう……なあ、響子」

そのつぶやきに横にいた乃愛が反応する。穂積は何でもないと誤魔化した。少し黙ってからマツダスタジアムを見渡した。この計画が試合の邪魔になったならすまない。水差し野郎とののしってくれていい。だが少しだけ、響子を殺した奴を捕まえるのに協力して欲しかった。幸い、試合は接戦で盛り上がっている。二人の逮捕劇は、あまり影響は与えていないようだ。

「あの、穂積さん……これからどうするおつもりですか」

心配そうに訊《き》く乃愛に、穂積は少し考えてから応じた。

「予備校講師はもう辞めた。後は政治家になるつもりだったが、公認取り消しになるかも知れない。出馬しても当選は困難だろう。さっきTwitterを見たんだがボロボロだったよ。同情票などたかが知れている。落選だろうね。弁護士になっても顧客は簡単にはつかないだろう。だがそれは仕方ないと思っている。問題は拓実くんのことだ」

「拓実のこと……ですか」

「ああ、真犯人である矢口はとりあえず身柄を拘束されたが、どうなるかわからない。もう観念しているようだが、開き直るかもしれない。そうなった時、どうなるか。色々有利な証拠は高遠さんが集めてくれたが、わからない。拓実くんの弁護はわたしがするそのつもりでいるんだ」

そうなんですか……乃愛は少し淋《さび》しそうに言った。

「意外なことだけど、わたしには今、後悔の気持ちはないんだ。正木響子弁護士殺害の真犯人を捕らえることが出来たという満足した気持ちでいる。彼女が死ぬまで、わたしは薄っぺらいどうしようもない人間だったんだ。こんなことをいうのはあれだけど、矢口幸司はたいした弁護士だったよ。わたしも自分が犯してきた罪を償うために地味だけど彼のように働きたいと今は思っている」

穂積は自分も変わったものだな、と自虐的に笑った。

観客席では大歓声が起きている。カープが終盤、勝ち越しの一点を挙げたようだ。万歳の掛け声があちこちから起こっていた。

「あの……穂積さん、もう一つ訊きたいことがあるんですが」

乃愛の問いに、穂積はなんだいと答えた。

「矢口弁護士は正木さんにレコーダーを渡したんですよね？　あれが矢口弁護士の心を折った、致命的部分は消去して。それを穂積さんは修復した。あれが矢口弁護士の心を折った、致命的なダメージを与えたと思うんですが、あんなことって可能なんですか」

「現代の科学を甘く見てはいけないよ、乃愛。そういうことも可能な時代……」

高遠の横やりに、穂積は黙ってかぶりを振った。

「いいんですよ、事務総長。乃愛さんにも本当のことを言いましょう。消去された部分を修復するなんてことはできない。あの自白は偽造です」

「え……偽造なんですか。でも偽造って、どうやって？」

穂積は内野指定席の方にいる一人の六十代男性を指さす。中川勲だ。

「あれを吹き込んだのは中川勲さんです。わたしが頼みました。彼は中川幹夫氏の弟です。声がよく似ていたと自分で言っていましたし、自白も聞いていましたので。ただ勲さんも一字一句ちゃんと覚えていたわけではありません。でもそれが結果的に録音内容の修復にリアリティを与えた。それに一言一句正確には覚えていないのは矢口も同じでしょう。何とかなる。そしてこの自白を公にすれば彼の心を折ることが出来る、そう思って賭《か》けに出たんです」

乃愛は呆気《あっけ》にとられていた。

「もし偽造がばれたらどうするんですか」

「わたしは破滅でしょうね。ですが高遠さんが収集してくれた証拠だけでは少し弱い。ですから矢口の心をへし折って自白に追い込むことがどうしても必要だと思ったんです。矢口にばれる可能性もある。ただ矢口という男は本当は優しい人物だ。ここまで追い詰めれば罪を認める。中川の自白が彼に確定判決を下す。そう思ったからこそこの作戦を実行したんです」

しばらくコンコースには沈黙が流れた。いや、実際には音はある。派手なトランペットの音や太鼓の音も聞こえる。だがそれでもコンコースにあったのは静寂だ。この空間だけがスタジアムの中で切り離された空間として存在している。長い沈黙を破ったのは乃愛だった。

「穂積さん……あなたはまさに確信犯ですね」

「……でもこれを知っているのはわたしだけじゃない。今言ってしまったからね。君も、高遠さんも、中川も竹丸も知っている。君たち全員が隠してくれないとわたしは終わりです」

再び沈黙が流れた。穂積は申しわけないです、出来れば黙っていていただきたい――そう言うと一度お辞儀をした。やがて高遠が乃愛の肩を叩《たた》きながら言った。

「わたしたちはこの事実を公表するつもりはありません。なりましょう、わたしたち全員が確信犯です。どうだろうか、いいかい、乃愛」

乃愛は少し考えている様子だったが、やがて大きく息を吐き出すと黙ってうなずいた。裁判官の良心を有する彼女は肯定してくれた。どこか大岡裁きのように感じた。

それから少し時間が流れた。穂積は乃愛に話しかける。

「よかったのかい、拓実くんとこういうことになっても」

乃愛ははい、と気丈に返事をする。強い娘だと穂積は思った。

「穂積さんが弁護士になって拓実の無実を証明してくれるんでしょ？　だからすぐに会える」

乃愛は無理に微笑んでいる。そうだ。吉岡拓実を有罪にしてしまってはいけない。響子のためにも真実は必ず証明しなければいけない。

「じゃあわたしはこれで……」

「穂積さん、試合観て行かないんですか」

穂積はああと言うと、高遠親子とはそこで別れた。巨大スロープへと向かって行く。

だがスロープを下りる前に一度だけ振り返る。

マツダスタジアム、いい球場だ——そうあらためて思った。これがボールパーク。ピーナッツとクラッカージャックのアメリカ式球場。アメリカ式弁護制度はともかく、アメリカ式球場はいいものだ。独特の開放感がある。野球に興味のない人間でも楽しめる。

なあ響子、君とここへ来たかった。君と語り合いたかった。一緒に来られたらどんなに素晴らしかっただろう。なんなら末永の爺《じい》さんがいてもいい。あのうんちくは部総括の時代はうっとうしかったが、今は懐かしい。そうか、そうだな。今さら言っても仕方ない。それに自分にはまだやり残した最後の仕事がある。それをやらねばならない。だがそれが終わったらもう一度来よう、この素晴らしいボールパークへ。

数日後、穂積は広島県警本部にいた。

ここには留置場がある。吉岡拓実は逮捕され、ここで取り調べを受けていた。代用監獄という言葉がある。逮捕された被疑者は留置場に預けられ、取り調べを受けることになる。劣悪な状況下での取り調べは無実の者の自白を生み、冤罪《えんざい》の温床になってきた。人質司法などとも呼ばれている。だが高遠の行った二段階にわたる国選弁護制度改革によって被疑者にも弁護人がつくようになった。被疑者の立場は以前に比べ改善されつつある。それは事実だ。

とはいえ弁護士だけを増やしてもナンセンスだ。質の高い弁護をいかに安定して提供するか。そこが重要なのだ。さんざん主張しておきながら今こんな状況になって初めてそれが実感された。

今、穂積は法テラス契約を結んでいる。弁護士として吉岡拓実の弁護に当たりたいと広島地方裁判所に申し出た。他にも立候補しようとしていた弁護士はいたようだ。だが今回の事件と自分には長年にわたる因縁がある。彼らは遠慮してあっさりと穂積は国選弁護人に決まった。

「弁護士の穂積です。接見に来ました」

申し出ると、係の者が案内してくれた。穂積は吉岡拓実の待つ留置場に足を踏み入れる。コツコツと革靴の音が廊下に響いている。歩きながら考える。あの日、計画は少し狂った。本当はすべてを拓実に話し、この謝罪を届けるつもりだった。だが拓実はあっさりと連行されていった。穂積の謝罪は届いていない。だがそれでよかったのかもしれない。それより今、この場で謝りたい。そして弁護を通じて償っていきたい。少し歩くと、マツダスタジアムの階段のように穴が開いたアクリルの仕切り板が見えた。

「ああ、吉岡ですね。すぐに来ますから」

係の者の声に穂積はええと言ってうなずく。アクリル板の前にある椅子に穂積は腰掛ける。

拓実が来るまで、穂積はこれまでのことを整理していた。言わなければならないことがたくさんある。これからの弁護方針。無罪判決などではなく、できれば起訴前に釈放してやりたい。すでに矢口は逮捕されている。自宅アパートから五百万円が見つかっている。これは決定的な証拠になるはずだ。もう大丈夫。自分がいくら無能であってもここから負けることなどない。

ほとんど待つことなく、一人の青年が姿を現した。

伏し目がちに、こちらを見ている。それは言うまでもなく吉岡拓実。ややこけた頬。こちらの方を見ると、鋭い視線を投げかけた。穂積がここに来て驚いているのだろうが、意外にもあまり表情は変えなかった。拓実はどんと椅子に座った。だが言葉はない。

そしてそれは穂積も同じ。二人は何も語ることなくしばらく見つめ合っていた。拓実の方が先に視線を外し、鼻から息を吐き出した。どんな言葉が漏れるのだろうか。そう思ったが穂積に恐怖はない。どういうわけか落ちついている。自分は拓実の意見に耳を貸さなかった。それだけでなく、判決の日に居眠りまでしていた。

その判決は拓実の家庭を崩壊に追い込んだ。母親は自殺。拓実は母方の祖父に預けられた。赦《ゆる》せないだろう。確信犯となって俺に怒りの刃《やいば》を向けてきたとしても充分納得は行く。だがこいつはそうしなかった。事件を冷静に分析し、共犯者の存在に気づいた。すごい奴だよ、お前は……そう思いつつ、穂積は別のことを訊《たず》ねた。

「高遠乃愛のこと、恨んでいるのか」

拓実は答えなかった。視線を外し、どうでもいいことを言うなとばかりに鼻で笑った。穂積は乃愛を弁護した。彼女は極限まで思い悩み、その結果として裁判官としての矜持《きょうじ》を選択した。そのことを話す。拓実はふうんという表情を浮かべていた。

少し間をあけてから、穂積は問いを口にした。

「例の一千万円、あの金がどういう金だったのかわかるか」

「いや、俺が知りたいくらいだ」

「……そうか、わたしにはわかったよ」

穂積の言葉に、拓実はえっと声を上げた。

「先に訊《き》かせてくれ。お前さんは横川事件の共犯者、真犯人が高遠さんだと思ったんじゃないのか？　たぶんお前さんは高遠さんと政志さんたちが当時、泥棒をやっていた、そう思ったんだろう？」

拓実はぶっきらぼうにああ、とうなずく。

「それは間違いだ。政志さんも高遠さんもそんなことはしない」

「だろうな、今はそう思う。親父は盗みなんてしない。だがだったらあの金は何だったんだ？　あんた、わかるんだろ？」

「どうしても知りたいというのならここを出てから話す。焦《じ》らすようだがすまない」

穂積が言うと、拓実は軽く舌打ちをした。

「もう一つ訊かせてくれ。高遠乃愛にお前さんが近づいた理由だ。高遠さんに近づくためだったんだろう？」

拓実は苦笑いを浮かべる。わかっているだろと言いたげだ。

穂積は口を開こうとしたが、その前に拓実は言っていた。

「ああ、横川に住んでいるって嘘をついたのも反応を見るためさ。だけど俺には結局、わからなかった。それに途中で気が変わった。高遠乃愛。あの子はマジでいい子だった。さっきあんたが言った問いだが、何も恨んじゃいない。彼女は俺なんかとは住む世界が違う。あの子なら、きっといい裁判官になれるだろう。あれ以上、騙《だま》し通すのは無理だったと思う……原爆ドームではつい本音をさらしちまったしな」

「原爆ドーム？　それはどういう意味なんだ？」

「知ったことか。どうでもいい上にあんたにゃあ関係ねえよ」

穂積はそうか、後で彼女に訊いてみようと言った。拓実は止めなかった。

「最後の問い……いや提案だ。いいか」

穂積の言葉に、拓実はさっさとしろとばかりにあごをしゃくった。

「ここを出たら、本気で受けてみたらどうだ」

「受けるって、何をだよ」

「司法試験の予備試験だ」

拓実は答えなかった。だが否定はしない。そうだ。お前のような人材こそ今の日本の司法に必要なんだ。冗談ではなく、考えて欲しい。たしかに狭き門だ。だが何年かかろうが、お前ならできるだろう。お前は吉岡政志の子だ。その矜持はお前にもしっかりと受け継がれている。

それから二人の間には再び沈黙が流れた。だがそれは不思議と心地のいい沈黙だ。穂積は今後の弁護方針について拓実に語っていく。それらは形式的なものだ。飽き飽きしたような表情の拓実に、穂積はすべての説明を終えた。そして立ち上がる。

深々と礼をしてから拓実の方を見た。今自分の中にあるのは謝罪の思いだ。それは打算のない正直なもの。どんなに謝っても赦されないことであることはわかっている。だがどうしても謝りたい。こんな気持ちになったのは初めてだ。拓実はこちらを見つめている。二人は黙って見つめ合った。そんな中、穂積は静かに口を開き、誤判について謝罪の言葉を口にする。

「本当にすまなかった」

拓実はただゆっくりと息を吐き出していた。今さらの謝罪だ。怒ればいい。こんなことで誤判が赦されるとは思えない。だがこれが自分の思いだ。響子も末永もきっとこんな思いだったのだろう。ようやく彼らに追いついた。やっと裁判官になれた。そんな気がする。留置場に空調は利いていない。だがその時、流れた風はどこか爽《さわ》やかに感じられた。

終　章　確信犯

あの日のことを、忘れることはない。

横川事件の公判を思い出しながら色々と考える。わたしに出来ることはなかったのか。せめて判決後、吉岡明美が自殺する前に救うことはできなかったのか。何度も問いかけるが思い浮かばない。あの時、あの状況ではやはりわたしに出来ることは何もなかった。それが客観的な答えだろう。ただ裁判官としてそれではいけない――そうも思うが、仕方のないことだ。

秋も深まり、涼しくなってきた。広島地裁のことが浮かんだが、広島と言えばマツダスタジアム。もう新球場とは呼べないほど定着した。今年のペナントレースも大詰めだ。こんな仕事など忘れ、またもう一度、カープを応援するためにマツダスタジアムへ気晴らしに行きたいものだ。巨人を倒すところが見たい。

逮捕後、矢口幸司はあっさりと自供した。正木殺しだけでなく、末永殺しも自供した。あの日、マツダスタジアムでの芝居は効果的だった。あれで大ダメージを与えたがために奴は自白したのだ。早期に自白し、少しでも心証をましにして死刑回避というところか。これで吉岡拓実は大丈夫だ。真実は明らかになる。

それにしても人間心理というものはあまりにも難しい。法廷とは演劇を評価する場だ。どんなハイレベルな劇場よりもすぐれた役者が集う場所。そんなフレーズを大学の論文で書いたことがある。悔悛《かいしゅん》の情の有無——こんなものなどどうやって測る？ 更生の余地——こんなもの誰にわかるという？ 絶対にわからない。そんなものは方便もいいところだ。確信犯になり切れなかった矢口は演技をするだろう。それをどう評価するか。国立劇場で行われる芸術の世界のようだ。

逆に確信犯。彼らは自分の悪に正直だ。何が悪いと叫んでしまう。いや、叫ばざるをえない人種なのだ。わたしには涙を流して迫真の演技をする「悔悛の情」のある被告人より、反省の色を見せない確信犯の方が尊く映ってしまう。あまりにも哀れで理不尽だ。人間のこういった複雑さを深く理解しないで、本当の司法改革などは出来ないのだと思う。この程度の改革実現だけではまだ足りない。わたしが目指す世界一の司法制度までは遠い。そもそも日本にはまだ、本当の意味での三権分立さえない。政府がおかしなことをした際、最高裁判所はもっとお灸《きゅう》をすえてやるべきなのだ。それなのに統治行為などという屁《へ》理屈で逃げる。これではいけない。司法改革というなら、まず最高裁こそ身をもってその矜持を国民に見せるべきなのだ。そんなことを考えている内に車は地下駐車場に入った。

「着きましたよ、高遠事務総長」

　運転手にわたしはありがとうと言う。彼らも大変だ。山手線の外側まで迎えに来させると給料にも反映させないといけないから来させられない。わたしが公用車に乗るのは山手線の内側からだ。そこまでは電車で行く。こんな不可解な通勤方法だとはあまり知る人はいないだろう。最高裁判所地下駐車場、ここからわたしの一日は始まる。わたしはエレベーターで三階に上がった。そこにはいつものように秘書課の女の子がいて出迎えてくれる。明るくおはようと言った。

　仕事はいつもと同じだ。最高裁判所長官の相手をする。まあ彼の操縦法は心得ているからいい。真面目で有能、それなりにユーモアを解す老人だが、何かが足りない。一度酒の席で法哲学の話を振ったことがある。だがまともに答えられない。それは別にいいが問題は矜持《きょうじ》だ。三権のトップの一つが政府の言いなりではどうしようもない。たとえ自分が死んでも正義を貫くだけの矜持を最高裁判事は持たなければいけない。わたしにはその覚悟がある。どんな政府が相手でも、違憲判決を下す自信がある。

　書類が回ってくる。最高裁調査官が書いてきた報告だ。事務処理的に印をつき、とっとと決裁する。くだらないが、一つだけ無視できない報告書が上がってきていた。それは内閣法制局へ回す書面だ。そこには法科大学院に言及した文言がある。

　法科大学院ははっきり言って金のかかる制度だ。金の有無が法曹としての資格を決めることは絶対に間違っている。金があれば矢口だって道を誤らなかっただろう。改革案はいくらでもあるが実現できたのは一部分だ。わたしの意見はまだ充分反映されていない。

「人材……か」

わたしはそうつぶやく。吉岡政志はいい法律家になれた人材だった。わたしをうならせた人物は少ない、その一人だ。吉岡が司法試験受験をやめた理由は金銭面の事情もあるが、大きかったのは中川幹夫の件だ。吉岡は自分の会社に勤めていた中川幹夫に法律的助言をしたことがある。それは半端な知識からの助言。相続放棄は三ヶ月以上経つと出来ないと言ったことから中川は親の負債を相続してしまったのだ。それから吉岡は勉強をやめた。自分は法律家に向かないと言って。勉強を続けていれば受かっていただろうに責任感が強すぎたのだ。

その時、内線に連絡があった。わたしは木彫りの熊の近くに置いてある受話器をとる。

「はい、高遠ですが」

そう答えると、事務次長の高い声が聞こえた。彼はわたしより年上だ。部下でも年上には敬語を使うのがわたしのやり方。何でしょうと問いかける。

「事務総長、議員がお見えですが」

「そうですか、お通ししてください」

わたしは書類を整理し、議員の到着を待った。やがて扉がノックされ、胸に議員バッジをつけた彫りの深い顔立ちの男が入ってきた。わたしは笑顔を作ると立ち上がる。

「お久しぶりですね、どうかされましたか」

手を差し出すと、穂積直行はその手を握り返した。

「内閣法制局の連中は手ごわいですか。最高裁判所事務総局はあの官僚連中対策で、こういう東大中心主義をとっているわけですが」

「いやあ、苦戦中です。新米ですからねえ」

冗談だったが通じなかった。笑いながら言う穂積にわたしはおかけくださいと勧めた。

矢口逮捕後、穂積は批判にさらされた。テレビで誤判を認めたことが波紋を呼び、公認取り消しの騒ぎにもなった。予備校講師もやめ、一介の弁護士に戻った穂積はもう終わりだとわたしも思った。だがここからが穂積は強かった。自己犠牲的に中川幹夫の自白を公開したことへの評価が批判を次第に駆逐していったのだ。あんなことをしなければ圧勝だったはずだという形で。

しかも殺された末永、正木両元判事も事件を調べていたという内情が知れると、それが加速した。元広島地裁刑事部の三人は判事の鑑《かがみ》、裁判官の良心の象徴と思われるようになった。その結果、穂積は圧倒的得票数で議員に選出され、その大量得票から通常ではありえない重職につけられた。だが驕《おご》らず実績を積んでから判断して欲しいと穂積は固辞した。これはいい判断だとわたしも思う。最近、次期総理に一番ふさわしい政治家というアンケートでも穂積は一位になっている。所属政党からすれば無視できない存在だ。

「はっきり言ってしまえばその件で、お知恵を拝借にきたわけでして」

正直この男は小物だ。わたしの理想を実現する駒に過ぎない。政治家として政府の中枢に入りこみ、わたしの理想を実現して行ってくれればいい。政府がどういう法案を通そうとしているのか。その真意までスパイしてもらいたい。不要になれば、ボロ雑巾《ぞうきん》のように捨ててやる。理想実現のためにはこいつにエサを与えるべきだが、やり過ぎて調子にのせてもいけない。締めるところは締める。上下関係のしつけは必要だ。お前はわたしの犬――わかっているな、穂積。わたしはのらりくらりとはぐらかしながら、はっきりと助言はしなかった。

やがて一度、穂積は時計を見る。引き上げるのかと思ったが、鞄《かばん》の中から何かを取り出した。机の上に載せられたのは昔撮った写真だった。わたしが大学にいた頃、夏休みに吉岡部品でアルバイトをしていた時の写真。これがどうした？　もうわかっているだろう。わたしは吉岡と親しかったことは認めている。本当は隠したかったが仕方ない。あの時はまさか乃愛があそこまで調べているとは思わなかったのでとっさに言い逃れをしたが。

「やっと謎が解けましたよ、すべて」

穂積の言葉にわたしは顔を上げる。

「乃愛さんの名前の由来にやっと気付きました。かつて悪さをする巨人がいた。その巨人を滅ぼすために神は洪水をおこした。一方で人々を救うためノアという純真無垢《むく》な人物に箱舟を作らせた。旧約聖書からの引用です。娘さんの名前はノアからとっているんでしょう？」

わたしは無言で穂積の顔を見た。そうだ、だがそれがどうした？　ついでに言うところの事務棟からわたしは乃愛の名前を思いついた。ここは選ばれた人間だけが集うところ。わかるか穂積、つまりわたしは……。

「つまりあなたは神なんですね。司法の旧弊という巨人を倒し、改革を実施するという」

穂積の顔はわたしの心中を見透かしたように思えた。

「ところであなたと吉岡政志。顔だけ見ると似ていなくもないですよね」

「うん？　そうですか……まあどちらも素朴な顔ですがね」

「自分で思ったことはないですか。似ていると？」

わたしは微笑むと、どうだったかなあとぼやかした。

「記憶にはないですね。だがそれが何か問題でも」

穂積は口元だけに笑みを浮かべながらかぶりを振った。

「嘘ですよね？　あなたと吉岡政志は顔立ちがよく似ている。そうあなたは思っている。体型がまるで違うのに顔だけが似ていると。忘れるはずはない。それがきっかけであなたはとんでもないことを考え出したのですから」

寒気が走った。わたしは微笑む余裕もなくして穂積を見つめた。

「あなたは東大時代から司法改革という理想に燃えていた。そしてそれを実現するためには司法官僚になって中枢から変えるのが一番いいと考えた。そうですよね」

「そうだが、それがどうかしたんですか」

「あなたは一度、択一試験に落ちている。あなたは苦手なんですよね、こういう時間制限の厳しい試験が。完全主義者のために一問にこだわって時間を無駄にロスしてしまう」

それは事実だった。わたしは東大受験時も一度パニックになった。解けない問題があり、その問題にてこずったためにタイムアップになった。その時はその問題が最後の方だったために助かったが、トップで合格したわけではない。

「司法官僚は若い頃に格付けが決まります。しかもその多くが在学時に司法試験に合格している。あなたも当然わかっていた。そのためには絶対に二回目の司法試験、落ちるわけにはいきませんよね？　たぶん普通に受けても通る可能性の方が高い。だが落ちることもある。世界一の裁判制度実現のためにそれは絶対に許されない」

わたしは無理に笑顔を作るがそれは引きつっていた。

「一方、吉岡は択一試験が得意だった。百回受けて百回通ると豪語するくらい。そしてその実力をあなたは認めていた。こいつなら落ちることはない。そう思った。だからあなたは吉岡に頼んだんですよ、司法試験受験の替え玉をね」

「そんなことが可能だと思うんですか。面接試験だってあるんですよ」

「可能です。ただし択一限定ならね。あなたは論文試験と面接試験は自分で受けた。得意だからです。提出する写真は胸部まで。あなたと吉岡はそこまでならよく似ている。見回りは試験中に試験官が行います。顔を伏せている状態で完璧《かんぺき》に見分けることは難しい。それくらい似ていれば眼鏡や髪形などに癖をつければまずわからない！　逆に百八十八センチ百六キロのあなたと百六十三センチ四十七キロの吉岡を見て、似ていると思う人間などいないでしょう。わたしも気づかなかった。気づいたのは乃愛さんくらいだ」

穂積の追及に、わたしはかろうじて笑って見せた。乃愛が……気づいただと。

「ご安心ください。乃愛さんは替え玉受験までは気づいていない。そんな発想はありません。純真無垢ですから。気づけるのはわたしのような救い難い駄目人間くらいです」

「わたしの理由はともかく、吉岡に何のメリットが？」

「あなたは吉岡に一千万円を渡し、替え玉を依頼したんです。一千万など高遠家には端金《はしたがね》。当時の吉岡部品は経営が苦しかった。そこにあなたはつけこんだんです。百パーセントうまくいく作戦ではなかった。ばれればあなたは終わりだ。だが自分が受けて落ちてしまったら世界一の裁判制度実現は終わりだとあなたは考えた。だからこんな賭《か》けに出たんですよ」

わたしは黙り込んだ。何てことだ……油断していた。こいつは完全につかんでいる。だが穂積、わたしは特別なんだ。誰よりも優秀で、誰よりも実行力がある。だからわたしが司法権のトップに立って内から改革することが日本のためなんだ。わたし以外に誰が世界一の裁判制度の実現など出来るという？　まともに三権分立もできていないこの司法を、どうやって変えていくというんだ。答えてみろ、穂積！

お前のように能力のない奴にはできない。末永のような現実の見えない頑固者にも無理だ。正木響子のように潔癖すぎる人間にも無理。今回の事件でも普段の彼女なら解けていただろうに、責任感に溺《おぼ》れて真相が見えなくなっていた。判事の鑑だと？　お前ら元広島地裁刑事部の三人が集まってもわたし一人に到底及ばない。わたしは改革のために生まれた特別な人間だ。いや違う神だ。わたしの司法試験勉強量は極めて少ない。司法改革の勉強に時間を費やさなければならなかったからだ。穂積、お前は数独パズルが好きだったな。お似合いだ。だがわたしは違う。神であるわたしは司法試験——そんな低レベルなパズル遊びごときに時間を費やすわけにはいかなかったんだよ。

「横川事件で盗まれた一千万円はあなたが吉岡に渡した金だ。だがその金を吉岡は会社がピンチの時も使わなかった。それが彼の矜持《きょうじ》だったんです。吉岡が替え玉受験を引き受けた本当の理由は、あなたに賭けたからです。あなたなら世界一の裁判制度を実現し、この社会をよくしてくれると思った。だが使わなかったことが横川事件を結果的に招くことになった。あそこに一千万円があったことがこの事件の始まりだった。違いますか」

総長室には沈黙が流れた。穂積は勝ち誇るでもなくわたしを見ている。

そうだ、そのとおりだ。だがそれがどうした？　わたしは敗北感の中、何とか言葉をつむいだ。

「それで何が言いたいんですか、穂積さん。わたしに事務総長を辞めろとでも？」

小さくかぶりを振ってから穂積は答える。少し笑みがあった。穂積は立ち上がると、手を差し伸べてきた。わたしは差し出されたその手をすぐに握ることは出来なかった。

「まさか、とんでもないですよ、事務総長……わたしはあなたといつまでも良好な関係を築いていきたいと思っているんです。今後ともよろしくお願いしたい。刎頸《ふんけい》の友。昔、国会の証人喚問で有名になった言葉がありますよね。そんな無二の存在になりたい。それこそ死ぬまで」

わたしは沈黙する。わたしは司法改革を実現する神だ。わたしが司法権を完全に掌握した時こそ、日本の司法は生まれ変わる。そうだろ、吉岡。わたしはお前の遺志を継いでいる。それがこんな小物に……いや、人は成長する。この穂積という男は法律家としては伸び代がない。だが政治家としては違う。ひょっとするととんでもない政治家、あるいはわたしの終生のライバルになる男なのかもしれない。

「穂積さん、自分が絶対正義だと信じることのために手段を選ばないことは悪ですかね？　それが命をかけたものだとしても。わたしには夢があるんですよ。わかるでしょう、世界一の裁判制度を作ることです。命をかけている。死んだ吉岡のためにも引くわけにはいかない」

「さあどうですか。時にはとんでもない悪と呼ばれるかもしれません」

こいつ……わたしは穂積の顔を見た。初めて会った時の顔つきとは違っている。あの時は野心だけが見える底の浅い男だった。出来るのは揚げ足とりだけ。それが今はどうだ。清濁あわせ呑《の》む器を感じさせる。目的のためにはどんな手段でも使うといった表情だ。何かがこいつを変えたのか。わたしは本当に優れた政治家に友人はいない。本物の確信犯とはこういう顔をしているのだろうか。なるほど……面白い。とことん勝負してやろうじゃないか。穂積直行、お前がわたしの相手にふさわしいか見極めてやる。

「そうですね、愚問でした」

わたしも立ち上がる。顔にはいつもの笑みが戻ってきた。

「事務総長、世界一の裁判制度実現のために二人で頑張りましょう」

「ええ、穂積議員、日本をよくするために」

大声で言うと、満面の笑みでわたしは穂積の手を握り返した。


（完）

解説

吉野仁

　確信犯。もともとは「道徳的・宗教的または政治的確信に基いて行われる犯罪、もしくはそれを行う人のこと」を指す。ある種の政治犯や思想犯のことだ。

　ところが現在、こうした法律用語が転じて、一般には「悪いと分かっていながら、もしくは何らかの結果を予想した上で、あえて行われた犯罪や行為、またはそれを行った人」の意味でもっぱら使われている。誤った表現にもかかわらず、こちらの用法がすっかり定着してしまったようだ。

　本作では、まず序章の最後でこの言葉、「確信犯」が登場する。ここでもまた「悪いことだと分かっていながら行われた犯罪や行為」の意味で使われているのだ。いや、もしかすると作者の大門剛明《だいもんたけあき》は、本来の語意から転じていると知りつつ、あえて現在一般的になった表現を使っているのではないか。まさに「確信犯」的に用いているのだ。

　この見方が的を射ているかはともかく、すでに本文を読み終えた上でこの解説に目を通している方ならば、作者による周到な仕掛けに驚かされたことだろう。

　そうしたミステリー小説としての面白さはもちろんのこと、司法の問題をさまざまな角度から扱っている本作は、大門剛明の持ち味が十二分に発揮されている。

物語は、広島地方裁判所三〇四号法廷で行われた公判のシーンから始まる。扱われていたのは、中小企業の社長が刺殺された事件だった。被告人の中川幹夫《なかがわみきお》は、多重債務を抱えており借金返済に困っていた。そこで勤務先の社長、吉岡政志《よしおかまさし》宅に侵入し、金庫にあった一千万円を盗んだばかりか、帰宅した社長を傘で刺殺したという。だが、盗んだとされる一千万円は見つかっていなかった。

末永六郎《すえながろくろう》裁判長による無罪の判決がくだされた後、思わぬ騒ぎが起こった。殺された吉岡社長の息子が被告人に飛びかかろうとしたのだ。「こいつだ！　このおっさんが父さんを殺したんだ！」と泣きながら叫んだ。刑務官に取り押さえられた少年は、ほどなく法廷から消えた。

それから十三年後、その三〇四号法廷に同席していた二人の判事補、穂積直行《ほづみなおゆき》と正木響子《まさききょうこ》は、それぞれ別の道を歩んでいた。

穂積直行は、広島で司法試験予備校講師をしつつ、やがては政治家へ転身するという野望を抱いていた。そんなとき、テレビ番組の対談企画で最高裁判所事務総長の高遠聖人《たかとおまさと》と知り合う。カープファンの高遠は、次はマツダスタジアムで会おうと穂積へ話しかけた。

その球場でビールの売り子をしていたのは、高遠の娘、高遠乃愛《のあ》だった。乃愛はバイト仲間の青年、拓実《たくみ》とつきあっていた。

　一方、正木響子もまた判事をやめ、いまは弁護士として法テラスで働いていた。あるとき、広島のマツダスタジアムで元裁判長の末永六郎と再会することになり、そこで思わぬ話を聞かされた。被告人の中川幹夫は末期がんで死ぬ前に、事件の犯人は自分だと告白したというのだ。その翌日、末永は何者かに刺殺された。凶器は傘。これは復讐《ふくしゅう》のための「確信犯」としての殺人なのか。過去と現在をつなぐ真実はどこにあるのか。

　本作は、単に事件の真犯人探しを追うだけではなく、先に述べたとおり、裁判員制度、司法制度改革など、いくつもの社会問題が扱われ、事件や人物と関わり合っている。

　まず最初に問われているのは、裁判制度そのものかもしれない。

　物語の中で扱われている中小企業社長殺人事件は、容疑者が逮捕されたものの、子供のあいまいな証言だけで確固とした証拠が現場に残っていなかった。裁判で無罪が宣告されたのも当然だろう。だが、もう少し警察や司法が人と時間と労力をかけて調べれば、解決につながったかもしれない。しかも、無実になった被告人がのちに「じつは自分が犯人です」と告白したとなれば、被害者遺族としては、悔やんでも悔やみきれないだろう。裁判官を恨むのも当然だ。

　さらに作中、裁判員制度の問題に触れ、それにまつわる事件も登場している。覚せい剤中毒の男がＯＬを刺殺した事件の一審で、裁判員は被告人に無罪判決を下した。ところが裁判員の一人が守秘義務を破り裁判について自分のブログに書き込んだ。それを見た被害者の父親が怒り、その裁判員を包丁で襲ったというのだ。

本作は、こうした複数の事件の流れから「確信犯」という言葉がますます重い意味を持ち始める。新たな凶行に走った謎の犯人は、悪いことと知りながら正義のため、殺された者の無念を晴らすために、あえて復讐を行ったのではないか。過去と現在が交錯し、何組もの家族、および事件に関わった司法関係者らが絡みあい、ますます事件は複雑な様相を見せていく。

そして、最後まで読み終えた方はおわかりのように意外なところから「確信犯」が現れる。思わぬ方法で真相が明らかになるのだ。読者は、してやられた、という気分だろう。作者は「社会派の新星」と呼ばれているが、ミステリーにおけるトリッキーな仕掛けを疎《おろそ》かにしているわけではない。

また、本作はリーガル・ミステリーにもかかわらず、主要な舞台となっているのが広島のマツダスタジアムという点もじつにユニークだ。正式名称は、MAZDA Zoom-Zoomスタジアム広島。プロ野球観戦に訪れる穂積ら関係者をはじめ、ビールの売り子として働く高遠乃愛らのドラマが独特のアクセントとなっている。これまでも作者は、作品ごとに読者の印象に残る舞台を用意し、物語をより劇的なものに演出していたが、本作でも法廷だけではなく、野球場という忘れがたい場を導入したのだ。

さらに、この小説で興味深いのは、穂積直行という男の人生である。

序章では、穂積直行と正木響子は同じ法廷に並びながら、「二人の間には埋めようのない溝が横たわっている」と指摘されている。同時期に司法試験に合格し、判事という職に就いても、その後の歩みは人により、まるで違ったものになるという。そのとき正木はすでにエリートコースを歩みはじめているが、穂積は早くもその道をはずれているようだ。

おそらく一般には、司法試験という狭き門を通り、法曹界の一員となっただけで、将来を約束されたエリートだと思うだろう。だが、裁判官になってまもなく格付けが行われ、ごく一部の選ばれたものだけが、高裁長官や最高裁判事の身分に近づいていくようだ。

穂積直行は、おそらく法曹界の一員となったことで高いプライドを得たものの、若くしてエリートコースから外れてしまったことに劣等感を抱いていたはずだ。物語の前半では、どこか屈折した心情を内に秘め、政治家への転身という俗物めいた野望を抱いていた。本作に限らず、大門剛明作品には、いわば「負け犬」となった人間が登場し、その人物の葛藤《かっとう》がドラマに深みを与えている場合が多い。単なる万能な正義のヒーローではないのだ。小賢《こざか》しく鼻持ちならなかった穂積直行という男が、事件を通じていかに変わっていくか。そうした人間ドラマもまた、本作の大いなる面白さのひとつではないだろうか。

最後になったが、あらためて作者について紹介しておこう。大門剛明は、第二十九回横溝正史ミステリ大賞を『雪冤』(角川文庫)で受賞した(応募時の題名は「ディオニス死すべし」)。これは死刑制度と冤罪という問題をテーマにした作品だ。新人のデビュー作ゆえ、未熟で粗削りの部分もあるものの、その熱気をはらんだ物語は、選考委員の作家たちに支持された。舞台は京都。太宰治『走れメロス』の物語が事件と重ね合わされるとともに、大胆な仕掛けがほどこされたミステリーだった。

続く第二作『罪火』(同)の舞台は伊勢の宮川。この作品では、加害者の更生と被害者の許しという問題を扱っていた。あらかじめ犯人を明かして語る倒叙ミステリーと見せかけた本作もまた、あっと驚く展開が待ち受けている。

そのほか、『告解者』(中央公論新社)、『共同正犯』(角川書店)、『ボーダー』(中公文庫)、『沈黙する証人』(同)、『有罪弁護』(同)、『氷の秒針』(双葉社)、『レアケース』(PHP研究所)、『父のひと粒、太陽のギフト』(幻冬舎)、『海のイカロス』(光文社)、『ぞろりん がったん』(実業之日本社文庫)、『ねこ弁 弁護士・寧々と小雪の事件簿』(幻冬舎文庫)、『この雨が上がる頃』(光文社)、そして『獄《ひとや》の棘《とげ》』(角川書店)と、精力的に新作を発表している。

まだデビューしてわずか五年でこれだけの作品を世に送り出している新人作家もめずらしい。確実に年に三作以上執筆しており、いずれも水準の高いミステリーに仕上がっている。しかも、それぞれ物語の舞台やテーマが異なっているばかりか、新奇な趣向がこらされており、まったく驚嘆するばかりだ。

司法や法律を中心とした社会的問題を扱った作品が大半をしめるものの、決してそれだけではない。たとえば『この雨が上がる頃』は、ある雨の一日に起きたさまざまな事件を扱った短篇集。多様な登場人物とともに、それぞれミステリーとしてのトリッキーな趣向がほどこされている。現時点での最新作『獄の棘』は、刑務所という特異な場で起きる事件に対し、新米刑務官が謎を解くという連作集だ。こちらも意外性をはらんだ展開が次々と起こり、題材や舞台の珍しさだけではないミステリーの醍醐味が十二分に味わえる。

本作『確信犯』ではじめて大門剛明作品に触れ、その完成度と面白さに驚かれた方は、ぜひデビュー作『雪冤』や第二作『罪火』をはじめ、ほかの小説も手にとっていただきたい。大門ワールドの多様な魅力にのめりこんでしまうことだろう。

本書は二〇一〇年七月に小社から刊行された単行本を、加筆・修正のうえ文庫化したものです。

本作品はフィクションであり、実在のいかなる個人・組織ともいっさい関わりのないことを附記します。

確信犯《かくしんはん》

大門剛明《だいもんたけあき》

平成26年 9月25日 初版発行
令和7年 9月30日 16版発行

発行者●山下直久

発行●株式会社KADOKAWA
〒102-8177 東京都千代田区富士見2-13-3
電話 0570-002-301（ナビダイヤル）

角川文庫 18765

印刷所●株式会社KADOKAWA
製本所●株式会社KADOKAWA

表紙画●和田三造

●お問い合わせ
https://www.kadokawa.co.jp/（「お問い合わせ」へお進みください）
※内容によっては、お答えできない場合があります。
※サポートは日本国内のみとさせていただきます。
※Japanese text only

ISBN978-4-04-102170-5 C0193

角川文庫発刊に際して

角川源義

第二次世界大戦の敗北は、軍事力の敗北であった以上に、私たちの若い文化力の敗退であった。私たちの文化が戦争に対して如何に無力であり、単なるあだ花に過ぎなかったかを、私たちは身を以て体験し痛感した。西洋近代文化の摂取にとって、明治以後八十年の歳月は決して短かすぎたとは言えない。にもかかわらず、近代文化の伝統を確立し、自由な批判と柔軟な良識に富む文化層として自らを形成することに私たちは失敗して来た。そしてこれは、各層への文化の普及滲透を任務とする出版人の責任でもあった。

一九四五年以来、私たちは再び振出しに戻り、第一歩から踏み出すことを余儀なくされた。これは大きな不幸ではあるが、反面、これまでの混沌・未熟・歪曲の中にあった我が国の文化に秩序と確たる基礎を齎らすためには絶好の機会でもある。角川書店は、このような祖国の文化的危機にあたり、微力をも顧みず再建の礎石たるべき抱負と決意とをもって出発したが、ここに創立以来の念願を果すべく角川文庫を発刊する。これまで刊行されたあらゆる全集叢書文庫類の長所と短所とを検討し、古今東西の不朽の典籍を、良心的編集のもとに、廉価に、そして書架にふさわしい美本として、多くのひとびとに提供しようとする。しかし私たちは徒らに百科全書的な知識のジレッタントを作ることを目的とせず、あくまで祖国の文化に秩序と再建への道を示し、この文庫を角川書店の栄ある事業として、今後永久に継続発展せしめ、学芸と教養との殿堂として大成せんことを期したい。多くの読書子の愛情ある忠言と支持とによって、この希望と抱負とを完遂せしめられんことを願う。

一九四九年五月三日

角川文庫ベストセラー

雪冤　大門剛明

死刑囚となった息子の冤罪を主張する父の元に、メロスと名乗る謎の人物から時効寸前に自首をしたいと連絡が。真犯人は別にいるのか？　緊迫と衝撃のラスト、死刑制度と冤罪に真正面から挑んだ社会派推理。

罪火　大門剛明

花火大会の夜、少女・花歩を殺めた男、若宮。被害者の花歩は母・理絵とともに、被害者が加害者と向き合う修復的司法に携わり、犯罪被害者支援に積極的にかかわっていた。驚愕のラスト、社会派ミステリ。

ダリの繭《まゆ》　有栖川有栖

サルバドール・ダリの心酔者の宝石チェーン社長が殺された。現代の繭とも言うべきフロートカプセルに隠された難解なダイイング・メッセージに挑むは推理作家・有栖川有栖と臨床犯罪学者・火村英生！

壁抜け男の謎　有栖川有栖

犯人当て小説から近未来小説、敬愛する作家へのオマージュから本格パズラー、そして官能的な物語まで。有栖川有栖の魅力を余すところなく満載した傑作短編集。

殺人鬼
――覚醒篇　綾辻行人

90年代のある夏、双葉山に集った〈TCメンバーズ〉の一行は、突如出現した殺人鬼により、一人、また一人と惨殺されてゆく……いつ果てるとも知れない地獄の饗宴。その奥底に仕込まれた驚愕の仕掛けとは？

角川文庫ベストセラー

マリアビートル
伊坂幸太郎

酒浸りの元殺し屋「木村」。狡猾な中学生「王子」。腕利きの二人組「蜜柑」「檸檬」。運の悪い殺し屋「七尾」。物騒な奴らを乗せた新幹線は疾走する！『グラスホッパー』に続く、殺し屋たちの狂想曲。

瑠璃の雫
伊岡　瞬

深い喪失感を抱える少女・美緒。謎めいた過去を持つ老人・丈太郎。世代を超えた二人は互いに何かを見いだそうとした……家族とは何か。赦しとは何か。感涙必至のミステリ巨編。

教室に雨は降らない
伊岡　瞬

森島巧は小学校で臨時教師として働き始めた23歳だ。音大を卒業するも、流されるように教員の道に進んでしまう。腰掛け気分で働いていたが、学校で起こる様々な問題に巻き込まれ……傑作青春ミステリ。

てふてふ荘へようこそ
乾　ルカ

敷金礼金なし、家賃はわずか月一万三千円、最初の1ヶ月は家賃をいただきません。破格の条件に隠された理由とは……特異な事情を抱えた住人たちが出会った奇跡。切なくもあったかい、おんぼろアパート物語。

世界の終わり、あるいは始まり
歌野晶午

東京近郊で連続する誘拐殺人事件。事件が起きた町内に住む富樫修は、ある疑惑に取り憑かれる。小学六年生の息子・雄介が事件に関わりを持っているのではないか。そのとき父のとった行動は……衝撃の問題作。

角川文庫ベストセラー

ハッピーエンドにさよならを　歌野晶午

望みどおりの結末なんて、現実ではめったにないと思いませんか？　もちろん物語だって……偉才のミステリ作家が仕掛けるブラックユーモアと企みに満ちた奇想天外のアンチ・ハッピーエンドストーリー！

魔物　(上)(下)　大沢在昌

麻薬取締官・大塚はロシアマフィアと地元やくざとの麻薬取引の現場を押さえるが、運び屋のロシア人は重傷を負いながらも警官数名を素手で殺害し逃走。その超人的な力にはどんな秘密が隠されているのか？

ブラックチェンバー　大沢在昌

警視庁の河合は〈ブラックチェンバー〉と名乗る組織にスカウトされた。この組織は国際犯罪を取り締まり奪ったブラックマネーを資金源にしている。その河合たちの前に、人類を崩壊に導く犯罪計画が姿を現す。

命で払え　アルバイト・アイ　大沢在昌

冴木隆は適度な不良高校生。父親の涼介はずぼらで女好きの私立探偵で凄腕らしい。そんな父に頼まれて隆はアルバイト探偵として軍事機密を狙う美人局事件や戦後最大の強請屋の遺産を巡る誘拐事件に挑む！

目白台サイドキック　女神の手は白い　太田忠司

お屋敷街の雰囲気を色濃く残す、文京区目白台。新人刑事の無藤は、伝説の男・南塚に助けを借りるため、あるお屋敷を訪れる。南塚が解決した難事件の「蘇り」を阻止するために。警察探偵小説始動！

角川文庫ベストセラー

目白台サイドキック
魔女の吐息は紅い
太田忠司

天才探偵刑事、南塚と、謎めいた名家の若当主・北小路は、息の合ったやり取りで事件を解決する名コンビ。今度の事件は銀行頭取の変死事件。巻き込まれ系若手刑事・無藤の運命は⁉ 面白すぎる第2弾！

覆面作家は二人いる
北村　薫

姓は〈覆面〉、名は〈作家〉。弱冠19歳、天国的美貌の新人推理作家・新妻千秋は大富豪令嬢。若手編集者・岡部を混乱させながら鮮やかに解き明かされる日常世界の謎。お嬢様名探偵、シリーズ第一巻。

覆面作家の愛の歌
北村　薫

天国的美貌の新人推理作家の正体は大富豪の御令嬢。しかも彼女は、現実の事件までも鮮やかに解き明かすもう一つの顔を持っていた。春、梅雨、新年……三つの季節の三つの事件に挑む、お嬢様探偵の名推理。

覆面作家の夢の家
北村　薫

人気の「覆面作家」こと新妻千秋さんは、実は大邸宅に住むお嬢様。しかも数々の謎を解く名探偵だった。今回はドールハウスで起きた小さな殺人に秘められた謎に取り組むが……。

硝子のハンマー
貴志祐介

日曜の昼下がり、株式上場を目前に、出社を余儀なくされた介護会社の役員たち。厳重なセキュリティ網を破り、自室で社長は撲殺された。凶器は？ 殺害方法は？ 推理作家協会賞に輝く本格ミステリ。

角川文庫ベストセラー

狐火の家　貴志祐介

築百年は経つ古い日本家屋で発生した殺人事件。現場は完全な密室状態。防犯コンサルタント・榎本と弁護士・純子のコンビは、この密室トリックを解くことができるか!? 計4編を収録した密室ミステリの傑作。

鍵のかかった部屋　貴志祐介

防犯コンサルタント（本職は泥棒?）・榎本と弁護士・純子のコンビが、4つの超絶密室トリックに挑む。表題作ほか「佇む男」「歪んだ箱」「密室劇場」を収録。防犯探偵・榎本シリーズ、第3弾。

RIKO―女神《ヴイーナス》の永遠―　柴田よしき

男性優位な警察組織の中で、女であることを主張し放埒に生きる刑事村上緑子。彼女のチームが押収した裏ビデオには、男が男に犯され殺されていく残虐なレイプが録画されていた。第15回横溝正史賞受賞作。

グレイヴディッガー　高野和明

八神俊彦は自らの生き方を改めるため、骨髄ドナーとなり白血病患者の命を救おうとしていた。だが、都内で連続猟奇殺人が発生。事件に巻き込まれた八神は患者を救うため、命がけの逃走を開始する――。

ジェノサイド（上）（下）　高野和明

イラクで戦うアメリカ人傭兵と日本で薬学を専攻する大学院生。二人の運命が交錯する時、全世界を舞台にした大冒険の幕が開く。アメリカの情報機関が察知した人類絶滅の危機とは何か。世界水準の超弩級小説！

角川文庫ベストセラー

閃光
永瀬隼介

3億円強奪──。34年前の大事件は何故に未解決に終わったのか。全国民が注視するなか、警察組織はいかなる論理で動いていたのか？　大事件の真相を炙り出す犯罪小説の会心作。

狙撃　地下捜査官
永瀬隼介

警察官を内偵する特別監察官に任命された上月涼子は、上司の鎮目とともに警察組織内の闇を追うことに。やがて警察庁長官狙撃事件の真相を示すディスクを入手するが、組織を揺るがす陰謀に巻き込まれ⁉

フェイク
楡周平

大学を卒業したが内定をもらえず、銀座のクラブ「クイーン」でボーイとして働き始めた陽一。多額の借金を返済するため、世間を欺き、大金を手中に収めようとするが……。軽妙なタッチの成り上がり拝金小説。

不夜城
馳星周

アジア屈指の歓楽街・新宿歌舞伎町の中国人黒社会を器用に生き抜く劉健一。だが、上海マフィアのボスの片腕を殺し逃亡していたかつての相棒・呉富春が町に戻り、事態は変わった──。衝撃のデビュー作‼

鎮魂歌《レクイエム》　不夜城Ⅱ
馳星周

新宿の街を震撼させたチャイナマフィア同士の抗争から2年、北京の大物が狙撃され、再び新宿中国系裏社会は不穏な空気に包まれた！『不夜城』の2年後を描いた、傑作ロマン・ノワール！

角川文庫ベストセラー

さまよう刃　東野圭吾

長峰重樹の娘、絵摩の死体が荒川の下流で発見される。犯人を告げる一本の密告電話が長峰の元に入った。それを聞いた長峰は半信半疑のまま、娘の復讐に動き出す——。遺族の復讐と少年犯罪をテーマにした問題作。

使命と魂のリミット　東野圭吾

あの日なくしたものを取り戻すため、私は命を賭ける——。心臓外科医を目指す夕紀は、誰にも言えないある目的を胸に秘めていた。それを果たすべき日に、手術室を前代未聞の危機が襲う。大傑作長編サスペンス。

夜明けの街で　東野圭吾

不倫する奴なんてバカだと思っていた。でもどうしようもない時もある——。建設会社に勤める渡部は、派遣社員の秋葉と不倫の恋に墜ちる。しかし、秋葉は誰にも明かせない事情を抱えていた……。

今夜は眠れない　宮部みゆき

中学一年でサッカー部の僕、両親は結婚15年目、ごく普通の平和な我が家に、謎の人物が5億もの財産を母さんに遺贈したことで、生活が一変。家族の絆を取り戻すため、僕は親友の島崎と、真相究明に乗り出す。

夢にも思わない　宮部みゆき

秋の夜、下町の庭園での虫聞きの会で殺人事件が。殺されたのは僕の同級生のクドウさんの従妹だった。被害者への無責任な噂もあとをたたず、クドウさんも沈みがち。僕は親友の島崎と真相究明に乗り出した。

角川文庫ベストセラー

鬼の跫音　道尾秀介

ねじれた愛、消せない過ち、哀しい嘘、暗い疑惑――。心の鬼に捕らわれた6人の「S」が迎える予想外の結末とは。一篇ごとに繰り返される奇想と驚愕。人の心の哀しさと愛おしさを描き出す、著者の真骨頂！

球体の蛇　道尾秀介

あの頃、幼なじみの死の秘密を抱えた17歳の私は、ある女性に夢中だった……狡い嘘、幼い偽善、決して取り返すことのできないあやまち。矛盾と葛藤を抱えて生きる人間の悔恨と痛みを描く、人生の真実の物語。

レッドライト　森村誠一

自分をゴミのように切り捨てた上司を撲殺した桑崎。逃走中に玉突き事故に遭遇しつつも帰宅した翌日、ニュースでは上司が殺害現場近くの路上で「轢き逃げされた」と、あり得ない報道が……長編ミステリ！

人間の証明 PARTⅡ 狙撃者の挽歌 上、下　森村誠一

肌寒い夜、一人の少女が権兵衛老人の下に逃げ込んできた。とっさに少女を匿ったその老人は、かつて新宿で名を馳せた殺し屋集団の元組長であった。老人は少女を守るため修羅の世界に戻っていく――。

流星の降る町　森村誠一

日本最大の暴力団が企てた、町の乗っ取り作戦。前代未聞の陰謀に、元軍人や元泥棒など、第一線を退いた七人の市民が立ち上がる。逃げ続けていたそれぞれの人生の復活を賭けた戦いに、勝ち目はあるのか――。